जैक लंडन
की
लोकप्रिय कहानियाँ

जैक लंडन (1876-1916) का जन्म सैन फ्रांसिस्को (कैलीफोर्निया) में हुआ। प्रारंभ में आठवें स्तर तक ही विद्यालय जा पाए। पढ़ने की उत्कट लालसा की पूर्ति उन्होंने ऑकलैंड पब्लिक पुस्तकालय में जाकर की और बाद में कैलीफोर्निया के पहले राजकवि के रूप में प्रसिद्ध हुए। उन्होंने एक हजार शब्द प्रतिदिन लिखने के कठोर नियम का पालन किया और अठारह वर्षों तक निरंतर लेखन करते हुए प्रभूत मात्रा में उच्चकोटि का साहित्य सृजित किया। बहुचर्चित पुस्तकों में 'कॉल ऑफ दि वाइल्ड', 'दि आयरन हील', 'व्हाइट फैंग', 'दि सी वुल्फ' (जिसका मूल शीर्षक था 'मर्सी ऑफ दि सी'), 'दि पीपल ऑफ दि अबिस', 'जॉन बर्लेकार्न', 'मार्टिन ईडेन' और 'दि स्टर रोवर'। उनकी 'टु बिल्ड अ फायर' को युगांतरकारी रचना माना गया था। उनका साहित्य दर्जनों भाषाओं में अनूदित हुआ।

‘लोकप्रिय कहानियाँ’ श्रृंखला के सम्मानित कथाकार

• अवध नारायण मुद्‌गल • अज्ञेय • आचार्य चतुरसेन • आनंद प्रकाश जैन
• आर.के.. नारायण • उर्मिला शिरीष • उषा किरण खान • ऋता शुक्ल
• कमल कुमार • कमलेश्वर • कुसुम अंसल • कुसुम खेमानी • केशव
• गंगाप्रसाद विमल • गिरिराज किशोर • गुरुदत्त • गोविंद मिश्र • चंद्रकांता
• चित्रा मुद्‌गल • जयशंकर प्रसाद • जैनेंद्र कुमार • ज्योत्स्ना मिलन
• दामोदर दत्त दीक्षित • देवेंद्र सत्यार्थी • धर्मवीर भारती • नरेंद्र कोहली
• नासिरा शर्मा • निर्मल वर्मा • पद्‌मा सचदेव • पांडेय बेचन शर्मा ‘उग्र’
• प्रकाश मनु • प्रेमचंद • बलराम • बिमल मित्र • भगवान अटलानी
• मनु शर्मा • मन्नू भंडारी • महीप सिंह • मालती जोशी • मीरा सीकरी
• मृदुला बिहारी • मृदुला सिन्हा • मेहरुन्निसा परवेज • रमेशचंद्र शाह
• मृदुला गर्ग • रमेश पोखरियाल ‘निशंक’ • रवींद्रनाथ टैगोर • रस्किन बॉण्ड
• राजी सेठ • राजेंद्र मोहन भटनागर • राजेंद्र राव • रामदरश मिश्र
• रामधारी सिंह दिवाकर • रूपसिंह चंदेल • विजयदान देथा
• विद्या विंदु सिंह • विवेकी राय • विश्वंभरनाथ शर्मा कौशिक
• विष्णु प्रभाकर • वृंदावनलाल वर्मा • शंकरदयाल सिंह • शरतचंद्र चटर्जी
• शिवप्रसाद सिंह • शैलेश मटियानी • श्रीलाल शुक्ल • संतोष गोयल
• सच्चिदानंद जोशी • सत्यजित रे • सिम्मी हर्षिता • सीतेश आलोक
• सुधा मूर्ति • सुनीता जैन • सुभद्रा कुमारी चौहान • सुशील कुमार फुल्ल
• सूर्यबाला • से.रा. यात्री • स्वयं प्रकाश • हिमांशु जोशी

भारतीय भाषाओं की कहानियाँ

• डोगरी-कश्मीरी • ओड़िया • कन्नड़ • गुजराती
• तमिल • तेलुगु • पंजाबी • मराठी • मलयालम
• असमीया • बांग्ला • सिंधी • कोंकणी • उर्दू

विदेशों की कहानियाँ

• अमेरिका • इंग्लैंड • जर्मनी • फ्रांस • यूरोप • रूस • स्पेन

जैक लंडन की लोकप्रिय कहानियाँ

जैक लंडन

प्रकाशक

प्रभात पेपरबैक्स

प्रभात प्रकाशन प्रा. लि. का उपक्रम

4/19 आसफ अली रोड, नई दिल्ली-110002

फोन : 23289777 • हेल्पलाइन नं. : 7827007777

इ-मेल : prabhatbooks@gmail.com ❖ वेब ठिकाना : www.prabhatbooks.com

संस्करण

प्रथम, 2022

मूल्य

तीन सौ रुपए

अनुवाद

नजमुसशहर

मुद्रक

आर-टेक ऑफसेट प्रिंटर्स, दिल्ली

———————— ★ ————————

JACK LONDON KI LOKPRIYA KAHANIYAN

Published by **PRABHAT PAPERBACKS**

An imprint of Prabhat Prakashan Pvt. Ltd.

4/19 Asaf Ali Road, New Delhi-110002

ISBN 978-93-5521-214-6

₹ 300.00

अनुक्रम

गोश्त का एक टुकड़ा

खाने का आखिरी कौर मुँह में डालते ही और ब्रेड के आखिरी टुकड़े से प्लेट में लगी आटे की ग्रेवी को पोंछते हुए टॉम किंग को लगा कि जैसे वह भूखा ही रह गया है। उसने आखिरी कौर बहुत धीरे-धीरे और ध्यानावस्थित मूड में खाया था। घर के अन्य सदस्य तो भूखे ही रह गए थे। दूसरे कमरे में दो बच्चों को जल्दी ही सुला दिया गया था, जिससे वह संभवत: यह भूल जाएँ कि वे भूखे ही सो गए थे। उसकी पत्नी ने भी कुछ नहीं खाया था। वह याचना भरी निगाहों से चुपचाप देख रही थी। वह कामकाजी श्रेणी की दुबली-पतली स्त्री थी, जिसका शरीर अब ढल चुका था, पर चेहरे पर सुंदरता के चिह्न अभी भी देखे जा सकते थे। ग्रेवी या शोरबा बनाने के लिए उसने आटा हॉल के दूसरे छोर पर रहनेवाली पड़ोसिन से माँगा था। आखिरी दो पेनी से ब्रेड खरीदी गई थी।

वह खिड़की के साथ एक टूटी-फूटी कुरसी पर जाकर बैठ गया था, जिस पर कुरसी की सीट ने थोड़ा उसके वजन की वजह से प्रतिवाद किया था। बिल्कुल मशीन की भाँति अपना हाथ पैंट की जेब में डालकर निकाला। उसने पाइप को मुँह से लगा लिया और फिर उसने कोट की साइड पॉकेट में हाथ डाला, जिससे उसे कुछ तंबाकू मिल जाए। पर उसे निराशा ही हाथ लगी। तंबाकू न होने से उसे अपने काम का पता चला कि वह क्या कर रहा था और अपने भुलक्कड़पन पर उसने अपनी त्यौरी चढ़ाई तथा अपना पाइप अलग रख दिया। उसका चलना-फिरना बहुत सुस्त था, जिससे उसे अपने भारी-भरकम शरीर को, जो उसकी मांसपेशियों से दबा जा रहा था, उसे हिलाने-डुलाने में असमर्थ था। उसका शरीर ठोस था तथा चेहरे पर निर्विकार भाव था। उसके चेहरे में कुछ ऐसी बात नहीं थी, जो किसी को अपनी ओर आकृष्ट कर सके। उसका जूता भी जीर्ण-शीर्ण था—उसका ऊपरी हिस्सा भी काफी कमजोर था तथा उसके भारी सोल को खींच नहीं पा रहा था, जिसकी पहले

रि–सोलिंग करवाई गई थी। उसकी सूती शर्ट, जिसके कॉलर अब फटनेवाले थे तथा जिस पर न मिटाए जानेवाले दाग, पेंट (रंग–रोगन) के धब्बे पड़े थे, जो केवल 2 शिलिंग वाली सस्ती सी शर्ट थी।

पर टॉम–किंग का यह चेहरा, जो बिना किसी गलती के यह चीज बता रहा था कि वह एक टिपिकल प्राइज–फाइटर (इनाम जीतनेवाला) है, जिसने कि कई साल तक एक वर्गाकार बॉक्सिंग रिंग को अपनी सेवाएँ प्रदान की थीं, यानी वह एक पेशेवर बॉक्सर (मुक्केबाज) रह चुका था और उसके चेहरे पर पड़े निशान वही कहानी बयान कर रहे थे। उसके चेहरे के नीचे आनेवाली मुखाकृति कुछ ऐसी थी, जिससे उसके चेहरे का कोई भी फीचर आप नोटिस किए बिना नहीं रह सकते थे। उसकी दाढ़ी भी बनी हुई थी। उसके होंठों का कोई आकार नहीं था तथा उसकी एक साथी का मुँह ऐसा था, जिससे लगता था कि वह ज्यादतियाँ 'सह' चुकी है तथा चेहरे पर एक चाकू के निशान जैसा था। उसका जबड़ा भी हमलावर भाव लिये तथा भारी था। आँखों का चलना बहुत धीमा था और पलकें भारी थीं—वे भारी भावों के नीचे भावशून्य थीं। वह एक पशु की भाँति था और उसके फीचर भी किसी पशु की तरह ही थे। शेर की भाँति उसकी उनींदी आँखें एक लड़ाकू जानवर की भाँति थीं। झुकावदार माथा जाकर सिर के बालों से लग जाता था, जो छोटे–छोटे कटे हुए थे—उसमें से एक खलनायक की तरह कई जगह गुल्म पड़े हुए थे, जोकि एक खलनायक की भाँति लग रहे थे। एक नाक, जो दो बार टूट गई थी और उन अनगिनत घूँसों से उसकी बनावट ही बिगड़ गई थी तथा एक कान गोभी के फूल की भाँति हो गया था और फूलकर–बिगड़कर दुगने आकार का हो गया था। कुल मिलाकर यही उसकी सजावट थी, जबकि ताजी बनी दाढ़ी पर छोटे–छोटे बाल फिर से उग आने से नीली काली सी दिख रही थी।

कुल मिलाकर यह एक ऐसे आदमी का चेहरा था, जिसे यदि आप अकेले किसी गली में या अँधेरी गली में उसे मिल जाएँ तो आप अवश्य ही डर जाएँगे। फिर भी टॉम किंग कोई अपराधी नहीं था, न उसने कभी कोई अपराध ही किया था। झगड़े–झंझट जो उसके पेशे में एक आम बात होती है, पर उसने कभी किसी का कोई नुकसान नहीं किया था। न उसने कभी किसी से कोई झगड़ा अपने आप किया था। वह एक पेशेवर था और उसने अपनी सारी क्रूरता अपने पेशेवर खेल के लिए सुरक्षित रखी हुई थी। रिंग के बाहर वह एक सुस्त, धीरे–धीरे काम करनेवाला और विनम्र प्रकृति का व्यक्ति था। अपनी जवानी के दिनों में जब प्रचुर मात्रा में पैसा आ रहा था, तब वह खुले हाथों से खर्च करता था अपनी भलाई के लिए। उसको

किसी से कोई शिकायत या बुरी भावना नहीं थी और उसके बहुत कम शत्रु थे। लड़ना (बॉक्सिंग) उसका बिजनेस था। रिंग में वह प्रतिद्वंद्वी को घायल करने के लिए, उनको अपंग करने के लिए या उनको नेस्तनाबूद करने के लिए वार करता था—घूँसा मारता था, पर उसके अंदर कोई पशुता नहीं थी। यह तो बस, केवल एक सौदे का हिस्सा था। जो व्यक्ति जीतता था, वह ज्यादा राशि लेकर वहाँ से जाता था। दर्शक उनको लड़ते हुए देखने के लिए, एक-दूसरे को 'नॉक-आउट' करने के लिए पैसा देकर अंदर आते थे। जब 20 साल पहले वह उलूमूल गाउडार के साथ लड़ा था तो उसको पता था कि गाउडार का जबड़ा केवल 4 महीने पहले ही न्यू कासल में एक द्वंद्व में टूटा था। उसने इसी बात को ध्यान में रखते खेल खेलना शुरू किया था और अंततोगत्वा नौवें राउंड में उसने गाउडार के जबड़े को तोड़ दिया था। इसलिए नहीं कि उसे गाउडर के प्रति दुर्भावना थी और न ही गाउडार को उसके प्रति कोई दुर्भावना थी, यह तो खेल का एक भाग था। दोनों को ही खेल पता था और दोनों ही खेले।

टॉम किंग कभी भी बातूनी नहीं था और एक खिड़की के साथ चुपचाप अपने हाथों को देखते हुए बैठा था। उसके हाथ के ऊपर की नस अब उभर आई थी, बड़ी-बड़ी और फूली हुई उँगलियों की गाँठ भी अब बुरी तरह दबी-कुचली और विकृत हो गई थी। जिससे यह पता चलता था कि इनका क्या इस्तेमाल हो रहा था। उसको यह तो पता नहीं था कि एक आदमी का जीवन उसकी धमनियों का जीवन होता है। उसके दिल ने पूरे दबाव के साथ उन धमनियों से रक्त को पंप किया था। अब वे काम नहीं कर रही थीं। उसने उनके अंदर जो लचीलापन था, उसे निचोड़ लिया था और उनके लटक जाने से उसकी सहनशक्ति कम हो गई थी। अब वह जल्दी ही थक जाता था। अब वह तेजी से 20 राउंड फाइट नहीं कर सकता था। हैमर और टांग्स; फाइट, फाइट, फाइट, शुरू से अंत तक (Gong to Gong) घंटा बजने-घंटा बजने, उसके बाद फिर भयानक रैली, फिर रैली, रैली, जिससे उसका प्रतिद्वंद्वी कभी रोप (रस्सी की) तक पहुँचा देता था या फिर वह अपने प्रतिद्वंद्वी को रोप तक पहुँचा देता था। आखिरी 20वें मुकाबले में सबसे ज्यादा भयानक और तेज रैली होती थी और भीड़ खड़े होकर खूब जोर-जोर से चिल्लाने लगती थी। वह खुद भी दौड़कर जाता था, घूँसा मारता था, फिर 'डक' कर जाता था और फिर तो घूँसों की बौछार हो जाती थी तथा उसके ऊपर भी जवाबी हमले में घूँसों की बौछार होती थी और उस समय उसका दिल जोर-जोर और तेजी से उसकी नसों में खून पंप करता रहता था। वे नसें, जो उस वक्त खूब फूल गई थीं, जो बाद में फिर सिकुड़ जाती थीं, पर हर बार

उतना नहीं सिकुड़ पाती थीं। पहले तो वह दिखती नहीं थीं, पर पहले से थोड़ा ज्यादा। वह उनको घूर-घूरकर देखता था। उसकी टूटी-फूटी घायल उँगलियों की गाँठें, उसको अपनी जवानी के दिनों की याद आ गई और अपने उस घूँसे की, जिसने बेन जोन्स, जो 'वेन्श टेरर' के नाम से भी जाना जाता था, उसका माथा फोड़ दिया था।

उसकी भूख फिर से वापस आ गई।

"ब्लाइमी, क्या मुझे स्टीक का एक टुकड़ा मिल सकता है?" उसने अपनी मुट्ठी को भींचते हुए हलके स्वर में अदब के साथ बोला।

"मैंने बर्कस और सालेज दोनों पर देखा।" थोड़ी क्षमा-याचना के स्वर में उसकी पत्नी ने कहा।

"और उन्होंने नहीं दिया!" उसने जानना चाहा।

"हाफ पेनी वाला नहीं है।" बर्क ने कहा। वह जरा लड़खड़ाती जुबान से बोली, "वह क्या कहता?"

"और वह क्या सोच रहा था कि आज रात सैंडल क्या करेगी और तुम्हारा स्कोर क्या आराम से बड़ा होगा।" टॉम किंग घुरघुराया, उसने कोई उत्तर नहीं दिया।

वह उस बुल टेरियर के बारे में सोच रहा था, जो उसने अपनी युवावस्था में पाला हुआ था और जिसको वह अनगिनत स्टीक (गोश्त के टुकड़े) खिलाया करता था; बल्कि उन दिनों वह उसे हजारों स्टीक खाने का श्रेय दे सकता था। पर अब वह समय बदल गया था। टॉम किंग अब बूढ़ा हो चला था और बूढ़े आदमी अन्य सेकंड रेट क्लब के विरुद्ध खेलता था तथा ऐसे में दुकानदारों के साथ वह ज्यादा उधारी नहीं कर सकता था। वह जब सुबह उठा था, तभी से उसे गोश्त खाने की इच्छा हो रही थी और वह अभी तक मरी नहीं थी। आज की फाइट के लिए उसे अच्छी सी ट्रेनिंग भी नहीं मिली थी। ऑस्ट्रेलिया में इस साल सूखा पड़ गया था। समय बहुत कठिन चल रहा था और यहाँ तक कि अनियंत्रित काम तक उसे नहीं मिल पा रहा था तथा उसके साथ मुक्केबाजी करनेवाला कोई पार्टनर भी नहीं मिल रहा था—खाना भी पर्याप्त नहीं मिल पा रहा था। वह डोमेन के चारों ओर दौड़ने भी गया था, जिससे उसके पाँव शेप में आ जाएँ, पर बिना किसी पार्टनर के ट्रेनिंग कर रहा था। उसको एक अदद बीवी और दो बच्चों का पेट भी भरना था। बमुश्किल उस क्लब के मैनेजर ने उसे 3 पौंड अग्रिम राशि दी थी—जोकि दंगल में हारनेवाले खिलाड़ी को मिलती थी। कभी-कभी वह अपने पुराने दोस्तों से उधार ले लिया करता था—जोकि सूखा पड़ने के कारण ज्यादा पैसे देने की हालत में नहीं थे, क्योंकि ऑस्ट्रेलिया में सूखे की स्थिति थी। इस तथ्य को छुपाने की कोई

जरूरत नहीं थी कि उसकी ट्रेनिंग संतोषजनक नहीं हुई थी। उसको बेहतर खाने और चिंतामुक्त होना चाहिए था। इसके अलावा जब एक आदमी 40 वर्ष का हो जाता है, तब उसका 20 साल की अवस्था में आना बहुत कठिन होता है।

"क्य समय हुआ है, लिज्जी ?" उसने पूछा।

वह हॉल के उस पार तक गई और समय पूछकर आई।

"पौने आठ।"

वे लोग पहला 'बाउट' (द्वंद्व) कुछ ही क्षणों में शुरू करनेवाले होंगे। पर यह केवल एक ट्रायल होगा। फिर एक चार राउंड की मुक्केबाजी डीलर वेल्स और ग्रिडले के बीच होगी और उसके बाद फिर स्टाइलाइट और किसी नेवी के लड़के के साथ 10 राउंड की मुक्केबाजी होगी। इन सबमें एक घंटे से अधिक का समय लग जाएगा।

दस मिनट की चुप्पी के बाद वह डरकर खड़ा हुआ और बोला, "लिजी, सच तो यह है कि मुझे सही-सही ट्रेनिंग नहीं मिल पाई।"

वह अपने घर के दरवाजे की ओर बढ़ा। उसने लिजी को किस करने का प्रयास नहीं किया—वह बाहर जाते समय कभी करता भी नहीं था, पर आज रात को उसने हिम्मत करके उसको किस करने की कोशिश की, उसको अपनी बाँहों में भर लिया और उसे उसको झुककर चुंबन देना ही पड़ा। उस भारी-भरकम आदमी के सामने वह बहुत छोटी लग रही थी। 'गुड लक टॉम, तुमने उसको हराना ही है।' 'हाँ, मुझे उनको हराना ही है।' उसने दोहराया, 'यही सबकुछ है इस खेल में, मुझे उनको किसी प्रकार हराना ही है।' उसने उसका कसकर आलिंगन किया और दिल खोलकर हँसा। उसके कंधों के ऊपर से उसने अपने खाली कमरे की ओर देखा। यही उसके पास दुनिया में सबकुछ था। कमरे का किराया भी बहुत दिनों से बकाया था और वह थी तथा बच्चे थे। और वह रात में बाहर जा रहा था, अपनी संगिनी और बच्चों के लिए गोश्त का इंतजाम करने के लिए, उस आधुनिक आदमी की तरह, जो मशीन के ऊपर काम करने जाता है, बल्कि उस आदिवासी आदमी की तरह, जो सुबह अपने घर से शाही, पशु की तरह से फाइट करके, अपने बच्चों और परिवार के लिए भोजन (शिकार) जुटाते थे। 'मुझे उनको हराना ही है,' वह धीरे से मन में ही बुदबुदाया। उसकी आवाज में इस बार थोड़ी निराशा की झलक थी, यदि मैं जीत जाता हूँ तो मुझे 30 (तीस) पौंड मिलेंगे और तब मैं अपना सारा उधार चुका सकता हूँ। और यदि मैं हार गया तो मुझे एक पेनी भी नहीं मिलेगा, ताकि मैं ट्राम में बैठकर घर पहुँच जाऊँ। क्लब सेक्रेटरी ने उसे, जो कुछ भी देना था, हारने पर वह रकम

मुझे पहले ही दे दी थी, "गुड बाई, मेरी प्यारी पत्नी! यदि यह सीधी-सीधी जीत हुई तो मैं सीधे घर ही आऊँगा।"

"और मैं तुम्हारा इंतजार करूँगी," उसने हॉल में ही उससे कहा। "मेरा क्लब वहाँ से पूरे 2 मील था और जब वह चलते हुए जा रहा था तो उसे याद आया कि उसके अच्छे दिन कैसे थे! कभी वह 'हेवी-वेट' श्रेणी में न्यू साउथ-वेल्स में चैंपियन हुआ करता था और वह कैब में बैठकर मैच के लिए जाया करता था। और किस प्रकार से उसका समर्थन करनेवाला उसके साथ बैठकर वापस कैब में आता था, जिसका किराया भी वही देता था। तब टॉमी बर्न्स और योकीन (अमेरिकन) सिंगर जैक जॉनसन था—वे सब मोटरकार में चला करते थे। वह चल रहा था तथा किसी भी आदमी के लिए दो मील चलकर जाना और फिर फाइट करना अच्छी शुरुआत नहीं थी। वह अब एक बूढ़ा आदमी था और दुनिया बूढ़े लोगों के साथ अच्छे से नहीं चल पाती है। नेकी का काम छोड़कर अब वह किसी काम लायक नहीं रह गया था और उसमें भी उसकी टूटी हुई नाक तथा फूले हुए कान! उसको वहाँ पर भी काम मिलने में दिक्कत थी। वह कोई और काम या ट्रेड सीख लेता तो कितना अच्छा होता, वह सोच रहा था। पर यह उसको किसी ने नहीं बताया। पर अंदर-ही-अंदर उसको यह पता था कि शायद वह उनकी सुनता ही नहीं। इतना आसान था—तेजी से बड़ी-बड़ी मुक्केबाजी-बीच-बीच में आराम करने का और घावों के ठीक होने का समय, प्रशंसकों की एक बड़ी भीड़, हाथ मिलाना और कंधों पर थपकियाँ। कुछ लोग तो उससे पाँच मिनट बातचीत करने के लिए ड्रिंक पिलाने को भी तैयार रहते थे। और उन सबके बीच स्टैंड्स में तमाम जोर-जोर से चिल्लाने की आवाजें और खेल की तूफानी समाप्ति। रेफरी का कहना, "किंग, जीत गया।" और फिर अगले दिन अखबारों के स्पोर्ट्स कॉलम में उसका नाम मैच के परिणाम के साथ।

वह ऐसा समय था, पर अब उसकी समझ में आया, अपनी सुस्त मति से सोचने से, कि वे लोग भी पुराने हो गए थे, जिनको वह रिंग में हरा देता था। वह युवा था और ऊपर चढ़ रहा था तथा वह लोग उम्रदराज थे तथा अब उतार पर थे। कोई आश्चर्य नहीं कि यह उसके लिए आसान था—उनकी नसें सूज गई थीं और उँगलियों की गाँठें भी टूट-फूट गई थीं तथा हड्डियाँ भी कमजोर हो गई थीं, उन तमाम द्वंद्वों से, जो उन लोगों ने लड़ा था, उसने उस समय को याद किया, जब उसने रश-कटर्स में पुराने खिलाड़ी स्टाउशर बिल को हराया था और किस प्रकार से बच्चों की तरह बिल उस रात को ड्रेसिंग रूम में रोया था। हो सकता था कि उसके भी घर का

किराया बकाया हो तथा घर में पत्नी और बच्चे हों! और शायद बिल भी उसे दिन मांस (Steak) के एक टुकड़े के बिना भूखा रहा हो! बिल ने पूरी ताकत से खेल खेला था और उसकी बहुत पिटाई भी हुई थी। अब उसको यह सब समझ में आ रहा था, जब वह खुद इस प्रकार की स्थिति में था। उस दिन स्टाउशर बिल ज्यादा दाँव (इनामी राशि) के लिए खेला था। उस रात को, 20 साल पहले, उस युवा टॉम किंग के मुकाबले में, जिसने कि यश और धन के लिए खेला था। वेल शुरू करने के लिए खेल का यही नियम था कि एक आदमी सीमित, इतनी ही 'फाइट्स' द्वंद्व खेल सकता था। एक आदमी की सामर्थ्य 100 मुकाबलों की हो सकती है तो दूसरे की केवल 20 मुकाबले की, प्रत्येक खिलाड़ी का खेल इस बात पर निर्भर करता था कि उसके अंदर कितनी ताकत है। जब वह इतने मुकाबले लड़ लेता है तो फिर वह इस खेल के लायक नहीं रहता है। और वह तो अपनी कूबत से ज्यादा मुकाबले लड़ चुका था और उसके हिस्से में तमाम कठिन और संघर्षपूर्ण लड़ाइयाँ आ चुकी थीं, जिससे उसके दिल और फेफड़े ज्यादा-से-ज्यादा काम कर चुके थे और अब लगता है कि उसके फेफड़े और दिल फट जाएँगे, जिससे हमारी धमनियों का लचीलापन खत्म हो जाएगा और उसमें गाँठें पड़ गईं, जो उस युवा की पतली नसों को ताकत भी कम पड़ गई थी। उसका दिमाग और हड्डियाँ सब अब घिस-पिट गए थे, अधिक सहने के कारण; हाँ, उसने उन सबसे बेहतर किया था। अब उसके कोई भी पुराने लड़नेवाले पार्टनर्स नहीं रह गए थे। वे सब अब खत्म हो गए थे और कुछ के खत्म होने में उसका भी हाथ था।

उन्होंने उसको पुराने साथियों के साथ भी लड़ाया, पर एक-एक करके उसने उन सबको परास्त कर दिया—हँसते हुए। उसी प्रकार वे ड्रेसिंग रूम में जाकर रोए थे, जैसे कि स्टाउशर उस दिन ड्रेसिंग रूम में रो रहा था। और अब वह पुराना पड़ गया था और वे उसके खिलाफ युवा लड़कों को लड़वा रहा था। अब यह लड़का सैंडल, जो न्यूजीलैंड से आया था और कई रिकार्डधारी था, पर उसके बारे में ऑस्ट्रेलिया में किसी को कुछ भी पता नहीं था, अतएव उसी को उन्होंने टॉम सैंडल के खिलाफ खड़ा कर दिया था। अगर सैंडल ने अच्छा प्रदर्शन किया तो फिर आगे उसे बेहतर मुक्केबाजों के साथ लड़वाएँगे। यदि टॉम किंग ने अच्छा खेल दिखाया तो फिर उसे बेहतर इनामी राशि मिल सकती थी। अतएव यह पता था कि घमासान लड़ाई होनेवाली थी। सैंडल की इस लड़ाई से—धन, राश और एक अच्छा कॅरियर तथा टॉम किंग एक पुरानी सफेद बालों वाला एक पुराना चैपिंग-ब्लॉक, जो प्रसिद्धि और भाग्य के हाइवे की रक्षा कर रहा था। उसके पास कुछ भी नहीं था

तथा उसको और कुछ नहीं चाहिए था, 30 डॉलर के अलावा, जिससे उसको मकान मालिक का किराया और बनिया का उधार चुकाना था। टॉम किंग इसी प्रकार से भावशून्य आँखों से सोच-विचार कर रहा था। उसको अपनी जवानी के दिन याद आ रहे थे, जब वह एक यशस्वी युवा था, जोकि ऊपर को उठ रहा था और अभेद्य उसकी मांसपेशियाँ लचीली थीं और त्वचा सिल्क की तरह मुलायम। उसके दिल और फेफड़े की मांसपेशियाँ, जो कभी भी थकी हुई और फटी हुई नहीं थीं और वह अपनी कोशिशों की सीमा पर हँस रही थीं। जगनी एक (Nemesis) अर्थात् पाप का दंड देनेवाली देवी थी। उसने पुराने लोगों को खत्म कर दिया था, बिना इस बात की परवाह किए कि इस प्रक्रिया में वह खुद भी नष्ट हो रहा था। इससे उसकी रक्त की धमनियाँ बढ़ गई थीं और उसकी उँगलियों की गाँठें कुचल गई थीं। जवानी (Youth) द्वारा नष्ट कर दी गई थी, क्योंकि युवावस्था (Youth) हमेशा जवाँ-भरी होती है। यह तो अपनी आयु है, जो बढ़ती रहती है।

कैसलरीय स्ट्रीट पर वह बाएँ मुड़ गया और वहाँ से 3 ब्लॉक दूर ग्रयटी क्लब था, जहाँ उसका मैच होना था। यहाँ भी गेट पर कई लड़के खड़े थे, जिन्होंने उसको पहचानकर आदर से अंदर जाने का रास्ता दे दिया। उन्होंने एक-दूसरे से कहा, 'यह टॉम किंग है।'

अंदर ड्रेसिंग रूम में जाते समय वह सेक्रेटरी से मिल लिया, जो युवा था तथा जिसकी आँखें बड़ी तेज थीं और चेहरे से चालाकी टपकती थी। उसने उससे हाथ मिलाते हुए पूछा, "आप कैसा महसूस कर रहे हैं, टॉम?" "बिल्कुल फिट और फाइन।" किंग ने कहा; पर उसको अंदर से पता था कि यदि उसके पास कुछ पैसे होते तो वहीं पर स्टीफ का एक टुकड़ा लेकर खा लेता।

जब वह ड्रेसिंग रूम से बाहर निकला तो उसके सहायक उसके पीछे-पीछे चल रहे थे तथा उसके साथ हॉल में बने वर्गाकार रिंग तक आए। बैठी हुई भीड़ ने उसका तालियों की गड़गड़ाहट के साथ स्वागत किया। उसने उनके सैल्यूट का दाएँ-बाएँ हाथ हिलाकर जवाब दिया, यद्यपि वह कुछ ही लोगों को पहचान पाया, क्योंकि भीड़ में अधिकतर लोग युवा थे, जो उस वक्त संभवत: पैदा भी नहीं हुए थे, जब वह अपनी प्रतियोगिताएँ जीत रहा था। वह थोड़ा सा कूदकर उस प्लेटफॉर्म पर चढ़ गया, जिस पर रिंग बना हुआ था तथा रस्सी के उस फोल्डिंग स्टूल पर बैठ गया। जैक बाल रेफरी ने उसके पास आकर उससे हाथ मिलाया। उसे खुशी हुई कि उसे रेफ़री जैक बाल मिला था, जो उसे पहले से ही जानता था और पुराना खिलाड़ी था, जिसे कई जगह चोट लगी हुई थी। बाल एकछत्र विश्व मुक्केबाज

था और उतने सालों से वह कभी रिंग में उतरा नहीं था। उसको उम्मीद थी कि वह उसके साथ नरमी से बरताव करेगा। उसे भरोसा दिया बाल ने तथा महत्त्वकांक्षी युवा भारी वजनवाले मुक्केबाज भी एक-एक करके रिंग में चढ़ रहे थे और वे रेफरी द्वारा दर्शकों कें सामने परिचय के साथ पेश किए जा रहे थे। साथ में उन लोगों को भी, जो उन्हें चुनौती देनेवाले थे।

"युवा प्रोटो", बिल ने घोषित किया, "सिडनी से 50 पौंड के लिए जीतनेवाले को चुनौती दे रहा है।"

दर्शकों ने तालियाँ बजाईं और दुबारा फिर बजाईं, जब सैंडल रस्सियों के बीच से कूदकर और एक कोने में बैठ गया। टॉम किंग ने भी बहुत जिज्ञासा से अपने कोने से देखा; कुछ ही मिनट बाद वे मुक्केबाजी में एक-दूसरे के सामने होंगे। निर्दयता से, उसमें से प्रत्येक एक-दूसरे को दयाहीनता से हराने की पूरी कोशिश करेगा। पर वह ज्यादा कुछ नहीं देख सका, क्योंकि सैंडल ने अपने कास्ट्यूम के ऊपर स्वेटर और पैंट पहन रखी थी। उसका चेहरा बहुत ही खूबसूरत था और सर पर पीले रंग के बाल थे। उसकी गरदन मोटी मांसल थी, जिससे उसके सारे शरीर का पता चलता था।

युवा प्रोटो, रिंग के एक कोने तक प्रिंसिपल्स से हाथ मिलाते हुए गया और फिर रिंग के बाहर कूद गया। उसके बाद फिर एक बार चुनौतियों की घोषणा हुई। एवरयूथ कूदकर आया। यूथ को जहाँ कोई नहीं जानता था, पर उसकी प्यास बुझी नहीं थी, जो मानवता के सामने चीख-चीखकर कह रही थी कि अपनी शक्ति और कौशल के बल पर वह किसी भी विजेता की वाह-वाही कर सकता था। कुछ सालों पहले टॉम किंग भी यह सोचता था कि अपने अच्छे दिनों में वह अभेद्य था। टॉम किंग मन-ही-मन हँसता तथा इस तरह की औपचारिकताओं से बोर हो जाता था। परंतु अभी वह मंत्रमुग्ध था तथा 'यूथ' की छवि को अपने मन में उतारने से हटा नहीं पा रहा था। पर यह तो जवान लोग थे तथा मुक्केबाजी के उभरते हुए खिलाड़ी। वे पुराने खिलाड़ियों के शरीर के ऊपर चढ़कर ऊपर उठना चाहते थे तथा वे हमेशा आए जा रहे थे—युवा लोग, जिनकी प्यास जीत के लिए अभी बुझी नहीं थी तथा वे चिल्ला-चिल्लाकर चुनौती दे रहे थे और हमेशा ही पुराने मुक्केबाजों को धराशायी कर देते थे। इस प्रक्रिया में वे भी पुराने पड़ जाते थे तथा ढलान के रास्ते पर चल निकलते थे। जबकि उनके ऊपर भी हमेशा की भाँति शाश्वत जवाँ लोग, नए-नए युवा लोग अपने से बुजुर्ग खिलाड़ियों को हराने में लगे रहते थे—और उनके पीछे भी और नए-नए बच्चे आते जा रहे थे और यह चक्र यों ही अनवरत चलता रहता

है, कभी समाप्त नहीं होता है।

किंग ने प्रेस-बॉक्स की ओर देखा और स्पोर्ट्समैन के. मोर्गन और रेफरी के. कॉर्वेर को हाथ हिलाकर अभिवादन किया। फिर उसने अपना हाथ आगे को किया तथा जब डेढ़ सेंकेड्स (सहायक) उसको ग्लव्स (दस्ताने) पहना रहे थे और उसके फीते को कस रहे थे। जिसको काफी नजदीकी से सैंडल का सेकंड ध्यान से देख रहा था तथा सैंडल को भी ग्लव्स पहना रहा था। सैंडल का ट्राउजर उतार दिया गया था और जैसे-जैसे वह आगे बढ़ रहा था, उसका स्वेटर भी उतार दिया गया था। अब टॉम किंग जो देख रहा था, वह भरपूर यौवन का अवतार था, गहरी छाती, भारी-उभरी नसें और ऐसी कसी हुई मांसपेशियाँ, जैसे कि उनके ऊपर से सिल्क फिसल जाएगा। उसका सार शरीर जीवंत था तथा टॉम किंग यह जानता था कि वह एक ऐसा जीवन था, जिसकी ताजगी कभी भी रिस-रिसकर बाहर नहीं आई थी लंबी-लंबी द्वंद्वों के बीच से, जबकि उसकी जवानी धीरे-धीरे उसका खामियाजा भुगत रही थी, वह जवानी जोकि जितनी जल्दी आई, उतनी ही जल्दी चली गई। वह दोनों आदमी एक-दूसरे से मिलने आगे बढ़े और जैसे ही घंटा बजा और उनके सहायक अपने-अपने फोल्डिंग स्टूल लेकर बाहर निकले, उन दोनों प्रतिद्वंद्वियों ने हाथ मिलाया और फिर तुरंत ही लड़ाई की मुद्रा में आ गए, जैसे कि स्टील और स्प्रिंग का कोई यंत्र हो, जो किसी हेयर ट्रिगर पर संतुलन में हो। सैंडल बार-बार उसको घूँसे पर घूँसे मार रहा था, कभी बाएँ से आँखों पर तो कभी दाएँ से पसलियों पर और जब उस पर कोई वार किया जाता तो वह उसे नीचे झुककर डक कर जाता था तथा शैतानी से नाचते हुए पीछे को हो जाता था। वह बहुत तेज तथा चालाक था, उसका प्रदर्शन बहुत चमकदार था। सारे दर्शकगणों ने तालियों की गड़गड़ाहट से स्वागत किया। परंतु इन सब चीजों का कोई असर नहीं पड़ा था। उसने बहुत मुकाबले लड़े थे और कई युवाओं से भी वह जानता था कि यह घूँसे कितने जोरदार थे और बहुत तेज तथा निपुण तथा कितने खतरनाक थे। यह साफ था कि सैंडल शुरू से ही जल्दी से गेम खत्म करना चाहता था। आशा की जा रही थी, जवान लोग की सोच ऐसी ही होती है। वह अपना सारा जलवा तथा अपना सारा कौशल अपनी भयानक आक्रामकता, उसकी तो आशा थी ही। जवानी अपने सारे वैभव पर थी और अपनी उत्कृष्टता तथा जंगली प्रदर्शन से वह अपने विरोधी पर हावी हो जाता था, अपनी महिमा, ताकत तथा इच्छा-शक्ति पर सैंडल रिंग में यहाँ-वहाँ सब जगह था, अंदर-बाहर, क्योंकि वह हलके-पाँवों वाला और उत्सुक दिलवाला था—वह सफेद मांस और बुझनेवाली मशाल का जीवित आश्चर्य था। इन सबके बल पर वह

अपने प्रतिद्वंद्वी पर तगड़ा हमला बोलता था। वह एक उड़ती हुई चिड़िया (शटल) की तरह एक प्रकार के ऐक्शन से दूसरे प्रकार के ऐक्शन में चला जाता, यानी अपनी फुरती से अपना पैंतरा बदल लेता था। इस प्रकार से वह टॉम किंग को हराने के लिए हजारों पैंतरों, दाँव-पेंचों का प्रयोग करता था। वहीं टॉम किंग, जो उसके और उसके भाग्य के बीच में था। और टॉम किंग उसके प्रहारों को धैर्यपूर्वक सहन कर रहा था। उसको अपना काम पता था। उसको यह भी पता था कि जवानी क्या थी और अब उसकी युवावस्था नहीं थी। वह यह सोच रहा था कि सामनेवाले आदमी की गरमी थोड़ी शांत हो जाए, वह यही सब सोच रहा था, जबकि सैंडल उसको सिर पर एक तगड़ा घूँसा मारनेवाला था, पर यह उसे 'डक' कर गया। बॉक्सिंग के खेल में यह एक दुष्टता का दाँव था, पर इसकी अनुमति थी। यदि कोई आदमी अपने पोरों (Knuckles) या उँगलियों की गाँठों को घायल करना चाहता था, दूसरे खिलाड़ी के सिर पर घूँसा मारकर तो यह उसका मामला था और ऐसा करके वह अपना ही नुकसान करता था। किंग और नीचे झुककर उस घूँसे को बिल्कुल ही बचा सकता था, पर उसे याद आया कि उसने अपने पहले ही मुकाबले में किस प्रकार से वेल्श टेरर के सिर पर घूँसा मारा था और अपनी ही पहली उँगली की गाँठ को काफी घायल कर लिया था। सैंडल ने इसको कुछ नहीं माना और उसी स्फूर्ति और तेजी से उस पर वार करने लगा। पर जब रिंग में लंबी और बड़ी लड़ाइयाँ लड़ी जाएँगी, तब वह याद करेगा कि किंग के सिर पर मारकर उसने कितनी बड़ी भूल की थी। पहला राउंड सैंडल के नाम रहा और दर्शकों ने जोरदार तालियों से उसका अभिवादन किया, उसने किंग पर दमा-दम कई बार किए और किंग ने कुछ भी नहीं किया, पलटवार नहीं किया। बस, अपने को बचाने की कोशिश करता रहा। कभी ब्लॉक कर देता तो कभी डक कर देता या फिर क्लिव कर देता, जिससे उसको सजा नहीं मिले। कभी-कभी तो वह लगभग बेहोश तथा सिर हिलाता था, जब कोई 'पंच' उसके ऊपर पड़ता और भावशून्य इधर-उधर हट जाता, वह कभी भी उछलता-कूदता नहीं था, जिससे उसकी थोड़ी भी शक्ति व्यर्थ न जाए। सैंडल की जवानी का जोश थोड़ा घट जाए, तभी वह वापसी कर पाएगा। किंग की सभी चालें बहुत सुस्त तरीके से और भारी कदम वाली थीं। उसकी आँखों की धीमी गति चलने से प्रतीत होता था कि वह या तो उनींदा था या फिर स्तब्ध था। फिर भी वे ऐसी आँखें थीं, जो हर चीज देखने के लिए ट्रेंड या प्रशिक्षित की गई थीं—रिंग में अपने 20 साल के तजुर्बे से। वे ऐसी आँखें नहीं थीं, जोकि एक आनेवाले मुक्के के साथ हिल जाएँ या पलक झपकाएँ, फिर भी वे शांति से दूरी को देख लेती थीं और

अपने सामने की दूरी को भी नाप लेती थीं।

अपने कोने में एक मिनट के आराम के लिए बैठा पैर फैलाकर, उसकी बाँहें समकोण पर रिंग की रस्सियों पर आराम करती हुई, उसका पेट और छाती पूरी तरह ऊपर–नीचे होती हुई और वह उस हवा को अंदर ले रहा था, जो उसके सहायकों द्वारा टॉवेल को हिलाने से आ रही थी। वह बंद आँखों से उन आवाजों को सुन रहा था, "टॉम, आज आप फाइट क्यों नहीं कर रहे, टॉम?" "क्या तुम उससे डर रहे हो?"

"उसकी मसल्स अब जकड़ गई हैं," सामने की सीट पर बैठे उसने एक आदमी को कहते सुना, "वह जल्दी नहीं 'मूव' कर सकता। सैंडल के दो घूँसे के बदले वह एक ही घूँसा मार पाता है।"

घंटी बजी और सैंडल फुरती से चलते हुए तीन–चौथाई दूरी पर आ गया, जबकि किंग केवल छोटी दूरी एक–चौथाई चलने में ही संतुष्ट था। यह उसकी अपनी ताकत बचाने की कोशिश थी। उसको ठीक से ट्रेनिंग भी नहीं मिली थी और खाने को भी पर्याप्त नहीं मिला था, इसके अलावा वह दो मील पैदल चलकर भी आया था। यह राउंड भी पहले राउंड की ही तरह था। सैंडल आँधी–तूफान की तरह उस पर हमला बोल रहा था और दर्शकगण गुस्से से बार–बार आवाजें उठा रहे थे कि किंग क्यों नहीं काउंटर अटैक या पलटवार कर रहा था? परंतु मिथ्याभ्रम और कुछ सुस्त से मुक्के के अलावा कुछ नहीं कर रहा था। जबकि सैंडल चाहता था कि खेल की रफ्तार बढ़े, पर किंग अपनी बुद्धिमत्ता के अनुसार उसका साथ नहीं दे पा रहा था, रिंग में अपने पिटे–पिटाए चेहरे से बस वह उदासी भरी खीसें निपोर रहा था और इस प्रकार से वह अपनी इस उम्र में बची–खुची ताकत को बचा रहा था। सैंडल अभी जवान था तो अभी जवानी के जोश में वह उदारता से अपने घूँसे उस पर बरसा रहा था। किंग एक जनरल की भाँति था और उसको बुद्धिमत्ता साँसें लंबी–लंबी दर्द भरी लड़ाइयों का परिणाम थीं। वह ठंडी आँखें तथा सिर से देख रहा था कि कब सैंडल का जोश कम हो! अधिकतर दर्शक यह महसूस कर रहे थे कि सैंडल किंग पर भारी पड़ रहा था। और उन्होंने सैंडल को 3:1 चांस दिया था, पर फिर भी कुछ ऐसे लोग थे, जो किंग के प्रदर्शन जानते थे, वे उसको भाव दे रहे थे।

तीसरा चक्र भी पहले की भाँति चल रहा था। एक तरफ सैंडल आगे चल रहा था, जो अब तक किंग को सजा दे रहा था, पिटाई कर रहा था। सैंडल ने आधे मिनट बाद थोड़ा सा खेल में ढील दे दी, किंग तो इसी मौके की तलाश में था और उसी वक्त उसका दायाँ हाथ हवा में लहराया और उसने अपने दाएँ हाथ से एक कसकर

घूँसा मारा। एक 'हुक' मुक्का दाहिने को हाथ कड़ा रखने के लिए थोड़ा सा मुड़ा हुआ था और उस पर उसके पूरे शरीर का भार था। ऐसा लग रहा था जैसे कि एक सोए हुए शेर ने आँखें खोलीं और बिजली सी फुरती के साथ सैंडल पर हमला कर दिया था। उसके जबड़े की साइड में काफी चोट आ गई थी और वह एक बैल की भाँति गिर पड़ा था। दर्शक स्तब्ध रह गए थे और डरते-डरते उन्होंने तालियाँ बजाईं, कहा कि 'जो कुछ भी हो, यह आदमी 'मसल बाउंड' नहीं है और वह ट्रिप हैमर (हथौड़े) की तरह घूँसा मार सकता है।'

सैंडल हिल गया था। उसने लेटकर उठना चाहा, पर उसके सहायकों ने उसे ऐसा करने से रोक दिया तथा गिनती लेने का इशारा किया। वह एक घुटने पर झुक गया, उठने के लिए तैयार हो गया, रेफरी उसके कान पर जाकर सेकंड्स गिनने लगा। नौ की गिनती पर वह उठ खड़ा हुआ, टॉम किंग से लड़ने की मुद्रा में। टॉम किंग को पता था कि उसका मुक्का यदि उसके जबड़े के एक इंच और पास होता तो वह जीत जाता, वह 'नॉक आउट' होता और वह 30 पाउंड लेकर अपनी पत्नी तथा बच्चों के पास पहुँच जाता।

यह चक्र अगले 3 मिनट तक चलता रहा। सैंडल पहली बार अपने विरोधी को आदर की दृष्टि से देख रहा था। किंग के मूवमेंट अभी भी सुस्त और आँखें उनींदी सी। वह इस बात से चेत गया था कि उसके सहायक रिंग के बाहर घुटने टेककर खड़े थे, कूदकर अंदर आने के लिए, इसलिए उसने इस द्वंद्व को ऐसे खत्म किया, जिससे वह अपने कॉर्नर (कोने) पर पहुँच जाए तथा स्टूल पर बैठ जाए। और जब घंटी बजी, तब वह जल्दी से स्टूल पर बैठ गया, जबकि सैंडल को काफी चलकर अपने कोने तक पहुँचना पड़ा। यह छोटी-छोटी बातें बहुत काम आती हैं। वह ज्यादा आराम कर पाया और सैंडल को ज्यादा ऊर्जा खर्च करनी पड़ी तथा आराम के एक मिनट में से काफी समय निकल गया। प्रत्येक राउंड के शुरुआत में किंग स्टूल पर से उठकर धीरे-धीरे चलता था, जबकि सैंडल को उतनी दूर और चलकर उसके पास पहुँचना पड़ता था। ऐसे ही हरेक राउंड के खत्म होने पर अपने कोने पर पहुँचने की कोशिश करता था और तुरंत बैठ जाता था।

इस प्रकार से दो और 'चक्र' निकल गए। किंग ज्यादा कोशिश नहीं कर रहा था कि वह कुछ तेजी से खेले, परंतु किंग को यह सुखद नहीं लग रहा था, क्योंकि जो तमाम मुक्के उसे मारे जा रहे थे, वह उसे जहाँ-तहाँ लग ही रहे थे, परंतु किंग अपने सुस्तीपने में डटा रहा, जबकि युवा गर्मजोश दर्शक उसे उकसा रहे थे कि वह भी तेजी से खेले। फिर छठे राउंड में भी सैंडल एक क्षण को लापरवाह हुआ कि

किंग ने उसके जबड़े पर मुक्का दे मारा। फिर से सैंडल नौ की गिनती तक पड़ा रहा और फिर उठ खड़ा हुआ।

नौवें राउंड तक सैंडल के चेहरे का गुलाबीपन जाता रहा था और अब वह उस द्वंद्व के लिए तैयार हो रहा था, जो इन मुकाबलों का सबसे कठिन मुकाबला होनेवाला था। टॉम किंग एक पुराना मँजा हुआ खिलाड़ी था, पर उससे कहीं ज्यादा, जितना कि उसने कल्पना की थी। एक ऐसा पुराना खिलाड़ी, जिसकी अक्ल ठिकाने पर रहती थी, जो कि असाधारण रूप से अपनी रक्षा कर रहा था तथा जिसके नॅटिड क्लब के मुक्केबाजी ने उसे लगभग दो बार नॉक ऑउट कर ही दिया था। पर फिर भी टॉम किंग को यह साहस नहीं हो पा रहा था कि वह सैंडल पर जल्दी-जल्दी हमला बोले। टॉम अपने क्षत-विक्षत नकल्स (Knuckles) को भूला नहीं था तथा उसका यह मानना था कि उसे पूरे खेल में बने रहना है तो उसे अपने Knuckles को बचाकर रखना पड़ेगा और उसका हिट गिना जाए। जब वह अपने कॉर्नर में बैठा अपने विरोधी की ओर देखते हुए सोच रहा था कि उसके पास बुद्धिमत्ता और चतुराई है तो उसके पास जवानी है, जो एक वरदान है; और यदि दोनों को (अनुभव + जवानी) को मिला दिया जाए तो दुनिया का सबसे ताकतवर मुक्केबाजी के भारी वजन में विश्व चैंपियन तैयार हो जाए।

किंग वह सब फायदा उठा रहा था, जो वह ले सकता था। वह 'क्लिंच' करने का कोई मौका नहीं छोड़ता था; और जब वह क्लिंच (Clinch) करता था, तब वह अपने कंधों से अपने विरोधी की पसलियों पर हमला कर रहा होता है। रिंग के दर्शन में 'क्लिंच' भी उतना प्रभावी होता है, जितना कि मुक्का पंच करना, क्योंकि उससे विरोधी को जो क्षति पहुँचती है, वह उसकी कोशिश से कहीं ज्यादा होती है। और क्लिंच करते समय वह अपना सारा भार भी विरोधी पर डाल देता था और फिर उसको छूटकर जाने नहीं देता था। इससे रेफरी को हमेशा उन दोनों को अलग करना पड़ता था, जिसमें सैंडल उसकी सहायता करता था, क्योंकि सैंडल ने अभी तक विश्राम करना नहीं सीखा था। उसकी लहराती हुई भुजाएँ और बाँहों को मोड़नेवाली तगड़ी 'मसल्स' (मांसपेशियाँ) और जब दूसरा आदमी क्लिंच करने के लिए भागकर कंधे को पसलियों पर मारता हुआ और उसका सिर सैंडल के बाएँ हाथ के नीचे होता, तब सैंडल हमेशा यह कोशिश करता कि वह अपने दाएँ हाथ को पीछे ले जाकर उसके बाहर निकले हुए मुँह पर वार करे। यह बहुत चालाकी भरी चाल थी, जो उसके दर्शकगण बहुत सराहते थे, पर वह स्ट्रोक इतना खतरनाक भी नहीं था। एक तरह से यह एक बेकार का स्ट्रोक था। पर सैंडल थका नहीं था

और किंग खिसियाता हुए उसे स्वीकार कर लेता था।

सैंडल ने अपने शरीर को बहुत कस लिया, जिससे ऐसा प्रतीत हो रहा था कि किंग केशरी को बहुत चोटें पहुँचाई गई थीं। केवल पुराने शातिर खिलाड़ी यह जान सकते थे कि किंग कितनी होशियारी से अपने बाएँ दस्ताने से सैंडल के हँसुली पर वार कर रहा था; पर बाइसेप्स (हँसुली) पर मुक्का पड़ने से उसका असर (शक्ति) कम हो जाता था। नौवें चक्र में ऐसा हुआ कि तीन बार किंग का मुक्का सैंडल के जबड़े पर लगा और चूँकि सैंडल का शरीर भारी था और वह मैट पर गिर पड़ता था, पर प्रत्येक बार वह नियत 9 सेकंड के बाद उठ खड़ा होता था, अच्छी तरह हिला हुआ और जबड़े भिंचे हुए; पर अब भी वह ताकतवर था। उसकी तेजी थोड़ी कम पड़ गई थी और अपनी कोशिश कम बरबाद होने देता था। वह अब निर्दयता से लड़ रहा था और उसका जो मुख्य गुण था, जवानी, उससे वह अपनी ताकत ले रहा था, जबकि किंग का सबसे बड़ा गुण था अनुभव और वह उसके भरोसे खेल रहा था, क्योंकि उसकी शक्ति कम हो गई थी और ओज भी कम हो गया था, अतएव उसने थोड़ी चालाकी से काम लेना शुरू कर दिया था तथा बुद्धि से, जो उसको बार-बार द्वंद्व करने से पैदा हो गई थी तथा वह सावधानी से अपनी ताकत को इस्तेमाल करता था। केवल उसने यह सीख लिया था कि वह कोई बेकार जानेवाला दाँव न खेले, पर वह यह भी कोशिश करता था कि उसका विरोधी अपनी ताकत को इधर-उधर जाया करे। बार-बार वह अपने पैर और शरीर को ऐसे छद्‌म तरीके से 'मूव' करता था, जिससे कि उसके विरोधी को या तो डक पड़ता था या फिर उसको उलट वार करना पड़ता था; किंग बीच-बीच में आराम कर लेता था, पर सैंडल को आराम नहीं करने देता था। यह भी उसकी एक चाल थी।

दसवें राउंड में शुरू-शुरू में ही सैंडल चेहरे पर बाईं ओर वार करता था। सैंडल इससे थक गया था और वह अपने बाएँ चेहरे को खींच लेता था या डक कर देता था और फिर उसने अपने दाएँ हाथ से उसके सिर पर बाईं ओर जोर से स्विंगिंग हुक वार किया। इतनी ऊर्जा का यह नहीं था कि प्राणघातक हमला हो, पर फिर भी उसके (किंग के) आँखों के आगे अँधेरा छा गया और कुछ मिनटों के लिए वह बेहोश हो गया। उसका परिचित ब्लैक ऑउट हो गया था। कुछ क्षणमात्र के लिए वह मृतप्राय हो गया था। उसने देखा कि उसका विरोधी एक क्षण के लिए सफेद पृष्ठभूमि में एक काली छाया की तरह प्रतीत हो रहा है। उसने दुबारा यही दृश्य देखा। सफेद पृष्ठभूमि में कुछ धुँधले से चेहरों की छवियाँ! ऐसा प्रतीत हो रहा था कि वह कुछ पल के लिए सो गया हो तथा गिरने के लिए कुछ भी समय नहीं बचा

था। दर्शकों ने देखा कि वह लड़खड़ाया तथा उसके घुटने मुड़ गए, पर वह जल्दी से अपनी पोजीशन पर खड़ा हो गया, पर इतनी जल्दी भी नहीं कि वह अपनी ठुड्डी को अपने कंधे के साए में छिपा सके।

सैंडल ने अपना यह वार कई बार दुहराया, जिससे कि किंग का थोड़ी देर के लिए सिर चकरा जाता था, फिर उसे अपनी रक्षा का उपाय सूझ गया था, जिसके लिए उसने डेढ़ कदम पीछे हटकर दाएँ हाथ का नाटक करते हुए, बाएँ हाथ से जबरदस्त वार किया था। उसकी टाइमिंग इतनी सही थी कि सैंडल के चेहरे पर बड़ी जोर से पड़ा। यह फुल स्विंगिंग वार था, जो बड़ी जोर से उसके चेहरे पर पड़ा तथा सैंडल हवा में उछल गया था। और फिर पीछे को घूमकर खड़ा हो गया, फिर उसका सिर और कंधा मैट से टकराया। किंग ने ऐसा दो बार किया और फिर खुले शेर की तरह उसने सैंडल पर मुक्कों की बौछार कर दी तथा उसको पीछे रस्सी की ओर ढकेल दिया। उसने सैंडल को थोड़ा समय आराम के लिए दिया और फिर वह जैसे ही उठा, उसके ऊपर घूँसों की बौछार कर दी। सारा हॉल तालियों की गड़गड़ाहट से गूँज उठा। पर सैंडल की ताकत और सहनशक्ति गजब की थी और वह अपने पाँवों पर खड़ा रहा। एक नॉक-ऑउट बिल्कुल तय था तथा पुलिस का एक कैप्टन, जोकि भयानक सजा से भौचक्का रह गया था, वह इस फाइट को रोकने के लिए आगे बढ़ा। उसी वक्त राउंड खत्म करने के लिए घंटा बजा और सैंडल लड़खड़ाते हुए अपने कोने की ओर बढ़ा। उसने पुलिस कैप्टन का प्रतिवाद किया तथा दो बैक एयर-स्प्रिंग फेंके, जिससे पुलिस कैप्टन ने अपनी जिद छोड़ दी।

टॉम किंग अपने कोने में जाकर खड़ा हो गया था तथा इस बात पर निराश था कि यदि यह फाइट रोक दी गई होती तो रेफरी उसके पक्ष में फैसला दे देता और पर्स उसका होता। सैंडल अपनी महिमा और कॅरियर के लिए लड़ रहा था, जबकि वह केवल पैसों और परिवार के भोजन के लिए लड़ रहा था। और अब इस एक मिनट के विश्राम में वह पुनः अपनी ताकत पा लेगा।

'युवावस्था की जीत होगी'—यह कहावत उसके मन में कौंध गई और उसने वह दिन याद किया, जब उसने पहली बार यह कहावत सुनी थी। वह रात, जब उसने स्टॉउदर विल को धराशायी किया था। वह सुवस्त्रधारी आदमी, जिसने फाइट के बाद उसको ड्रिंक लाकर दी थी। उसने कहा था—"Youth will be Served"। वह आदमी सही था। और उस रात को वह द्वंद्व जीत गया था, जवानी की जीत हुई थी। आज युवा आदमी सामने कोने में खड़ा था। जहाँ तक उसका सवाल था, वह अब बूढ़ा आदमी था और पिछले आधे घंटे से वह लड़ रहा था। यदि वह सैंडल

की तरह लड़ता तो वह 15 मिनट से अधिक नहीं ठहर पाता। पर मुद्दा यह था कि अभी उसने दुबारा से वह शक्ति वापस नहीं पाई थी। वे तनी हुई धमनियाँ और दुर्बल हृदय ने उसको राउंड्स के बीच में होती है—उसमें वह अपेक्षित लाभ नहीं ले पाया था। अगला राउंड लड़ने के लिए उसके पास ताकत नहीं बची थी। उसके पाँव भारी हो रहे थे और उनमें अकड़न भी आ गई थी। उसको दो मील चलकर नहीं आना चाहिए था तथा वह गोश्त भी उसे नहीं मिला था, जिसकी उसे इच्छा थी। उस सुबह उसके मन में उस कसाई के प्रति बहुत घृणा हो गई थी, जिसने उसे सुबह उधार पर गोश्त नहीं दिया था। एक बूढ़े आदमी से कैसे आशा की जा सकती थी, वह आधे पेट मुक्केबाजी के लिए जाए? गोश्त का एक टुकड़ा कितना जरूरी था, केवल कुछ ही पेनी का होता है, पर उसके लिए तो वह तीस पौंड के बराबर था।

जब ग्यारहवें चक्र के लिए घंटा बजा तो सैंडल भागकर आया और उस ताजगी के साथ, जो उसकी नहीं थी। किंग जान गया था कि यह एक 'ब्लफ' था, जोकि इतना पुराना था, जितना कि खेल था। वह सिकुड़ गया, स्वयं को बचाने के लिए, फिर एकदम से उसने स्वयं को आजाद छोड़ दिया, जिससे कि सैंडल को सेट होने का मौका मिल गया। यही किंग को चाहिए था। उसने अपने बाएँ हाथ से वार करने का दिखावा किया तथा दाएँ हाथ से उस पर प्रहार किया। हवा में लहराता हुआ हुक, फिर आधा कदम पीछे हटता हुआ और फुल-कट उसके चेहरे पर घूँसा मारा और सैंडल चटाई पर धराशायी हो गया। इसके बाद उसने सैंडल को आराम नहीं करने दिया तथा उसके ऊपर दनादन घूँसे बरसाता रहा और बीच-बीच में उस पर भी घूँसे बरसते रहे; पर उसने सैंडल की कहीं ज्यादा पिटाई की और उसको रस्सी के पास भेज दिया तथा उसके ऊपर हर तरह के घूँसे बरसाए, उसके क्लिंचेज से बचते हुए या कोशिश किए गए को पंच-आउट करते हुए और जब सैंडल गिर जाता था, तब उसे एक हाथ से ऊपर उठाते हुए, दूसरे हाथ से फिर स्मैश करता है, रस्सियों के पास धक्का देता, पर इस बार वह गिरता नहीं है।

इस वक्त तक भीड़ पागल सी हो गई थी और चिल्ला रही थी, "कम ऑन टॉम", "गॉट हिम, गॉट हिम", "यू हैव गॉट हिम", "टॉम, यू हैव गॉट हिम" (तुम उसके ऊपर हावी हो गए हो।) यह एक तूफानी फिनिश था और रिंग साइड दर्शक चाहते भी थे, जिसके लिए उन्होंने पैसों का भुगतान किया था। और टॉम किंग, जिसको अपनी शक्तियों को बनाए रखने के लिए आधा घंटा मिल गया था। उसने अपनी सारी शक्ति लगा दी और उसने चतुराई से कुछ ताकत बचाई, जो उसको पता था, वह एक महान् कोशिश में लगा था। उसको यह पता था कि या तो अभी

या कभी नहीं। उसकी ताकत तेजी से घटती जा रही थी और जल्द ही खत्म हो जा जाएगी और इसके पहले उसको अपने विरोधी को 10 की गिनती तक धराशायी कर देना था। उसने शांत दिमाग से मुक्के मारने जारी रखा। उसे अपने मुक्कों का वजन और उनका गुण पता था। उसको यह भी पता चल गया था कि सैंडल को नॉक ऑउट (हराना) करना बहुत मुश्किल है। उसकी शक्ति और सहनशक्ति, जवानी की ताकत थी। सैंडल को वास्तव में एक महान् आदमी बनना था। सफल योद्धा इसी प्रकार के तूफानी गुणों से बनते हैं।

सैंडल फिरकी की तरह नाच रहा था और लड़खड़ा रहा था। किंग के पैरों में भी अकड़न आ गई थी और उँगलियों की गाँठ भी कमजोर हो रही थी, फिर भी वह स्वयं को मजबूत करके उसके ऊपर घूँसे बरसा रहा था, जिससे उसके यातना वाले हाथों में और दर्द हो रहा था। यद्यपि इस वक्त उसकी पिटाई लगभग नहीं के बराबर हो रही थी और हर एक मुक्का एक कठिन कोशिश का परिणाम होता था। उसके पाँव अब सीसे की तरह हो गए थे और वह उसको अब खींच रहा था, जबकि सैंडल के समर्थक इस प्रकार के लक्षणों से खुश हो रहे थे तथा उसको बढ़ावा देने के लिए 'बैकअप सैंडल, सैंडल' चिल्ला रहे थे।

किंग में एकदम से कोशिश करने की स्फूर्ति आई। उसने जल्दी-जल्दी दो मुक्के जड़े। एक जरा ज्यादा ऊँचा था—सोलर प्लेक्सस (सौर-तंतुजाल) से थोड़ा ऊपर और दूसरा जबड़े पर। वे बहुत भारी मुक्के नहीं थे, पर फिर भी इतने कमजोर नहीं थे, सैंडल चकराकर गिर गया, काँपते हुए। रेफरी ने उसके पास आकर गिनती शुरू कर दी। वे घातक 10 सेकंड! सारे दर्शकगण एक धीमी चुप्पी में साँस रोककर, किंग काँपते पैरों से विश्राम कर रहा था।

यदि वह इन घातक 10 सेकंड में उठकर खड़ा नहीं होता तो फिर 'फाइट' उसकी होगी। किंग को एक घातक चक्कर आ रहा था और उसकी आँखों के सामने चेहरे लटक रहे थे और झूल से रहे थे। उसको लग रहा था कि रेफरी की आवाज बहुत दूर से आ रही है। यह असंभव था कि एक आदमी, जिसे सजा मिली हो, वह उठ खड़ा हो!

केवल कोई युवा ही उठकर खड़ा हो सकता था। चौथे सेकंड तक उसने अंधों की तरह लोटकर रस्सी को पकड़ने की कोशिश की। सातवें सेकंड की गिनती तक किंग अपने को खींच-तानकर घुटनों पर आ गया। वह हिलते हुए अपने सिर को अपने कंधे पर रखकर आराम करने लगा। जैसे ही रेफरी ने '9' बोला, सैंडल उठ खड़ा हुआ, ठीक से स्टालिंग पोजीशन में। उसने बायाँ हाथ पेट पर बाँधा हुआ था,

जिससे वह अपने जीवनदायी अंगों की रक्षा कर रहा था और वह किंग की तरफ जा रहा था, इस आशा में कि वह उसे क्लिंच कर पाएगा और इस तरह से उसे कुछ समय मिल जाएगा।

जैसे ही सैंडल उठा, किंग उस पर झपट पड़ा, उस पर दो घूँसे जड़े, उसके प्रहार उसकी बलिष्ठ भुजाओं द्वारा कम हो गए थे। अगले ही क्षण सैंडल 'क्लिंच' में था और थोड़ा हताश होकर पकड़े हुए था और रेफरी ने पास जाकर उन दोनों आदमियों को अलग करना चाहा, पर किंग ने किसी प्रकार से अपने आपको छुड़ा लिया। परंतु किंग को पता था कि वह युवा उसकी रिकवरी को रोक सकता था। उसका एक कड़ा मुक्का ऐसा कर सकता था। उसने उसको (किंग को) आउट जेनरल्ड कर दिया था, हर द्वंद्व में उससे बढ़-चढ़कर उसको पछाड़ दिया था और उसे Out Point कर दिया। सैंडल उसके क्लिंच से बाहर आ गया था। टॉम किंग ने काफी कड़वाहट से यह याद किया कि उसको उस एक टुकड़े के लिए मास्टर स्टॉक की जरूरत महसूस हुई, उस पंच के लिए, जो वह सैंडल पर जड़ना चाहता था। उसने स्वयं को उस मुक्के के लिए तैयार किया, पर वह उतनी तेजी से और गति से नहीं पड़ा। सैंडल थोड़ा सा लड़खड़ाया, पर गिरा नहीं, रस्सियों तक गया, किंग भी लड़खड़ाता हुए उसके पीछे-पीछे रस्सियों तक गया, साथ ही उसको दर्द भी था, फिर भी उसने सैंडल पर एक बार फिर वार किया। पर उसका शरीर साथ छोड़ रहा था। उसके पास जो कुछ शेष थी, वह एक लड़ते रहने की बुद्धि, वह भी थकान के मारे कम हो गई थी और जैसे उस पर बादल छा गए हों! उसका मुक्का, जिसका निशाना जबड़े के लिए था, वह कंधे तक ही जा सका, पर उसकी थकी हुई मांसपेशियाँ उसकी आज्ञा का पालन नहीं कर सकीं और उसके घूँसे के जोर से किंग अपने-आप ही पीछे को हट गया और लगभग गिर गया था। एक बार वह फिर उठ खड़ा हुआ, पर वह मुक्का उसे लगा ही नहीं। वह सैंडल के ऊपर गिर पड़ा तथा उसे क्लिंच कर लिया, पर उसे वह पकड़े रहा, जिससे वह जमीन पर गिर न पड़े।

किंग ने अपने आपको छुड़ाने की कोशिश नहीं की। उसने अपने 'बोल्ट' को शूट कर दिया था। यहाँ तक कि क्लिंच के दौरान भी सैंडल उस पर भारी और ताकतवर पड़ रहा था। जब रेफरी ने उन दोनों को छुड़ाया तो उसे लगा कि सैंडल फुरती से 'रिकवर' कर गया था। उसके 'पंचेज', जो शुरू में कमजोर और बिल्कुल सही नहीं पड़ रहे थे, अब तगड़े और सही जगह पर पड़ रहे थे। उसने सैंडल के दस्ताने को अपनी ओर बढ़ते देखा तथा उसे अपने हाथों से रोकना चाहा। उसने खतरे को देखा और अपने हाथों से रोकना चाहा, पर उसके हाथ तो बहुत भारी हो

रहे थे। (सैकड़ों किलोग्राम के बराबर) और उसको वह उठा नहीं सका, फिर उसने उसे आत्मबल से उठाना चाहा, पर उसके ऊपर दस्तानेवाला हाथ जोरों से पड़ा, बिजली की स्पार्किंग, फिर उसकी आँखों के सामने अँधेरा छा गया।

जब उसकी आँखें खुलीं तो वह अपने कोने में पहुँच गया था और दर्शकों की आवाज समुद्र की लहरों के बांडीबीच के तट पर टकराने की तरह जोर से शोर करती हुई सुनाई पड़ रही थीं। उसके दिमाग के नीचे गीले स्पॉज से दबाया जा रहा था तथा सिड सलिवान उसके चहरे और छाती पर ठंडे पानी के छींटे स्प्रे से डाल रहा था। उसके दस्ताने हटा लिये गए थे और सैंडल उसके ऊपर झुककर हाथ हिला रहा था। उसकी उस आदमी के प्रति कोई बुरी भावनाएँ नहीं थीं, जिसने उसे अभी पहली बार रिंग में देखा, उसने उसके हैंडशेक का प्रत्युत्तर देना चाहा, पर उसके चोट खाए न्यूकल्स (Knuckles) उसको ऐसा नहीं करने दे पा रहे थे। फिर सैंडल रिंग के बीचोबीच खड़ा हो गया, तब दर्शकगणों में एक धीमी खलबलाहट सी मच गई, उसको सुनने के लिए कि वह युवा प्रोटो की चुनौती स्वीकार कर रहा है और दाँव पर लगी धनराशि 100 पौंड की हो जाएगी। किंग बड़े दयनीय भाव से उसे देख रहा था, जब उसके सहायक उसका चेहरा पोंछ रहे थे और उसे रिंग छोड़कर जाने के लिए तैयार कर रहे थे। उसको भूख लग रही थी। यह साधारण किस्म की भूख नहीं, परंतु एक बड़ी बेहोशी सी आ रही थी। उसके पेट में जोर से भूख की ज्वाला धधक रही थी, जो उसके सारे शरीर में व्याप्त हो रही थी। उसे अपने मुक्केबाजी का वह क्षण याद आया, जब युवा सैंडल लड़खड़ाकर गिर गया था और वह हार के कगार पर था, अगर वह मांस का टुकड़ा खाने के बाद ऐसा हो सकता था, उसको वह जो निर्णायक मुक्का मारता, पर अफसोस, वह हार गया। यह सब उस स्टीक के कारण था।

उसके सहायक उसे आंशिक रूप से रिंग से बाहर जाने में सहायता कर रहे थे, पर उसने उनसे जल्द ही पीछा छुड़ा लिया—रस्सियों के बीच से बिना किसी की मदद से निकला और बीच वाली गली से रास्ता बनाता हुआ बाहर निकल गया। ड्रेसिंग रूम से बाहर निकलकर हॉल में होकर जब वह बाहर निकल रहा था, तब कुछ लोगों ने उससे पूछा, "आप क्यों नहीं उसके पीछे गए और उसको क्यों नहीं हरा दिया?" "आह, तुम भाड़ में जाओ," किंग ने कहा और सीढ़ियों से उतरकर वह 'साइड-वाक' (फुटपाथ) पर आ गया।

कोने में एक मयखाना था, जिसके दरवाजे खुले हुए थे और उसने अंदर रोशनी तथा मुसकराती हुई बार-मेड्स देखी। कई लोग उसी की फाइट के बारे में

चर्चा कर रहे थे और काउंटर पर तमाम धन पड़ा था। किसी ने उसको बुलाकर कुछ ड्रिंक ऑफर किया। वह थोड़ा हिचकिचाया, फिर उन्हें मना कर दिया और बाहर अपने रास्ते पर चला गया।

उसकी जेब में एक पैसा भी नहीं था और घर तक का दो मील का रास्ता बहुत लंबा लग रहा था। वह जरूर ही बुढ़ा रहा था। डोमेन को पार करने के बाद वह अचानक बेंच पर बैठ गया, इस बात से बेखबर कि घर पर उसकी पत्नी उसका इंतजार कर रही थी उसके द्वंद्व का परिणाम जानने के लिए। यह किसी भी नॉक-आउट से ज्यादा कठिन था और उसको यह असंभव लग रहा था कि वह उसका सामना कर पाएगा।

उसको बहुत कमजोरी और दुःख लग रहा था और उसकी बुरी तरह ध्वस्त/घायल उँगलियाँ उससे कह रही थीं कि यदि उसे कोई नेवी जॉब मिल भी जाता है तो शायद अगले एक हफ्ते तक वह फावड़ा नहीं उठा सकता था। भूख से जो पेट में कुलबुलाहट हो रही थी, वह बड़ी दर्दनाक थी। उसकी लाचारी उसके ऊपर हावी हो गई और उसकी आँखें उस दुःख से नम हो गई थीं। उसने अपने चेहरे को हाथों से ढक लिया था तथा जब वह रो रहा था तो उसे एक पुरानी फाइट में हारे स्टाउशर बिल की याद आ गई कि क्यों वह ड्रेसिंग-रूम में जाकर इस प्रकार से फूट-फूटकर रोया था!

□

भूरा भेड़िया

ओस से भीगी हुई घास पर चलने के लिए अपने ओवरशूज पहनने के कारण उसने देर कर दी थी और फिर जब वह घर से बाहर निकलकर आई तो उसे अपने पति को उसकी प्रतीक्षा में बादाम की कलियाँ फूटते हुए देखकर उनपर चकित हो रहा था। उसने लंबी घास पर एक जिज्ञासा भरी नजर डाली। बगीचे के पेड़ों को भी निहारा।

"वूल्फ कहाँ हैं ?" उसने पूछा।

"एक मिनट पहले तो वह यहीं था।" वाल्टर इरविन में स्फूटित होते हुए चमत्कार की तात्त्विक और कवितामयी चमत्कार से अलग खींच लिया।

"जब मैंने उसे पिछली बार देखा तो वह एक खरगोश के पीछे भाग रहा था।"

"वोल्फ···वोल्फ! यहाँ आओ!" उसने फिर पुकारा, जब उन्होंने जंगल वाली जगह छोड़ी और वह रास्ता पकड़ लिया, जोकि वैक्शेन घंटीवाले मैजेंटा रास्ते से गाँव की सड़क पर ले जाता था।

इरविन ने अपने दोनों हाथ की छोटी उँगलियों को होंठों के बीच दबाकर तीखी सी सीटी बजाने की कोशिश की।

उसकी पत्नी ने अपने कानों में उँगलियाँ ठूँस लीं। "मेरे कानों के परदों में छेद हो जाएँगे। तुम बहुत जोर से सीटी बजाते हो।"

"ऑरफियस।"

"मैं कहनेवाली थी, सड़कों पर घूमनेवाला एक अरब।"

"कवि होना किसी को व्यावहारिक होने से नहीं रोकता है—कम-से-कम यह मुझे तो नहीं रोकता है। मेरी बुद्धि इतनी बेकार भी नहीं है कि वह किसी पत्रिका को जवाहरात (Gems) तक न बेच सके।"

उसने एक तरह की नकली अमीरी ओढ़ ली।

न तो मैं कोई दुछत्ती में गानेवाला गायक हूँ और न ही बालरूम में चहचहानेवाली चिड़िया हूँ। मेरा कोई गंदा गीत नहीं है कि उसके रूपांतरण के लिए एक अच्छे एक्सचेंज वैल्यू पर फूलों से ढका कॉटेज, एक मधुर पर्वतीय-वीडो, रेडवुड का एक बगीचा या सैंतीस पेड़ों का एक बाग, ब्लैक-बेरी के वृक्षों की कतार या स्ट्रॉबेरीज के पेड़ों की दो कतार छोटी-छोटी और उसके क्या कहने की बात यदि चौथाई मील लंबा झर-झर करता झरना। मैं सुंदरता का व्यापारी हूँ, मीलों का भी और मैं उपयोगिता की चीजें चाहता हूँ। मैं एक गीत गाता हूँ और मैगजीन के संपादकों का शुक्रिया कि मैं उस गीत को रेडवुड के जंगलों में से आते हुए झोंकों में बदल देता हूँ, उस पानी की आवाज हूँ, जो पत्थरों के बीच से गुजर रहा है, वह मेरे लिए एक और गीत बनाता है, फिर भी वही गीत आश्चर्यजनक रूप से रूपांतरित हो जाता है।"

"ओह, तुम्हारा गीत-परिवर्तन सब क्या सफल था?"

"हाँ, वह गीत, जिसे तुमने गाया, मैंने रूपांतरित कर दिया था।"

"हाँ, वह सुंदर गीत था।" उसने कहना शुरू किया, पर वह सबसे बुरा था।

"हाँ, पर वह दूध तो नहीं देती।" मैजी फिर बीच में बोली।

"हाँ, वह सुंदर थी, है न?"

"हाँ, यहीं पर सुंदरता और उपयोगिता दोनों अलग-अलग हो जाते हैं।" वह उसका उत्तर था और वह रहा उल्फ।"

झाड़ियों से ढकी हुई पहाड़ियों से किसी चीज के क्रैश होने की आवाज आई और फिर उनसे 40 फीट ऊपर एक पत्थर की रॉक के किनारे उल्फ खड़ा था। झाड़ियों के बीच में एक भेड़िए (Wolf) का सिर और कंधे की झलक मिली। उसके अगले पंजों ने एक पत्थर को अपनी जगह से हटा दिया और उसके अपने तेज कानों और आँखों से वह उसे तब तक देखता रहा, जब तक कि वह पत्थर का टुकड़ा उनके पाँव के पास नीचे आकर गिर नहीं गया। फिर उनको देखते हुए खुले मुँह से हँसने लगा।

और "तुम वोल्फ और तुम ब्लेसड उल्फ," वे पति-पत्नी एक साथ चिल्लाए, उसे बुलाते हुए।

उन्होंने देखा कि वे फिर से घनी झाड़ियों में छुप गया। कई मिनट बाद वह एक जगह जब फिर मुड़े तो वह ऊपर से कूदते-फाँदते पत्थरों को गिराते हुए उनसे आ मिला। वह बहुत ज्यादा प्रदर्शन नहीं करता था। आदमी ने उसको थपथपाया और कान के पास थोड़ा सा सहलाया, फिर स्त्री ने कुछ ज्यादा देर तक सहलाया।

और संरक्षण में ही वह उनके सामने (एक नोट करनेवाली बात थी कि उसकी गति जिससे वह दौड़ता था, अब वह पेटभर खाना खा चुका था) से नीचे जानेवाले रास्ते पर फिसलते हुए चला गया, बिल्कुल एक असली भेड़िए की भाँति।

उसकी शारीरिक बनावट, कोट और ब्रश बिल्कुल एक विशाल जंगली भेड़िए की तरह थे। वह एक भेड़िए की तरह अपने रंग की वजह से लगता था। इस चीज को वह कुत्ता भली-भाँति से प्रदर्शित करता था। कोई भी भेड़िया उस रंग का नहीं होता था। वह कहीं-कहीं पर गहरा भूरा, कहीं पर ललछौंहा भूरा था। भूरे रंगों की एक छटा। पीठ और कंधे एक गुनगुनाहट भूरे-भूरे रंग के थे, जो कि धीरे-धीरे पीले भूरे रंग की ओर जाती थी। गरदन के नीचे का हिस्सा धुँधले सफेद-पीले-भूरे रंग का था, पैरों के पंजे पर भी वैसा ही था। जबकि आँखें जुड़वाँ पुखराज की तरह थीं सुनहरी और भूरी। वे आदमी-औरत उस कुत्ते को बहुत प्यार करते थे; ऐसा शायद इसलिए था, क्योंकि उस कुत्ते को लाइन पर लाने के लिए उन्हें बहुत मेहनत करनी पड़ी थी। यह कोई आसान काम नहीं था, जब वह इधर-उधर से घूमते-फिरते हुए उनके पहाड़ी कॉटेज पर आ पहुँचा था। उसके पाँव थके-फटे हुए थे और वह भूख की वजह से बहुत दुबला-पतला हो गया था। उस दिन उसने उनकी भारी खिड़की के नीचे से ही एक खरगोश मारकर पेट भर लिया था तथा वहीं पर काली बेरी के झाड़ के पास बहते हुए झरने के पास ही सो गया था। जब वाल्टर इरविन उसे देखने के लिए गया तो वह गुर्राया था। इसी तरह जब मैं उसके पास एक बड़े बरतन में दूध-ब्रेड लेकर गया तो वह उसे देखकर भी गुर्राया।

वह एक सबसे ज्यादा असामाजिक कुत्ता साबित हुआ और वे लोग जब उसको प्यार करने, पुचकारने के लिए जाते तो उसे यह बात अच्छी नहीं लगती। वह उनको अपने ऊपर हाथ नहीं रखने देता था तथा उनको अपने खुले हुए दाँतों से मुँह फैलाकर डराता था तथा बालों को खड़ा करके। फिर भी वह लोग जो खाना उसे देते, उसे खाकर उसी पेड़ के नीचे और सोफे के पास सोता रहता था—वह लोग कुछ सुरक्षित दूरी पर उसका खाना रख देते थे। उसकी जो खराब सेहत थी, उसके कारण वह संभवत: वहाँ रुका हुआ था और काफी दिनों बाद उसकी सेहत काफी ठीक हो गई थी। उसके बाद वह वहाँ से फिर गायब हो गया था तथा इसके बाद इरविन और उसकी पत्नी के लिए उसकी खाने की कहानी खत्म हो जाती। पर हुआ यों कि इरविन को किसी काम से उस राज्य के उत्तरी हिस्से में जाना पड़ा। "ट्रेन में सफर करते समय मैंने देखा कि कैलिफोर्निया और ऑरगन के बीच यों ही बाहर देखा तो पाया कि वह असमाजिक तत्त्व (श्वान) रेल रोड के रास्ते के साथ-साथ

भाग रहा था। भूरा और भेड़िए की तरह, थका हुआ, फिर भी अनथका, धूल-मिट्टी से ढका हुआ—200 मील की यात्रा के बाद।

अब इरविन एक कवि हृदय का इनसान था। वह अगले स्टेशन पर उतर गया और कसाई के यहाँ से गोश्त का एक टुकड़ा खरीदा तथा उस आदम कुत्ते को शहर के बाहर जाकर पकड़ा। वापसी का उसका सफर एक सामान वाले डिब्बे में हुआ और वुल्फ की दूसरी बार घर वापसी हुई। यहाँ पर उसे एक हफ्ते तक बाँधकर रखा गया और उसने अपना प्यार उस आदमी और औरत के प्रति जताया। पर इस प्यार पर संदेह था, क्योंकि वह उनके प्यार भरे शब्दों पर गुर्राता था। लगता था, जैसे वह यात्री किसी और नक्षत्र से आया था। वह कभी भौंकता नहीं था, जितने समय भी वह उनके पास रहा, वह कभी भौंका नहीं था।

उसके ऊपर विजय पाना एक चुनौती थी। इरविन को समस्याएँ पसंद थीं। उसने धातु की एक प्लेट बनवाई, जिस पर उसने लिखवाया 'वाल्श इरविन, ग्लेन एलेन, सोनोमा काउंटी कैलिफोर्निया को वापस करें।' इस पट्टे को उसने उसके गले में बाँध दिया। उसको फिर छोड़ दिया। जैसे ही उसको आजादी मिली, वह दुबारा भाग गया। हमेशा ही वह उत्तर की ओर जाता था। एक दिन बाद फिर एक तार आया—मेडोसिनो काउंटी से—वह सौ मील से ऊपर चला गया था, जब वह पकड़ा गया था।

वह वेल्स वार्गो एक्सप्रेस से वापस आया। तीन दिनों तक वह बँधा रहा, फिर चौथे दिन उसे जैसे ही खोला गया—वह फिर भाग गया। इस बार वह साउथ ओरेगन में पकड़ा गया और वापस किया गया। हमेशा ही, जैसे वह आजाद होता था, वह भाग जाता था और सदैव उत्तर की ओर। वह उत्तर की ओर जाने को जैसे विवश था—जैसे उसका घर वहीं था।

इरविन ने इसे इसकी घर वापस पहुँचने की अंतर्निहित नैसर्गिक इच्छा कहा था। एक बार उसने अपनी कविता से मिली राशि को उसे उत्तरी ऑरगन से वापस लाने में खर्च की।

एक और बार उस घुमक्कड़ ने आधी कैलिफोर्निया, सारा ऑरगन तथा वाशिंगटन का ज्यादातर हिस्सा घूम डाला था। एक नोट करनेवाली बात उसकी स्पीड या गति थी, जिससे वह भागता था। जब वह श्वास लेता था और विश्राम कर लेने के बाद जैसे ही उसे आजादी मिलती, वह अपनी सारी शक्ति जमीन नापने में खर्च कर देता था। पहले दिन तो वह लगभग 150 मील दौड़ लेता था और फिर औसतन 100 मील प्रतिदिन, जब तक कि वह पकड़ न लिया। वह हमेशा दुबला-

पतला, भूखा और जंगली हो जाता था। और फिर उसके बाद वह तरोताजा होकर स्फूर्ति से भरा हुआ भाग लेता था—उत्तर की ओर अपना रास्ता बनाता, जैसे वहाँ जाने के लिए उसे शक्ति प्रेरित कर रही हो—जो कोई समझ नहीं पाता था।

पर अंत में, एक साल की निरर्थक भागम-भाग के बाद उसे उस कॉटेज पर ही रहना उचित लगा, जहाँ वह पहले-पहल आया था और खरगोश मारकर अपनी क्षुधा-पूर्ति की थी तथा सोते वक्त पास सोया था। उसके बाद भी तमाम समय निकल जाने के बाद पति-पत्नी ने उसे थपथपाने में सफलता पाई। वह बहुत ही अलग-थलग रहनेवाला कुत्ता था और कॉटेज में आए किसी भी मेहमान को अपने पास आकर दोस्ती करने की चेष्टा पर वह हलके से गुर्राता था तथा यदि कोई उसके होंठों के पास तक अपना हाथ लाता तो वह अपना मुँह फाड़कर दाँत दिखाता था तथा एक ऐसी गुर्राहट जो सामनेवाले को डरा दे। इसी तरह से वह किसानों के कुत्ते भी डरा देता था, जिन्हें केवल साधारण श्वास की गुर्राहट का पता था। उन्हें किसी भेड़िए की गुर्राहट का पता ही नहीं।

उसके माँ-बाप या पूर्वजों का कोई अता-पता नहीं था। उसका इतिहास वाल्ट और मेज के साथ। वह शायद दक्षिण से आया था। पर उसके पहले वाले मालिक का कुछ अता-पता नहीं चल पाया। मिसेज जॉनसन, जो उनकी सबसे नजदीकी पड़ोसी और जो उन्हें दूध सप्लाई करती थी, उन्होंने बताया कि वह क्लोंडाइक प्रजाति का हो सकता है। उसका भाई उस दूर-दराज देश में फ्रोजेन पे-स्ट्रीक्स के लिए बिलों में खोज कर रहा था, अतः वह इस विषय पर एक राय की अधिकारिणी थी।

परंतु उन लोगों ने उससे अलग कोई राय नहीं रखी। उसके कान वगैरह भेड़िए जैसे थे, कहीं पर बर्फ से इतने जमे हुए कि कभी ठीक नहीं हो सकते थे। इसके अलावा भी वह अलास्का के कुत्तों की तरह लगते थे, जिसकी फोटो उन्होंने पत्रिकाओं, अखबारों आदि में देखी थी। वे अकसर उसके पिछले समय के बारे में सोचते थे और यह अंदाजा लगाते थे, जो उन्होंने पढ़ा और सुना था कि उसका नॉर्थलैंड का जीवन कैसा रहा होगा! नॉर्थलैंड उसको अभी भी खींचता था, यह इस बात से पता चलता था कि रात में अकसर वह धीरे-धीरे रोता रहता था और जब उत्तरी हवाएँ चलती थीं और पाला पड़ने के आसार होते थे, तब उसके अंदर एक बेचैनी सी पैदा हो जाती थी। फिर भी वह कभी भौंकता न था। किसी भी प्रकार की उत्तेजना, उसको रोने से रोकने के लिए पर्याप्त होती थी।

उसको अपना बनाने के वक्त, उन दोनों पति-पत्नी में लंबे-लंबे विवाद चलते

थे कि वह उनको प्यार करता था। पति कहता कि उसने इस प्रकार से अपना प्यार जताया। पर आदमी को ही इसमें विजय मिलती, क्योंकि वह आदमी था। यह साफ था कि उल्फ का इन स्त्रियों का कोई अनुभव नहीं था। मैज की स्कर्ट उसको कभी पसंद नहीं थी। उसके चलने से जो सरसराहट होती थी तो संदेह में उसके रोंगटे खड़े हो जाते थे और जिस दिन हवाएँ चलती थीं, तब तो वह उसके पास भी नहीं जा सकती थी।

दूसरी तरफ यह मैज ही थी, जो उसको खाना देती थी। यही कारण और केवल यही कारण था, जिससे वह उसके नजदीक आता था। वाल्ट अपनी ही कोशिश में था कि वह उससे हिल जाए और जब वह लिख-पढ़ रहा था तो वह उसके पैरों के पास लेटा-बैठा रहे—और वह उसको सहला सके, थपथपा सके। यद्यपि वह इस बात को जोर देकर कहती कि यदि वह अपनी शक्तियाँ गीतों को परिवर्तित कराने में लगाते तो उनके पास चौथाई मील लंबी और रेडवुड्स के बीच में से आती पश्चिमी हवाएँ मिलतीं और उल्फ को प्राकृतिक खाद बिना किसी पूर्वग्रह के न्याय मिलता।

"यह समय हो रहा है कि उस अष्टपदी से कोई जवाब आता।" वाल्ट ने 5 मिनट की खामोशी के बाद कहा, "वे इस मैदान से नीचे जा रहे पगडंडी/रास्ते पर चले जा रहे थे। पोस्ट ऑफिस में एक चेक हो सकती है और हम उसे कूटू के आटे में, एक गैलन में पल-सीरप और तुम्हारे लिए एक और शूज के नए जोड़े में।"

"और मिसेज जॉनसन की नई सुंदर गाय से बढ़िया दूध। पता है, कल महीने की पहली तारीख है।"

"कोई बात नहीं। मेरे पास कैलिफोर्निया की सबसे सुंदर गाय है। जो कैलिफोर्निया में सबसे ज्यादा दूध देती है।"

"तुमने इसको कब लिखा?" उसने उत्सुकता से जानना चाहा, फिर जरा फटकारते हुए उसने कहा, "तुमने इसे कभी दिखाया नहीं।"

"मैंने इसे बचाकर रखा था कि पोस्ट-ऑफिस के रास्ते में जाते हुए सुनाऊँगा, जैसे कि यह स्थान है।" इशारे से एक सूखे लट्ठे को दिखाया, जिस पर बैठना था। चीड़ के पेड़ों के बीच से एक पतली सी नदी की धारा उनके पैरों को स्पर्श करती हुई जा रही थी। घाटी में से एक लार्क के गाने की आवाज आ रही थी, जबकि उनके बीच से, धूप और छाँव के बीच एक बड़ी सी पीली तितली चक्कर लगा रही थी।

नीचे से ऊपर को एक और आवाज आ रही थी, जिससे उसका ध्यान भंग हो गया, कविता-पाठ बीच में ही रुक गया। निस्संदेह यह किसी के पाँवों की भारी

पदचाप थी, जिससे छोटे-छोटे पत्थर इधर-उधर खिसक रहे थे। जैसे ही वाल्ट ने अपना पाठ खत्म किया, उसने अपनी पत्नी की ओर अनुमोदन के लिए देखा, तब उन्हें पगडंडी के मोड़ पर एक आदमी दिखा, जिसका सिर नंगा था तथा एक हाथ में एक हैट था, दूसरे में एक रूमाल और वह अपना चेहरा पोंछ रहा था। गले से उसने अपना कलफ लगा कॉलर भी निकाल लिया था। उसकी कद-काठी पुष्ट थी और उसके बाजुओं के मसल्स, लगता था उसके नए रेडीमेड काले कपड़ों से फूटकर बाहर निकली आ रही है।

"वार्म (गरम) डे।" वाल्ट ने उसका अभिवादन किया। वाल्ट देश के गणतंत्र में विश्वास रखता था और कभी भी उसे इस्तेमाल करने का कोई मौका चूकना नहीं चाहता था।

उस आदमी ने थोड़ा रुककर अपना सिर हिलाया।

"मैं शायद गरमी का ज्यादा अभ्यस्त नहीं हूँ।" उसने लगभग क्षमा माँगते हुए कहा, "मैं जीरो तापमान में रहने का आदी हूँ।"

"आप इस प्रकार का मौसम इस इलाके में नहीं पाएँगे।"

"कहना नहीं चाहिए", उस आदमी ने जवाब दिया, "और मैं इसके लिए यहाँ नहीं आया हूँ। मैं अपनी बहिन को ढूँढ़ने की कोशिश कर रहा हूँ। हो सकता है, आप जानते हों, वह कहाँ रहती है? उसका नाम जॉनसन है—मिसेज विलियम जॉनसन।"

"आप उसके क्लोंडाइक (Klondike) भाई तो नहीं हैं?" मैज, जरा चिल्लाकर दिलचस्पी लेते हुए बोली, "जिसके बारे में हमने इतना कुछ सुना है?"

"हाँ मैडम, मैं वही हूँ," उसने मृदुलता से उत्तर दिया, "मेरा नाम मिलर है, स्किफ मिलर है।"

"तब आप सही रास्ते पर हैं।" मैंने सोचा कि उसे आश्चर्यचकित कर दूँ।

"तब आप सही रास्ते पर हैं। केवल यह बात है कि आप पगडंडियों से चलकर आए हैं।" मैज उसे दिशा-निर्देश देने के लिए खड़ी रही। उसने चौथाई मील दूर कैन्यॉन (Canyon) की ओर इशारा करते हुए कहा कि आप उस रेड-वुड को देख पा रहे हैं? वहाँ दाहिने से एक छोटा रास्ता जा रहा है। वहीं उसके घर का छोटा रास्ता है। आप उसको मिस नहीं करेंगे।"

"यस, थैंक्यू मैडम।" उसने कहा तथा जाने के लिए एक कोशिश की, पर कुछ दुविधा में वहीं जड़वत् खड़ा रह गया। वह उसको (मैज) घूर-घूरकर देख रहा था और मन-ही-मन उसकी सुंदरता से चिढ़ते हुए मुग्ध था। पर वह इस चीज से बेखबर था और लज्जा के समुद्र में डूब रहा था, ऐसी लज्जा, जैसे कि दलदल में

फँस गया आदमी उसमें से निकलने की कोशिश कर रहा हो!

"हम आपसे क्लोंडाइक के बारे में जानना चाहेंगे," मैज ने कहा, "हो सकता है, जब आप अपनी बहिन के घर हैं तो हम लोग आपके घर आएँगे। या बेहतर होगा, आप एक दिन हमारे यहाँ डिनर पर आ जाइए।"

"यस मैम, थैंक्यू मैम!" उसने यंत्रवत् उत्तर दिया, फिर उसने अपने आपको संयत करते हुए बोला, मैं यहाँ ज्यादा देर नहीं ठहर पाऊँगा, आज रात की ट्रेन से फिर मुझे उत्तर को वापस जाना है। आप समझिए, मेरा सरकार के साथ मेल कॉण्ट्रैक्ट (डाक का ठेका) है।

जब मैज ने कहा कि यह बहुत ठीक नहीं था, तब भी उसने वहाँ से खिसकने का नाम नहीं लिया और जड़वत् वहीं खड़ा रहा। उसने अपनी आँखें उसके चेहरे पर गड़ाए रखीं और उसकी खूबसूरती को निहारे जा रहा था। उसकी सुंदरता को निहारने में वह जो लज्जा महसूस कर रहा था, उसे भूल गया, पर मैज का गाल लज्जा से लाल हो गया।

और इस बिंदु पर वाल्टा ने निश्चय किया कि तनाव को दूर करने के लिए कुछ कहना चाहिए। पर उसी समय उल्फ, जो झाड़ियों में कुछ खोज-बीन कर रहा था, कूदता-फिरता उनकी दृष्टि में आ गया।

स्किफ मिलर का अनमनापन गायब हो गया। उसके सामने जो खूबसूरत युवती खड़ी थी, वह उसके दृष्टि-क्षेत्र से बाहर जा चुकी थी। उसकी आँखें अब केवल उस श्वान की ओर अचरज से भरी हुई उस पर लगी हुई थीं।

"वेल, मेरा भला हो।" उसने धीरे से, पर थोड़ी गंभीरता से कहा।

वह वहीं पड़े सूखे तने पर कुछ सोचते हुए बैठ गया। मैज वहीं खड़ी रही। उसकी आवाज सुनकर उल्फ के कान कुछ चपटे होकर नीचे गिरे और उसका मुँह हँसने की तरह खुला। वह धीरे-धीरे चलकर उस अजनबी के पास गया। पहले उसके हाथों को चूमा और उसको जीभ से चाटने लगा।

स्किफ मिलर ने कुत्ते के सिर को बार-बार थपथपाया, "वेल, आई विल बी डैम्नड।"

"मैडम, मुझे माफ करें, मैं कुछ अचंभे में पड़ गया था, बस और कोई बात नहीं।" उसने एक क्षण बाद कहा।

"हम भी आश्चर्यचकित हैं।" उसने हलके से जवाब दिया।

"इसके पहले हमने उल्फ को किसी अजनबी के साथ घुलते-मिलते नहीं देखा।"

"क्या आप इसे उल्फ कहते हैं?"

मैज ने हामी में सिर हिलाया, "पर मैं आपके प्रति दोस्ताना व्यवहार नहीं समझ पाई, जब तक कि आप क्लोंडाइक से न हो। यह एक क्लोंडाइक कुत्ता है, आपको पता नहीं?"

"यस मैम।" मिलर ने रुटीन जवाब दिया। मिलर ने उसके अगले पैरों को उठाकर देखा, उसके पंजों के नीचे पैड को छूकर, अपने अँगूठों से दबाकर देखा। "मुलायम है। ऐसा लगता है वह बहुत दिनों से इधर-उधर भटक नहीं रहा है।"

मैंने कहा, वाल्ट बीच में ही बोल उठा, "यह बहुत ही असाधरण बात है, जिस प्रकार से आप उसे हैंडल कर लेते हैं।"

स्किफ मिलर उठा, अब उस फूहड़ ढंग से नहीं, जबकि वह मैज को निहार रहा था और तेज, एक बिजनेसमैन के तौर-तरीके से पूछा, "आपके पास यह कितने दिनों से है?"

पर उसी समय उल्फ अँगड़ाई लेते हुए उठा और उसके पैरों से लिपटता हुआ, अपना मुँह खोला और एक छोटा सा, पर खुशी में भरकर भौंका।

"यह तो एक नई बात है।" स्किफ मिलर ने रिमार्क किया। वाल्ट और मैज दोनों ने एक-दूसरे की ओर देखा। "चमत्कार हो गया। उल्फ भौंका।"

"यह पहली बार है, जब वह भौंका है।" मैज ने कहा।

"हाँ, पहली बार है, जब मैंने भी उसे भौंकते हुए सुना।" मिलर भी बोले। मैज उसकी ओर देखकर मुसकराई। इस आदमी ने जरूर मजाक किया था। 'बेशक' उसने कहा, "तुमने उसे केवल 5 मिनट के लिए देखा है।" स्किफ मिलर ने उसके चेहरे की ओर तीखी निगाह से देखा, यह जानने के लिए उसमें क्या छल छिपा था!

"मैंने सोचा, आप समझेंगी" उसने धीरे-धीरे कहा, "जिस प्रकार से वह लड़खड़ाते हुए मेरे पास आया और पहचानने की खुशी जताई, वह मेरा कुत्ता है। उसका नाम उल्फ न होकर ब्राउन (Brown) है।"

"ओह", वाल्ट मैज अपने पति की ओर देखकर चिल्लाई। वाल्ट अब रक्षात्मक नीति पर आ गया।

"आपको कैसे पता कि यह आपका कुत्ता है?" उसने जानना चाहा।

"क्योंकि यह है।" मिलर ने जोर देकर कहा, "यह केवल आपका हठ है।"

अपने धीरे-धीरे और सोचकर बोलने के तरीके से स्किफ मिलर ने पहले वाल्ट की तरफ और फिर मैज की ओर देखकर बोला, "आपको कैसे पता कि यह (मैज) आपकी पत्नी है? क्योंकि वह है। और यह मेरा कुत्ता है। मैंने उसको

पाल-पोसकर बड़ा किया है और मुझे पता होना चाहिए। देखिए, मैं आपको साबित करके दिखाऊँगा।"

स्किफ मिलर उस कुत्ते की ओर मुड़ा, 'ब्राउन!' उसकी तीखी आवाज सारे वातावरण में फैल गई। उसकी आवाज सुनकर उसके कान चपटे होकर नीचे गिर गए और उसकी इच्छा हुई कि उसे कोई सहलाए। कुत्ता झूले की तरह दाएँ को घूम गया। "अब मुश-ऑन (Now Mush on)" कुत्ते ने अपना झूलना रोक दिया और सीधे चलने लगा और आदेश देने पर फिर रुक गया, आज्ञाकारी की तरह।

"मैं यह इसको सीटियों के साथ भी करवा सकता हूँ।"

"पर आप उसको अपने साथ वापस तो नहीं ले जा रहे हैं?" मैज ने कुछ काँपते हुए पूछा।

उस आदमी ने अपना सिर हिला दिया।

"वापस, उस क्लोंडाइक मौसम में?"

उसने सिर हिलाया और बोला, "अरे, वहाँ इतना बुरा भी नहीं है। मेरी ओर देखिए, मैं वहाँ का एक खूबसूरत नमूना हूँ।"

"पर कुत्ते! इतनी कठिनाइयाँ, दिल-तोड़नेवाली मेहनत और भूखा रहना! ओह, मैंने इन सबके बारे में पढ़ा है और सब समझती हूँ।"

"एक बार मैं उसको लगभग खा ही गया था, छोटी फिश नहीं (Little Fish River) के ऊपर।" मिलर ने स्वत: ही कहा, "यदि मुझे उस दिन एक हिरन न मिल गया होता! उसी ने उसको बचा लिया था।"

"मैं तो पहले मर जाती।" मैज चिल्लाई।

"यहाँ पर नीचे चीजें अलग तरह से हैं।" मिलर ने समझाते हुए कहा, "आपको कुत्ते खाने की जरूरत नहीं है। जिस समय में हम हैं, उसमें अलग तरीके से सोचते हैं। आप लोग कभी भी इतने थके-हारे नहीं हुए, इसलिए आप इसे समझाते नहीं हैं।"

"यही मेरा मुद्दा है," उसने जरा गर्मजोशी से कहा, "कैलिफोर्निया में कुत्ते खाए नहीं जाते हैं। क्यों न आप उसे यहीं छोड़ दें? वह खुश है। उसके कभी भी खाने की कमी नहीं रहेगी। यहाँ पर सब मुलामियत है, मृदुलता है। न मानव ही और न ही प्रकृति इतनी मुश्किल भरी है। उसको कभी भी चाबुक पड़ने की नौबत नहीं लगेगी। और जहाँ तक मौसम का सवाल है, यहाँ कभी भी बर्फ नहीं गिरती।"

"पर गरमी में तो यह जगह भट्ठी बन जाती है। आपसे क्षमा चाहता हूँ।" मिलर हँसकर बोला।

"पर तुम कोई जवाब नहीं दे रहे हो।" मैज बहुत आवेश में बोली, "तुम्हारे पास उस नॉर्थलैंड में क्या है उसे देने के लिए?"

"सूंडी, जब होता है और अधिकतर समय वह मिल ही जाता है।"

"और शेष समय?"

"कोई Gruts (सूंडी) नहीं।"

"और काम?"

"हाँ, काम तो काफी रहता है," मिलर एकदम से अधीर होकर बोला, "काम जिसका कोई अंत नहीं और दुर्भिक्ष तथा बर्फ और तमाम तरह के दु:ख, जब वे हमारे साथ आएगा। पर यह सब उसे पसंद है। वह उस जीवन को जानता है। वह इसी सब में पैदा हुआ था और वह इसका अभ्यस्त है और तुम्हें उसके बारे में कुछ पता नहीं। आपको पता नहीं आप किस बारे में बात कर रही हैं।"

"यह कुत्ता उसी जगह का है और वहाँ पर वह सबसे ज्यादा खुश रहेगा।"

"यह कुत्ता कहीं नहीं जाएगा," वाल्ट ने अपना फैसला सुना दिया, "अत: आगे इस विषय पर चर्चा करने की कोई जरूरत नहीं है।"

"यह क्या बात हुई?" स्किफ मिलर ने जानना चाहा, उसकी भँवें नीचे को आ गईं और माथे पर तेजी से खून आ गया, जिससे वह लाल हो गया था।

"मैंने कहा कि यह कुत्ता नहीं जाएगा और मामला यहीं पर खत्म हो जाता है। हो सकता है, आपने इसकी कुछ दिनों देखभाल की हो। हो सकता है, इसके मालिक के लिए कुछ दिन उसको स्लेज में जोता है। पर उसका साधारण अलास्कान कमांड (आदेश) मानते हो, अलास्का के पगडंडियों को जानते हो, पर यह इस चीज को नहीं दरशाता कि वह तुम्हारा है। अलास्का का कोई भी कुत्ता तुम्हारे आदेश मानेगा, जैसे कि उसने किया। निस्संदेह यह एक बहुमूल्य कुत्ता है, जैसा कि अलास्का के कुत्ते होते हैं। और यही वजह है कि तुम उसे पाना चाहते हो। कुछ भी हो, तुम्हें यह सिद्ध करना होगा कि यह तुम्हारा है।"

स्किफ मिलर अब भी शांत था। माथे के अंदर नसों में खून आ जाने से अब वह गहरे लाल रंग का हो गया था। उसके विशाल पुट्ठे, उसके विशाल पुट्ठों की मांसपेशियाँ तन गई थीं और कपड़ों में से फूट-फूटकर बाहर आ रही थीं। उसने उस कवि की दुबली-पतली काया को ऊपर से नीचे देखा, उसका जायजा लेते हुए।

क्लोंडाइक के चेहरे पर वाल्ट के प्रति एक तिरस्कार का भाव आ गया और बोला, "मुझे ऐसी कोई भी चीज नहीं दिख रही है, जो मुझे इस बात से रोक सके कि मैं इस कुत्ते को अभी इसी वक्त यहाँ से लेकर न चला जाऊँ!"

वाल्ट का चेहरा भी लाल हो गया और उसके बाजुओं की मांसपेशियाँ तथा कंधे भी कड़े हो रहे थे। उसकी पत्नी किसी अनहोनी के भय से इधर-उधर कर रही थी। फिर इस झगड़े के बीच बोली, "हो सकता है, मि. मिलर सही कह रहे हों," उसने कहा, "मुझे लगता है कि वुल्फ उसको जानता है और निश्चय ही वह 'ब्राउन' नाम से रिस्पॉन्स देता है। उसने मिलर से एक ही क्षण में दोस्ती कर ली और तुम्हें पता है, उसने ऐसा पहले कभी किसी के साथ नहीं किया। इसके अलावा आप देखिए कि उन्हें देखकर कैसे हँसा! वह खुशी के मारे फूला नहीं समा रहा था। खुशी किस बात की, निस्संदेह मि. मिलर को पाने की।"

"मेरा खयाल है कि तुम सही कह रही हो", उसने कहा, "उल्फ, 'उल्फ' नहीं है, उल्फ ब्राउन है और वह मि. मिलर का ही होगा।"

"शायद मि. मिलर उसे बेच दें," उसने सुझाव दिया, "और हम उसे खरीद लेंगे।"

स्किफ मिलर ने अपना सिर हिलाया, अब उनमें शत्रुता का भाव नहीं था। उसने उदारता का उदारता से उत्तर दिया।

"मेरे पास पाँच कुत्ते थे और उनको सीधा करने के लिए यह ब्राउन था, जो उनका लीडर नेता था। वे अलास्का की क्रैक टीम थी। उनको कोई छू नहीं सकता था। 1898 में मैंने उस झुंड के लिए 5000 डॉलर भी मना कर दिए थे। कुत्ते के दाम भी उन दिनों ऊँचे थे, पर वह बात नहीं थी। वह टीम ही ऐसी थी। ब्राउन उसमें सबसे बढ़िया था। उस जोड़े में मैंने उसके लिए बारह सौ डॉलर को भी मना कर दिया था। मैंने उसको तब नहीं बेचा और मैं उसको अब भी बेच नहीं रहा हूँ। इसके अलावा मैं इस कुत्ते के बारे में बहुत सोचता रहता हूँ। मैं उसको पिछले 3 सालों से ढूँढ़ रहा हूँ। यह मुझको बुरा लगा, जब मुझे पता चला कि उसे चुरा लिया गया है। यह उसके दाम की बात नहीं थी—पर मैं उसको बेइंतहा प्यार करता था। यही बात है, आपसे क्षमा चाहता हूँ। मैं अपनी आँखों पर विश्वास नहीं कर पाया। यह इतना अच्छा है कि सच नहीं हो सकता है। मैंने सोचा कि शायद मैं सपना देख रहा था! मैं उसका वेटनर्स भी था। यह मेरे साथ बिस्तर में सोता था। उसकी माँ मर गई थी। मैंने उसको कंडेस्ड मिल्क पर पाला, 2 डॉलर प्रति डिब्बा, जोकि मैं अपनी कॉफी में भी कभी डाल नहीं पाया था। वह कभी किसी माँ को नहीं जानता था, केवल मुझे ही। वह मेरी उँगली बराबर चूसता रहता था। बेचारी छोटी उँगली, वह उँगली देखिए!"

वह अभी भी अपनी छोटी उँगली की तरफ देख रहा था, जब मैज ने बोलना

शुरू कर दिया, "पर वह कुत्ता", उसने कहा, "आपने अभी भी कुत्ते के बारे में विचार नहीं किया।"

स्किफ मिलर के समझ में नहीं आया कि क्या कहे!

"क्या आपने उसके बारे में सोचा है?" उसने पूछा।

"मेरी समझ में नहीं आया कि आप क्या कहना चाह रही हैं?" उसका जवाब था।

"हो सकता है कि कुत्ते की कोई सोच हो इस मामले में! हो सकता है, उसकी भी कुछ पसंद हो, इच्छा हो। आपने उसका कोई विचार नहीं किया। आपने उसको चुनने का कोई मौका नहीं दिया। आपके दिमाग में कभी यह नहीं आया कि संभवतः अलास्का की जगह कैलिफोर्निया को चुने। आप वही करना चाहते हैं, जो आप चाहते हैं। आप उसके साथ ऐसा बरताव करना चाह रहे हैं, जैसे वह एक आलू का बोरा हो या घास का बंडल हो।"

यह एक नया दृष्टिकोण था देखने का। देखने से ही प्रतीत हो रहा था कि मिलर इससे प्रभावित था और मन-ही-मन उस पर विचार कर रहा था। मैज ने उसकी इस अनिश्चतता का फायदा उठाते हुए कहा, "यदि आप उसको वास्तव में प्यार करते हैं तो उसकी खुशी आपकी भी खुशी होगी।"

स्किफ मिलर अपने आप से विवाद कर रहा था और इस पर कुछ खुशी के मारे मैज ने अपने पति की ओर, जिसने गर्मजोशी से अनुमोदन स्वरूप अपनी बीवी की ओर देखा।

"आप क्या सोचते हैं?" क्लोंडाइकर ने जानना चाहा।

अब वह थोड़ा सोच में पड़ गई, "आपके कहने का मतलब?" उसने पूछा, "क्या आप यह सोचती हैं कि वह कैलिफोर्निया में रहना चाहेगा?"

उसने हामी में अपना सिर हिलाया, "हाँ, इस बात का मुझे पक्का विश्वास है।"

स्किफ मिलर अपने आप से ही बातें करने लगा, यद्यपि इस बार थोड़ा जोर-जोर से, उसी वक्त वह उस चुपचाप पशु कुत्ते को भी न्यायपूर्वक देख रहा था।

"वह बहुत बढ़िया काम करनेवाला था। उसने मेरे लिए तमाम काम किए हैं। वह मेरा समय बरबाद नहीं करता था। और अन्य नए कुत्तों को ट्रेंड करने में वह मास्टर था। वह सबकुछ कर सकता है। उसके पास बुद्धि है, पर वह बोल नहीं सकता। आप उससे क्या कह रहे हैं, समझ जाता है। आप उसकी ओर देखिए, उसे पता है कि हम उसके बारे में बात कर रहे हैं।"

"वह कुत्ता स्किफ मिलर के पैरों में लेटा हुआ था—सिर पंजों पर था, कान सीधे खड़े थे और सुन रहे थे और आँखें तेजी से उनकी आँखों को फॉलो कर रही थीं, पहले एक के होंठों को और फिर दूसरे की। और उसके अंदर अभी बहुत काम करने की ताकत बनी हुई है। अगले कई सालों तक वह अच्छा रहेगा और मैं उसको बहुत पसंद करता हूँ।"

मिलर ने एक-दो बार अपना मुँह खोला कुछ कहने के लिए, पर बिना कुछ कहे ही चुप हो गया।

"मैं आपको बताऊँगा कि मैं क्या करूँगा मैडम, आपकी बातों में कुछ वजन है। कुत्ते ने बहुत मेहनत से काम किया और अब कुछ आराम की जरूरत है और उसको इस बात का हक है कि वह अपने रहने की जगह चुने। हम यह बात उसी पर छोड़ देते हैं। जो वह कहेगा, वही होगा। आप लोग यहीं पर रहिए बैठे हुए। मैं आपको गुड-बाय कहकर, नॉर्मल तरीके से यहाँ से पैदल चला जाऊँगा। यदि वह यहाँ रहना चाहता है तो रुक सकता है, यदि वह मेरे साथ जाता है तो आप जाने देंगे। पीछे से आवाज देकर उसे वापस नहीं बुलाएँगे।"

अचानक उसने मैजी की ओर संदेह से देखा और बोला, "आप लोग ईमानदारी से खेलेंगे, उम्मीद है; उसको मनाना नहीं है, जब मेरी पीठ दिखाई देगी। "हाँ, हम लोग ईमानदारी से यह खेल खेलें?" मैजी बोली, मैजी ने कहना शुरू किया, पर स्किफ मिलर ने उसे बीच में ही रोका और बोला—

"मुझे स्त्रियों के तौर-तरीके पता हैं।" उसने घोषणा की कि उनका दिल बहुत मुलायम होता है। जब उनका दिल मुलायम होता है, वे ताश की गड्डी बना देती हैं और उसी गड्डी के नीचे कौन सा पत्ता है, चुपके से देख लेती हैं और वह शैतान को पसंद करता है—आपसे क्षमा चाहता हूँ मैडम, मैं औरतों के बारे में एक आम बात कह रहा हूँ।"

"मुझे नहीं पता कि मैं आपका कैसे धन्यवाद करूँ?" मैज ने कहा, "आपको जरूरत नहीं कि मुझे पीछे से बुलाकर शुक्रिया करें।" मिलर ने कहा, "ब्राउन ने अभी फैसला नहीं किया है। अब आप इस बात का बुरा नहीं मानेंगे कि मैं धीरे-धीरे निकल लूँ।" वह ईमानदारी है, मैं 100 गज के अंदर ही आपकी आँखों से ओझल हो जाऊँगा।"

मैजी ने सहमति जताई और बोली, "और हम भी उल्फ को प्रभावित नहीं करेंगे।"

"ठीक है, फिर मैं चल पड़ता हूँ।" मिलर ने विदाई लेते हुए कहा।

उसकी आवाज में ऐसा बदलाव देखकर, उल्फ ने जल्दी से अपना सिर उठाया और अपने पैरों पर खड़ा हो गया, जब वे स्त्री-पुरुष हाथ मिला रहे थे। वह एकदम से स्त्रियों की तरह पीछे वाले पैरों पर खड़ा हो गया। अपने सामनेवाले पंजे उसने मैज के हिप्स पर रखे और उसी वक्त स्किफ मिलर के हाथों को चाटने लगा। जब मिलर नेवाल्ट से हाथ मिलाया तो फिर उसने वही क्रिया दोहराई, अपने पंजों को वाल्ट के ऊपर रखकर मिलर ने दोनों के हाथों को चाटा।

"यह कोई पिकनिक नहीं है, मैं यह कह सकता हूँ।" यह क्लोंडाइक से आए आगंतुक के आखिरी शब्द थे और फिर वह अपने रास्ते पर चल पड़ा।

लगभग 20 फीट तक वुल्फ ने मिलर को जाते हुए देखा। अपने आप में उसे तीव्र इच्छा थी और आशा थी कि मिलर वापस लौट आएगा। फिर एकदम से वह थोड़ी सी आवाज निकलकर वहाँ दौड़कर गया और मिलर का हाथ मुलायमियत से पकड़कर उसको रोकना चाहा तथा उसमें जब असफल रहा तो उसने वापस लौटकर वाल्ट की बाँह पकड़कर उसे व्यर्थ ही मिलर के पीछे ले जाना चाहा।

एक ही समय उसका क्रोधित होना धीमा पड़ गया था। वह दोनों जगह पर रहना चाहता था। पुराने मालिक के साथ और नए मालिक के साथ भी और धीरे-धीरे उन दोनों के बीच फासला बढ़ता जा रहा था। अब वह नर्वस होकर कूदने लगा, कभी उन लोगों की ओर देखकर तो कभी मिलर की ओर देखकर। एक दर्दभरी अनिश्चितता से। उसको यही नहीं पता चल पा रहा था कि वह क्या करे, दोनों चाहिए थे और वह चुनने में असमर्थ था। वह बार-बार धीरे-धीरे चिल्ला रहा था तथा हाँफने लगा था। वह अपने नितंबों पर बैठ गया अचानक और नाक ऊपर करके तथा मुँह को धीरे-धीरे ऊपर खोलते हुए हर झटके के साथ मुँह ज्यादा खुलता-बंद होता जा रहा था। उसके मुँह के जर्की मूवमेंट, यह झटके वाले दोलन उसके गले की ऐंठन के साथ-साथ होते थे, जो उस पर हमला किया करते थे। हर गरदन की ऐंठन पहले से ज्यादा गंभीर और गहरी होती थी तथा उसी अनुपात से उसके गले की बोलनेवाली पाइप भी खुलती हुई कंपन कर रही थी। इसके साथ-ही-साथ उसके फेफड़ों से भी हो रही थी, साथ ही एक हलकी आवाज गहरे सेट के साथ इतनी कम, जो मानव-कानों से शायद ही सुनी जा सके। यह सब जोर-जोर से भौंकने की प्रक्रिया की शुरुआत थी।

पर इससे पहले कि वह पूरा गला खोलकर चिल्लाता, उसके दौरे (Paraysm) बंद हो गए थे और मुँह अचानक बंद हो गया था। उसने अब वापस जाते हुए आदमी की ओर लंबे समय और स्थिर होकर देखा। अचानक वह मुड़ा और ध्यान

से वाल्ट की ओर देखा। उसकी अपील पर कोई प्रतिक्रिया नहीं हुई। कोई शब्द नहीं, कोई इशारा नहीं, कोई सुझाव नहीं, कोई सुराग नहीं कि वह क्या करे?

उसने अपने पुराने मालिक की ओर देखा। उसने उसको मुड़ते हुए देखा और उसकी पूँछ ने फिर से उसको उत्तेजित कर दिया। वह अपने पाँवों पर थोड़ी चिल्लाहट के साथ खड़ा हुआ, फिर उसको एक नया आइडिया आया। उसने मैजी की ओर ध्यान से देखा, जिसने उसकी अब तक अवहेलना की थी। वह उसके पास गया और अपना सिर उसकी गोद में सहलाया तथा उसके हाथ को अपनी नाक से सहलाया, जो उसकी एक पुरानी ट्रिक थी, जब उसे उससे कुछ चाहिए होता था। अब वह उससे हारकर अपने शरीर से लौट-पोट होकर खेलने लगा—वह थोड़ा पीछे हटा और फिर अपने सामनेवाले पंजों से जमीन खोदने लगा—अपने सारे शरीर से संघर्ष करते हुए, बहलानेवाली आँखों से, चपटे कानों से और पूछ हिलाते हुए उसने अपनी सोच को अभिव्यक्त किया और यह कि उसको कुछ बोलकर मनाया नहीं गया।

उसने इस खेल-कूद को भी जल्द ही बंद कर दिया। वह इन इनसानों की इतने ठंडेपन से बहुत आहत हुआ—वे पहले तो ऐसे नहीं थे! उसे कोई प्रत्युत्तर नहीं मिला था। उसे कोई मदद नहीं मिली थी। वे उसको कुछ समझ ही नहीं रहे थे। वे जैसे मृत हो गए थे।

वह मुड़ा और अपने पुराने मालिक की ओर देखा। स्किफ मिलर अब घुमावदार सड़क पर चल रहा था। एक ही मिनट में वह उसकी दृष्टि से ओझल हो जाएगा। फिर भी उसने मुड़कर कभी पीछे नहीं देखा, सीधा सामने चलता जा रहा था धीरे-धीरे और तरीके से, जैसे कि उसके पीछे क्या घटित हो रहा था, उसमें उसकी कोई दिलचस्पी नहीं थी।

और इस तरह से वह उसकी दृष्टि से ओझल हो गया। उल्फ ने इंतजार किया कुछ एक मिनट तक चुपचाप, बिना हिले-डुले पत्थर की तरह, फिर वह पीछे मुड़ा आतुरता तथा इच्छा से भरपूर। वह एक बार भौंका, फिर चुप हो गया। फिर वह वाल्ट इरविन के पास गया। उसने उसकी हथेली को चाटा तथा उसके पैरों पर गिर पड़ा, उस खाली वाले रास्ते को देखता हुआ जहाँ से वह मुड़ रही थी।

एक छोटी सी नदी (जल की धारा) कोई भरे पर्वतों से होती हुई फिसलती हुई उस ओर ही आ रही थी, जिसकी गड़गड़ाहट की आवाज अचानक बढ़ गई थी। बड़ी-बड़ी पीली तितलियाँ छुपके बीच से इधर-उधर उड़ रही थीं तथा उनींदी छाया में गुम हो जाती थीं। मीडोज (जंगलों) से लार्क चिड़ियों के चहचहाने का शोर आ

रहा था। मैजी ने विजयी भाव से अपने पति की ओर देखा।

कुछ मिनटों बाद उल्फ अपने पैरों पर खड़ा हो गया—कुछ सोच-विचार और एक फैसला उसके चलने-फिरने में लग रहा था। उसने उस पुरुष-स्त्री की ओर नहीं देखा। उसकी आँखें उस रास्ते पर टिकी हुई थीं। उसने अपना मन बना लिया था। उनको यह चीज पता चल गई थी। उनको यह पता चल गया कि उनका कटु या दुःखद समय अब आरंभ हो गया था।

वह कूदने के पोज में आ गया था और मैज ने अपने होंठों को दबाकर—मुँह से प्यार भरी आवाज निकालनी चाही, पर ऐसी आवाज नहीं निकली। वह अपने पति की ओर देखने के लिए विवश हुई, पर उसने पाया कि वह उसकी ओर बड़ी कड़ाई से देख रहे थे। उसके होंठ फिर खुल गए और उसने एक आह भरी।

वुल्फ का कूद-कूदकर भागना अब एक दौड़ में बदल गया था। उसकी हर छलाँग पहले से ज्यादा लंबी होती थी। उसने एक बार भी मुड़कर पीछे नहीं देखा। उसके भेड़ियों वाली पूँछ उसके पीछे खड़ी थी। वह तेजी से ट्रेल का मोड़ मुड़ा और फिर चला गया।

□

फ्लश ऑफ गोल्ड

लोन मैकफेन अपना तंबाकू का बटुआ खोने के बाद थोड़ा चिड़चिड़ा हो रहा था, अन्यथा वह हमें सरप्राइज लेक पर बने केबिन के बारे में वहाँ पहुँचने से पहले बताता। सारे दिन हम लोग आगे-पीछे घूम-घूमकर कुत्तों के लिए रास्ता बनाते रहे। यह काम हेवी स्नोशूज का काम है और किसी आदमी को वाचाल नहीं बनाता है। फिर भी लोन मैकफेन को दोपहर कॉफी उबालने के समय कुछ ताकत आ गई थी, जिससे वह उसे कुछ बता सके। सरप्राइज लेक-यह मेरे लिए सरप्राइज केबिन था। मैंने इससे पहले इसके बारे में कुछ सुना नहीं था। मैं जरूर यह मानना चाहूँगा कि मैं जरूर कुछ थका हुआ था और सोच रहा था कि मैकफेन रास्ते में रुककर एक घंटे के लिए कैंप बना देता, पर मेरे अंदर बहुत घमंड था कि मैं उससे कैंप बनाने के लिए कहूँ या पूछूँ कि उसका इरादा क्या था? फिर भी वह मेरा आदमी था, उसको मैंने अच्छी-खासी तनख्वाह पर कुत्तों की देखभाल रखवाली के लिए रखा है और मेरी आज्ञा माने। मैं भी कुछ चिड़चिड़ा महसूस कर रहा था। उसने कुछ नहीं कहा और मैंने तय कर लिया था कि मैं उससे कुछ पूछूँगा भी नहीं, चाहे हम सारी रात चलते रहें।

फिर हम अकस्मात् केबिन पर आ गए। पिछले एक हफ्ते से हम अपने ट्रेल (रास्ते) पर किसी से भी नहीं मिले थे और मेरे मन में अभी भी यही था कि अगले एक हफ्ते भी शायद ही कोई मिले। मेरे सामने एक केबिन था और उसकी खिड़कियों में से धीमी-धीमी रोशनी भी आ रही थी तथा चिमनियों से धुआँ भी निकल रहा था।

"तुमने मुझे क्यों नहीं बताया", मैंने कहना शुरू किया, पर लोन ने मुझे बीच में ही रोक दिया और धीरे से बोला, "सरप्राईज लेक तो यहाँ से अभी आधा मील है, पर वह केवल एक तालाब है।"

"हाँ, पर यह केबिन—कौन रहता है इसमें?"

"एक औरत।" और उसने दरवाजे पर थपथपाया तथा एक जनानी आवाज ने उसे अंदर आने को कहा।

"क्या अभी हाल में तुमने डेव को देखा है?" उस स्त्री ने पूछा।

"नहीं," लोन ने कुछ बेपरवाही से कहा, "मैं दूसरी दिशा में गया था, नीचे सर्कल सिटी की ओर और डेव ऊपर डासन की ओर है न?"

उस स्त्री ने सिर हिलाया और लोन स्लेज में से कुत्तों को खोलने लगा, जबकि मैंने स्लेज को खोला और उसमें से कैंप लगाने का सब सामान निकालने लगा और उसे केबिन की ओर ले गया। केबिन एक बड़ा सा कमरा था और जाहिर था, वह स्त्री उसमें अकेली रहती थी। लोन खाना बनाने में लग गया। उसने स्टोव की ओर इशारा किया, जहाँ पहले से पानी उबल रहा था। मैंने मछली बैग से मछली कुत्तों को खिलाई। मैं लोन मैकफेन का इंतजार कर रहा था कि वह उस युवती से परिचय करा दे तथा उसके ऐसा करने से कुछ परेशान था, क्योंकि लगता था, वे लोग एक-दूसरे को पहले से जानते थे।

"आप लोन मैकफेन हैं, है न?" मैंने उसको पूछते हुए सुना, "पिछली बार मैंने आपको एक स्टीकर पर देखा था।" मुझे अचानक कोई भय भरा दृश्य याद आने पर उसकी आवाज बिल्कुल जम सी गई। मुझे आश्चर्य इस बात का था कि लोन पर न ही उसके बोलने पर या चेहरे के भाव का कोई असर पड़ा। लोन के चेहरे पर निराशा थी, पर वह दिल से और आराम से बोला, "हम पिछली बार क्वींस-जुबली में, डाखन पर किसी के जन्मदिन या ऐसे ही किसी अवसर पर मिले थे। कैनोई (क्षेबी नाव) की दौड़ में और मेन स्ट्रीट पर बाधा दौड़ में। उसकी आँखों से भय जाता रहा और उसका सारा शरीर सामान्य हो गया।

"हाँ-हाँ, मुझे याद है," उसने कहा, "और तुम्हें एक कैनोई रेस में जीते भी थे।"

"डेव का आजकल कैसा चल रहा है? पहले की तरह धन-दौलत बटोर रहा है, मेरे खयाल से।" उसने बिना किसी संदर्भ के पूछा।

वह मुसकराई और सिर हिलाया, फिर यह देखकर कि मैंने अपना बेड-रोल खोल दिया है, उसने केबिन के आखिरी छोर की ओर इशारा किया, जहाँ मैं अपना बेड-रोल बिछा सकता था। उसका अपना बिस्तरा, कमरे के दूसरी ओर लगा हुआ था।

"…जब मैंने तुम्हारे कुत्तों की आवाज सुनी तो मैंने सोचा कि शायद डेब आ

रहा था और लेन को खाना बनाते हुए देखने लग गई थी और कुत्तों की आवाज को सुनने लग गई। मैं कंबलों पर लेट गया और धूम्रपान करने लगा तथा देखने लगा। यह एक रहस्य था, पर इससे ज्यादा मैं कुछ नहीं समझ सका। लोन ने मुझसे उसके बारे में कुछ भी नहीं बताया था। बिना उसके देखे मैं उसकी ओर देखता रहा और उसके चेहरे पर से नजर हटाना मुश्किल हो रहा था। वह आश्चर्यजनक रूप से खूबसूरत थी, जैसे इस दुनिया का न हो! मैं यह कह सकता हूँ कि उसके चेहरे से एक ऐसी रोशनी निकल रही थी और ऐसा भाव था या कोई अन्य चीज, जैसा मैंने पहले कभी जमीन या समुद्र में नहीं देखा था। भय या आतंक का भाव उसके चेहरे पर से पूरी तरह गायब हो गया था। उसकी जगह अब शांत-सुंदर चेहरा था। यदि 'सौम्य' एक ऐसा चारित्रिक गुण है, जोकि इसकी व्याख्या कर सकता है तो वह ऐसा ही था, वह एक भाव था।

अचानक ही पहली बार उसे मेरी मौजूदगी का एहसास हुआ।

"क्या आपने अभी हाल में डेव को देखा है?" उसने पूछा, मेरी जुबान पर था, "डेव कौन?" पर उसी वक्त लोन खाँसा, शायद बेक को भूनने की वजह से खाँस उठा था, पर मैंने समझा कि वह उसका इशारा है कि मैं इस बात पर कुछ न बोलूँ। परंतु मैंने कहा, "नहीं, मैंने नहीं देखा, मैं देश के इस इलाके में नया हूँ।"

"पर क्या आपके कहने का मतलब यह नहीं है।" उसने कहा कि—

"आप डेव वाल्श भीमकाय डेव वाल्श से आप कभी नहीं मिले?"

"आप देखिए," उसने माफी माँगने के स्वर में कहा, "मेरा अधिकतर समय नीचे लोअर कंट्री-नोभ में बीता है।"

"उसे डेव के बारे में बताओ।" उस औरत ने लोन से कहा।

उसने बहुत आराम से धीरे-धीरे मृदुल स्वर में बोलना शुरू किया, इतना मृदुल स्वर कि मुझे चिढ़ सी लगने लगी।

"डेव एक बहुत बढ़िया आदमी है," उसने कहना शुरू किया और वह अपनो मोजो में 6 फीट 4 इंच है। उसका हर शब्द बॉण्ड की तरह है। कोई यदि यह कहता है कि "डेव झूठ बोलता है तो उसे मेरे साथ भी लड़ना पड़ेगा, यदि उसमें कुछ बचेगा तो (डेव से लड़ने के बाद)। हाँ, वह शुरू से ही झगड़ालू रहा है। वह अब .38 गन के साथ बूढ़ा हो गया है। अपने धन को आजादी और आसानी से खर्च करनेवाला। और जब उसके पास कोई रुपया-पैसा नहीं रहता तो वह अपनी आखिरी शर्ट को भी माचिस दिखा सकता है। और हाँ, उसके नब्बे हजार डॉलर 3 हफ्ते में लेक सरप्राइज से पानी निकालने के लिए हैं न?" उस औरत ने कुछ

गर्व से सिर हिलाकर हामी भरी। जब वह यह सब बयान कर रहा था तो वह बहुत दिलचस्पी से हर शब्द सुन रही थी। "और मैं यह जरूर कहना चाहूँगा", लोन ने फिर कहना शुरू किया, "मैं बहुत निराश और दुःखी हूँ डेब से आज रात यहाँ न मिल पाने पर।"

लोन ने टेबल पर खाना रख दिया और हम सब मिलकर खाने लगे। कुत्तों के चिल्लाने की वजह से वह स्त्री फिर दरवाजे पर गई। उसने उसे एक इंच खोला और बाहर की आवाज सुनने लगी।

वह (ग्रिडली) सफेद बालोंवाला बनने के लिए एक गुफा में घुस गया था।

"डेव वाल्श कहाँ है?" मैंने धीमी आवाज में पूछा।

"मर गया।" लोन ने जवाब दिया, "शायद नर्क में, मेरे खयाल से! मुझे पता नहीं। शट अप।"

"पर अभी तो तुम कह रहे थे कि तुम्हें आशा थी कि आज रात वह तुम्हें यहाँ मिलेंगे!"

"ओह शट अप! क्या तुम चुप नहीं रह सकते?" लोन ने उसी तरह धीमी आवाज में, थोड़ा सावधानी से कहा।

वह स्त्री दरवाजा बंद कर चुकी थी और वापस लौट रही थी और मैं इस तथ्य के बारे में सोच रहा था कि वह आदमी, जिसे मैं दो सौ पचास डॉलर और खाना दे रहा था, वह मुझसे 'शट अप' (चुप रहो) कह रहा है!

लोन प्लेटें धो रहा था और मैं धूम्रपान करते हुए उस स्त्री को देख रहा था। वह पहले से भी ज्यादा सुंदर दिख रही थी—यह सच है कि बहुत अलग और अजीब तरीके से लगभग पाँच मिनट तक उसकी ओर बराबर देखते रहने के बाद मैं इस दुनिया में वापस आया और लोन मैकफेन की ओर देखा। इससे मुझे पता चला कि मैं वास्तव में इसी दुनिया में हूँ तथा यह स्त्री भी वास्तविक है। पहले तो मैंने अनुमान लगाया था कि यह डेव वाल्श की पत्नी हो सकती थी, पर यदि डेव वाल्श मर गया था, जैसा लोन ने कहा था, तब यह उसकी विधवा हो सकती है।

हम जल्दी ही बिस्तर में घुस गए, क्योंकि कल का दिन बहुत लंबा होनेवाला था और लोन भी मेरी बगल में रेंगता हुआ आ गया था। हमने उससे एक सवाल पूछ ही लिया—

"यह औरत कुछ सनकी सी लगती है, है न?"

"हाँ, सनकी पागलों की तरह है।" लोन ने जवाब दिया।

और इससे पहले कि मैं अपना अगला प्रश्न तैयार करता, मैं कसम खाकर

कहता हूँ कि लोन तो नींद में चला गया था। वह हमेशा से ही सोता था, हम बिस्तरे में घुसते और वह फौरन ही सो जाता था।

और सुबह हम लोगों ने जल्दी-जल्दी नाश्ता किया। कुत्तों को खिलाया और स्लेड पर सामान रख दिया तथा वहाँ से चल पड़े।

हमने चलते वक्त 'गुड बाय' कहा और वह औरत दरवाजे पर खड़ी हम लोगों को देखती रही। मैंने उसकी अलौकिक सुंदरता को अपनी आँखों में हमेशा के लिए बंद कर लिया और जब मुझे उसे देखने की इच्छा होगी, मैं उसे आँखें खोलकर देख लूँगा। रास्ता टूटा-फूटा नहीं था। सरप्राइज लेक (झील) यहाँ से काफी दूर थी। लोन और मैंने सड़क पर, पत्ते जैसी मुलायम बर्फ का अपने भारी स्नोबूट से पीट-पीटकर, जिससे कि कुत्ते उस पर दौड़ सकें। "पर तुमने कहा था कि तुम डेव-वाल्श से 'कविता' में मिलने की आशा रखते थे।" मेरी जुबान पर बार-बार आ रहा था, पर मैं कुछ बोला नहीं, हम दोपहर तक इंतजार कर सकते थे। लेकिन हम लोग उस वक्त रुके नहीं, क्योंकि लोन ने सूचना दी कि कुछ लोग आगे टीली के तिराहे पर 'मूस' (एक जानवर) के शिकार के लिए वहाँ कैंप कर रहे थे और वहाँ तक हम लोग अँधेरा होने से पहले पहुँच सकते थे। पर हम वहाँ अँधेरा होने तक नहीं पहुँच पाए, क्योंकि रास्ते में एक लट्ठों के ढेर पर चलते हुए हमारे लीड-डॉग 'ब्राइट' के कंधा का ब्लेड टूट गया और उसके लिए हम एक घंटा रुके रहे, पर फिर भी वो जब ठीक नहीं हुआ तो हमने उसे शूट कर दिया, फिर टीली नदी पर जमी बर्फ को क्रॉस करते समय हमारी रेंचिंग (wrenching) डूब गई और हम अपने रनर को ठीक करने में लग गए। रात में हमें जमी हुई टीली नदी पर अपना कैंप लगाना पड़ा। मैंने कुछ खाने को बनाया और कुत्तों को भी खिलाया, जबकि लोन रनर को ठीक करने में लगा हुआ था। हम साथ मिलकर रातभर के लिए बर्फ और जलाने के लिए लकड़ी इकट्ठा करने लगे। हमने आग के सामने डंडों पर रखकर अपने मोकारिन जूते सुखाए।

"आप उस औरत को नहीं जानते थे?" लोन ने अचानक पूछा। मैंने अपना सिर हिलाया। "आपने उसके बालों के रंग को नोट किया? उसी से उसका नाम पड़ा—सूर्योदय की पहली सुनहरी किरण। उसका नाम था 'फ्लश ऑफ गोल्ड'।" कभी उसके बारे में सुना?

यहाँ पर स्मृति भ्रमित हो गई थी और एक धुँधली सी याद थी, "हाँ, यह नाम सुना हुआ था," फिर भी मेरे लिए उसका कोई मतलब नहीं था। 'फ्लश ऑफ गोल्ड', "किसी नाचघर का नाम सा लगता है।" मैंने कहा, लोन ने अपना सिर हिलाया—नहीं,

वह एक भली औरत थी, उस भाव में नहीं—यद्यपि विगत समय में उसने तमाम पाप किए थे। "तुम उसके बारे में हमेशा भूतकाल में बात क्यों करते हो ?"

"उस अँधेरे के कारण, जो उसके हृदय में बैठ गया है, वह ऐसे ही है, जैसे मृत्यु। 'फ्लश ऑफ गोल्ड' जिसे मैं जानता था, जिसे कि डासन जानता था और उससे भी पहले जिसे फोर्टी माइल्स जानता था, वह मर चुकी है। वह पागल सी स्त्री, जिससे आज रात हम मिले थे, वह नहीं थी। वह फ्लश ऑफ गोल्ड, और डेव ?" मैंने पूछा।

"उसने कहा, वह केबिन अपने लिए और उसके लिए था। अब वह मर चुका है। वह वहाँ पर उसका इंतजार कर रही थी। उसका विश्वास है कि वह मरा नहीं है। पर कौन जाने उसके सनकी दिमाग में क्या चल रहा है ? हो सकता है, वह पूरी तरह विश्वास करती है। चाहे जो कुछ भी हो, वह उस केबिन में उसका इंतजार करती है। मृत व्यक्ति को कौन उठा सकता है ? तब फिर उन लोगों को कौन उठा सकता है, जो जीते-जी मर चुके हैं। कम-से-कम मैं नहीं, इसीलिए मैंने कल रात कहा था कि मुझे उसके आने की आशा थी। और उससे ज्यादा अचंभा मुझे तब होता, यदि कल रात वह आ जाता।"

"मेरी समझ में नहीं आया", मैंने कहा, "तुम शुरू से बताओ, उसके बारे में पूरी कहानी।"

और लोन शुरू हो गया—विक्टर शावे एक फ्रेंच आदमी था—वह दक्षिण फ्रांस में पैदा हुआ था। वह कैलिफोर्निया तब आया था, जब यहाँ सोने की खोज चल रही थी। वह एक अग्रणी था, पर उसको कोई सोना नहीं मिला। उसके बजाय वह बॉटलड सनशाइन/बोतलबंद धूप बनाने लगा, यानी अंगूर की फसल उगाना और उससे फिर वाइन बनाना शुरू कर दिया, पर सोने के लिए अभी भी उसका उत्साह बना रहा। यही जुनून उसको शुरुआती दौर में अलास्का ले आया और चिलकूट के ऊपर से तथा विकॉन के नीचे से, इसके पहले कि कारमैक स्ट्राइक करता। टेन माइल टाउन की जगह शावेट की थी। वही उस आर्कटिक शहर की पहली डाक लेकर आया था। उसने पॉर्क्योपाइन पर कोयले की खान पर पहले हक जताया था, लगभग 12 वर्ष पहले। उसने लॉफ्टस को निंघनक प्रदेश में खाना मिलने के आधार पर भेज दिया था। अब ऐसा हुआ कि विक्टर शावे एक अच्छा कैथोलिक था और उसे इस दुनिया में दो चीजें विशेष प्रिय थीं—वाइन (शराब) और स्त्री। उसे हर प्रकार की वाइन पसंद थी, पर स्त्रियों के मामले में उसे केवल एक स्त्री पसंद थी, वह थी मैरी शावेट की माँ।

यहाँ पर मैंने जोर से जम्हाई ली और अपने आत्म-नियंत्रण पर इतनी देर काबू करके और यह बात सोचकर कि इस आदमी को मैं ढाई सौ पौंड प्रतिमाह देता हूँ।

"अब क्या बात है?" उसने पूछा।

"बात?" मैंने शिकायत के लहजे में कहा, "मैंने सोचा था कि आप मुझे फ्लश ऑफ गोल्ड। मुझे तुम्हारा पुराना फ्रेंच दोस्त, जो शराब बनाता है, उसकी आत्मकथा नहीं सुनना।"

लोन ने अपना पाइप सुलगा लिया, फिर पाइप को अलग रख दिया। "और आपने मुझसे कहा था कि मैं शुरू से शुरू करूँ।"

"हाँ, मैंने कहा—शुरुआत से।"

"और वाइन मेकर की शुरुआत ही फ्लश ऑफ गोल्ड की शुरुआत है। वह मैरी शावेट का पिता था और मैरी शावेट ही 'फ्लश ऑफ गोल्ड' कहलाती थी। और इससे अधिक आपको क्या जानना है? विक्टर शावेट की किस्मत कभी भी बहुत अच्छी नहीं रही। वह किसी तरह से काम चला रहा था और मैरी शावेट की अच्छी देखभाल करता जा रहा था। 'फ्लश ऑफ गोल्ड' का प्यारा सा नाम उसी ने दिया था। 'फ्लश ऑफ गोल्ड' क्रीक और फ्लश ऑफ गोल्ड उन साइट का नाम भी उसी के नाम पर रखा गया था। वह वृद्ध आदमी शहरों के स्थान पर महान् था, केवल बात यह थी कि वह उन पर कभी लैंड नहीं किया था।"

"अब ईमानदारी से", लोन ने बिजली की तरह बात बदलते हुए कहा, "अब जब आप उसके बारे में क्या सोचते हैं, मतलब वह कैसी दिखती है? उसकी सुंदरता के बारे में क्या सोचते हो?"

"वह असाधारण रूप से सुंदर है", मैंने कहा, "उसकी तरह सुंदर औरत मैंने जिंदगी में कभी नहीं देखी है। इस तथ्य के बजाय कि पिछली रात मैंने सोचा कि वह कुछ सनकी है, मैं अपनी आँखें उससे हटा नहीं पा रहा था। यह केवल जिज्ञासावश नहीं था। यह आश्चर्य था, केवल आश्चर्य ही था, वह कितनी अद्भुत रूप से सुंदर थी!"

"वह इससे भी ज्यादा असामान्य रूप से खूबसूरत थी, जब तक कि उसके मन में अँधेरा नहीं छा गया।" लोन मृदुलता से बोला, "वह वास्तव में फ्लश ऑफ गोल्ड थी, वह हर आदमी के दिल को छू लेती थी और लोग उसे मुड़-मुड़कर भी देखते थे। वह कुछ कोशिश करके यह याद कर पाई कि मैंने डासन में कैनो रेस जीती थी। मैं जो उसको प्यार करता था और उसने बताया था कि वह भी उससे प्यार करती थी। वह चाहे तो पेरिस से सेब मँगा सकती थी और कोई ट्रोजन युद्ध

नहीं होता और तो और वह पेरिस निवासियों को अपने कदमों पर रख सकती थी। और अब वह अँधेरे में रहती है तथा वह जो अस्थिर रहती थी, अब स्थिर है—और स्थिर भी एक हद तक, वह यह नहीं समझ पा रही है कि एक मृत आदमी अब मृत है!

"और इस तरह से चीजें थी। तुमको याद है कि पिछली रात मैंने डेव वाल्श के बारे में क्या कहा था—विशाल डेव वाल्श। मैंने जो कुछ कहा था, वह सबकुछ वैसा ही था—और उससे भी अधिक कई गुना अधिक। वह इस प्रदेश में 80 (1880) के अंतराल दशक में आया था—वह आपके लिए एक अग्रणी था। वह 20 वर्ष का और एक बैल की तरह था। वह सबसे ताकतवर आदमी को भी मार सकता था। जब वह 25 वर्ष का था, तब वह 350 पौंड आटे की बोरी उठा सकता था। लगभग प्रत्येक वर्ष वहाँ पतझड़ में अकाल पड़ता था और इसकी वजह से उसे बाहर जाना पड़ता था। उन दिनों वह निर्जन जगह थी। नदी में चलनेवाली कोई स्टीम बोट नहीं थी, कुछ खाने को नहीं मिलता था, केवल साक्षमन मछली और खरगोश के रास्ते पर तीन वर्ष तक भागने के बाद उसने निश्चय किया कि वह वहीं रहेगा और अगले साल वह वहीं ठहर गया। वह सीधे मीट (गोश्त) खा जाता था, जब किस्मत अच्छी होती थी। उन जाड़ों में वह ग्यारह कुत्तों को खा गया। और फिर उसके अगले साल, और अगले साल वह वहीं रहा। उसके बाद उस प्रदेश को कभी नहीं छोड़ा। वह एक चिल कैट इंडियन को हरा सकता था, वह एक Stick (स्टिक) को आउटपैडल कर सकता था, भरे जाड़ों में जब तापमान 50 डिग्री होता था तो वह सारा दिन भीगे पैरों से चल सकता था और यह एक बहुत बड़ी बात थी; मैं कह सकता हूँ। आपके पैर तो शून्य से 25 डिग्री नीचे होते ही फ्रीज/जम जाएँगे अत: चलते रहने की कोशिश की।

"ताकत में डेव-वाल्श एक बुल (खंड) की तरह था। फिर भी वह बहुत सरल स्वभाव का और मृदुल था। कोई भी उससे पैसे माँगे, अभी सबसे हाल में अभी छोटा-पैदा हुए बच्चे ने कैंप में डेव वाल्स से आखिरी एक डॉलर भी ले लिया। "पर इससे मुझे कोई चिंता नहीं होती। "उसका अपना एक तरीका था सरलता से हँसने का", "इससे मुझे रातों में नींद न आए, ऐसा नहीं है।" अब आप यह आइडिया कि उसकी कोई रीढ़ की हड्डी (Back Bone) नहीं थी, आपको याद होगा कि कैसे अपनी पॉप-गन (बंदूक) को लेकर वह भालू के पीछे भागा था! जब किसी से लड़ाई की बात आती थी तो वह उस वक्त मुलायम हो जाता। वह एक सीमा थी, जब वह सीमा पार हो जाती थी, तब वह आक्रमक हो जाता था।

कमजोर लोगों से वह सरल और दयालु था, पर ताकतवर लोगों को उसे रास्ता देना होता था। वह एक ऐसा आदमी था, जिसे अन्य आदमी पसंद करते थे; दूसरे शब्दों में वह आदमियों का आदमी था।

(2)

जब कारमैक ने डासन में बोना जा (सोना) मिला, तब भी उसने डासन की ओर भगदड़ में भाग नहीं लिया। डेव उस वक्त खुद ही मैमन क्रीक पर खुदाई कर रहा था। उसने ही मैमन को खोजा था। उसने वहाँ उस जाड़े में 84,000 एकड़ जमीन और अन्य लोगों के लिए लाखों एकड़ जमीन अगले जाड़ों के लिए खोल दी। उस वक्त गरमी पड़ रही थी और जमीन थोड़ी पनीली हो गई थी। अतएव उसने युकान होते हुए डासन की यात्रा की, यह देखने के लिए कारमैक ने जो कुछ पाया है, वह कैसा दिखता था। और वहाँ पर उसने फ्लश ऑफ गोल्ड को देखा। मैं उस रात को हमेशा याद रखूँगा। यह सबकुछ अबतक हुआ था।

मैं यह सोचकर काँप उठता हूँ कि एक ताकतवर आदमी की सारी शक्ति एकदम से ही, उसकी एक नजर उस पर पड़ते ही कमजोर हो गया। वह एक कमजोर, सुनहरे बालोंवाली स्त्री थी, जैसे कि फ्लश ऑफ गोल्ड ने जब उसकी ओर देखा तो वह धराशायी हो गया। यह उसके पिता के केबिन की बात थी, वृद्ध विक्टर शावेट। कुछ दोस्त डेव वाल्श को लेकर वहाँ आए थे कि मैमन क्रीक पर कुछ जगहों के दाम रखे जाएँ। पर उसने बहुत कम बात की और जो भी बात की वह एक बकवास थी। मैं आपको बताऊँ कि डेव फ्लश ऑफ गोल्ड को देखते ही चारों खाने चित हो गया। विक्टर शावेट ने उसके जाने के बाद कहा कि वह शायद पिए हुए था। और ऐसा ही था भी, पर फ्लश ऑफ गोल्ड ही वह नशा था, जो उसको चढ़ गया था।

उसने जो उसकी पहली झलक देखी, उसी ने यह बात तय कर दी। युकान से वह एक हफ्ते के अंदर नहीं गया, जैसा कि उसका पहले इरादा था। वह कष्ट उठा रहा था, समझ रहा था और सोच रहा था कि इसका परिणाम क्या होगा? निस्संदेह हम लोग सोच रहे थे कि वह 'फ्लश ऑफ गोल्ड' के रूप में उसे उसका स्वामी मिल गया था। वह मैमन का राजा था। उसने मैमन को खोज निकाला था। डेव को फ्लश के रोमांस से सरोकार था, वह एक बासी खट्टे आटे की तरह था, उस जमीन पर वह एक अग्रणी था—जब वह इधर-उधर से जा रहा होता—तो लोग उसे देखकर कुछ भय से फुसफुसाते हुए कहते कि 'वह देखो डेव वाल्श जा रहा है।'

और क्यों न कहते! वह 6 फीट 4 इंच का था और उसके खुद के बाल पीले थे, जो घुँघराले होते हुए उसके गले तक आ रहे थे। वह एक बैल की तरह था, एक पीले अमाल वाला, जो अभी-अभी 31 वर्ष का हुआ था।

फ्लश ऑफ गोल्ड भी उसको प्रेम करने लगी थी, करती थी तथा पहले एक मास, फिर दो महीने और फिर पूरे गरमी के मौसम भर कोर्टशिप के दौरान उसके साथ नृत्य करती रही। उनकी सगाई (Engagement) की भी घोषणा कर दी गई थी। पतझड़ आनेवाला था, डेव वाल्श को मैमन क्रीक में जाड़ों भर काम था। पर 'फ्लश ऑफ गोल्ड' ने भी अभी शादी करने से इनकार कर दिया था। डेव ने डस्क बर्नस को मैमन क्रीक का सारा भार सौंप दिया था और स्वयं डासन में बना रहा। पर इसका कोई लाभ नहीं हुआ। वह अपनी आजादी कुछ और दिनों (समय) तक चाहती थी, जरूर चाहिए थी और वह अगले साल तक ही शादी करेगी। अतः पहली बर्फ गिरने पर डेव वाल्श अकेले ही युकान अपने कुत्तों के पीछे-पीछे चला गया, इस समझौते के साथ कि अगले साल जब वह स्टीम-नौका द्वारा आएगा, तब विवाह होगा।

पर जबकि डेव वाल्श ध्रुव-तारे की तरह अपनी बात पर अटल था, सच्चा था, फ्लश ऑफ गोल्ड कार्गो-शिप के लोड स्टोव में लगी चुंबकीय सूई की तरह अस्थिर थी। जबकि डेव-वाल्श स्थिर ठोस था, फ्लश ऑफ गोल्ड ढुलमुल दिमाग की फ्लाईअवे स्त्री थी तथा वह किसी भी आदमी पर संदेह नहीं करती थी, पर अपने ऊपर संदेह करती थी। शायद वह उसके प्यार की ईर्ष्या थी या उसकी आत्मा से निकला संदेश, पर डेव उसकी अस्थिरता से भय करता था कि क्या वह अगले वर्ष तक उसका इंतजार कर पाएगी? और वह अपने आप से थोड़ा अलग था। वह उस पर विश्वास करने से डर रहा था। वह अगले साल तक प्रतीक्षा करने से इसलिए निडर रहा था कि वह कहीं फिर मुकर न जाए! बाद में विक्टर शावेट से, जो मुझे पता चला, सब छोटी-छोटी बातों को जोड़कर कि इसके पहले कि डेव वाल्श अपने कुत्तों के साथ जाता, कुछ यों हुआ कि वह वृद्ध फ्रेंच आदमी के सामने डेव वाल्श फ्लश ऑफ गोल्ड के साथ खड़ा हो गया और घोषणा की कि वह और फ्लश ऑफ गोल्ड एक-दूसरे के साथ विवाह करने का वचन दे चुके हैं। वह बहुत नाटकीय था, उस वक्त उसके आँखों से आग बरस रही थी। उसने कुछ ऐसा कि "जब तक हमें मृत्यु अलग नहीं करती।" यहाँ तक कि मृत्यु में भी तुम मेरी रहोगी और मैं कब्र से भी उठ खड़ा हो जाऊँगा, तुम्हें पाने के लिए। वृद्ध ने यह साफ-साफ सुना था, "यहाँ तक कि मृत्यु में भी तुम मेरी रहोगी, मैं कब्र से उठ खड़ा हो जाऊँगा,

तुम्हें पाने के लिए।" 'फ्लश ऑफ गोल्ड' बुरी तरह से डर गई थी, फिर मैंने डेव को अलग ले जाकर कहा कि फ्लश ऑफ गोल्ड को इस तरह से नहीं पकड़ना चाहिए था और वह उससे हँसी-खुशी और अच्छे से व्यवहार करे।

मेरे मन में कभी यह संदेह नहीं था कि 'फ्लश ऑफ गोल्ड' उस वक्त डर गई थी। फ्लश ऑफ गोल्ड भी कुछ असभ्य थी—जहाँ तक आदमियों के साथ व्यवहार करने की बात थी। जबकि आदमी लोग उसके साथ बहुत मुलामियत और मृदुलता से पेश आते थे तथा कुछ ऐसा बोलते थे धीमे से, जो कठोर नहीं होता था, कोई ऐसी स्त्री थी, जिसका दिल न दुखाया जाए। उसको यह पता नहीं था कि कठोरता क्या होती है, जब तक कि डेव ने उसे इस प्रकार से जबरदस्ती नहीं पकड़ा होता। वह 6 फीट 4 इंच का था और एक बड़े साँड़ की तरह और उसको इस प्रकार से पकड़ लिया तथा बोला, वह मृत्यु तक उसकी थी और बाद में भी। इसके अलावा डासन में उसे जाड़े में एक इटैलियन काले वर्ण का गानेवाला, जो मैक्रोनी खाता था, आया था और फ्लश ऑफ गोल्ड अपना दिल उसको दे बैठी थी— शायद यह केवल एक प्रकार का आकर्षण था, मुझे पता नहीं। कभी मैं सोचता हूँ कि वह डेव वाल्श को वास्तव में चाहती थी। शायद उसके इस स्टंटपूर्ण बयान से वह उसकी मृत्यु तक उसकी रहेगी और बाद में भी वह उसे कब्र से भी आकर उस पर अपना हक जमाएगा, इस बात से वह डर गई थी और इस वजह से वह संगीतज्ञ की ओर आकर्षित हुई थी। पर यह सब मेरा अनुमान है और तथ्य पर्याप्त हैं। वह कोई डैगो या काली चमड़ीवाला नहीं था। वह एक रूसी का ऊँट था और यह बात सत्य थी कि वह एक पेशेवर संगीतज्ञ नहीं था, या इस तरह का कोई आदमी। वह वायलिन और पियानो बजा लेता था तथा कुछ गा लेता था और वह अच्छा गाता था। पर वह अपनी खुशी के लिए गाता था तथा उन लोगों की खुशी के लिए, जो उसको सुनना चाहते थे। उसके पास पैसा भी था, पर यहाँ पर मैं यह बता दूँ कि फ्लश ऑफ गोल्ड को पैसों की कोई परवाह नहीं थी। वह ढुल-मुल दिमाग की तो थी, पर वह कभी भी गंदे भाव या दिमागवाली नहीं थी।

पर आगे बढ़ते हैं, वह डेव वाल्श को विवाह का बयान दे चुकी थी और वह पहली स्टीम-बोट से उसे लेने आ रहा था—वह 1898 की ग्रीष्म ऋतु थी और पहली स्टीम-बोट मध्य जून में आने की उम्मीद थी। फ्लश ऑफ गोल्ड डेब वाल्श को एकदम झटके से अलग नहीं कर देना चाहती थी और फिर बाद में उसका सामना करे। सबकुछ अचानक हुआ था। इधर रूसी कॉउंट संगीतज्ञ भी उसका आज्ञाकारी गुलाम था। उसने ऐसी ही योजना बनाई थी, मैंने वृद्ध विक्टर से बाद में

जाना। काउंट उसी से आदेश लेता था और उन लोगों ने पहली स्टीम बोट 'गोल्डन रॉकेट' नीचे जाने के लिए ले लिया। और मैं भी चूँकि सर्कल सिटी जा रहा था, सो उसी बोट को पकड़ लिया। मैं चकित रह गया, जब मैंने पाया कि 'फ्लश ऑफ गोल्ड' भी उसी बोट में थी। वह काउंट के साथ हर वक्त रहती थी और मुसकराती रहती थी। पर उसका नाम यात्रियों की सूची में नहीं था—हाँ, उसके (Count) नाम के साथ लिखा था कि पत्नी साथ में है। वहाँ पर स्टेटरूम का नंबर आदि था। तब मुझे पहली बार पता चला कि वह विवाहित था—केवल यह बात थी कि मैंने उसकी पत्नी को कहीं नहीं देखा था, जब तक कि फ्लश ऑफ गोल्ड को उसने इस प्रकार से शामिल किया था। वह सोच रहा था कि क्या उन लोगों ने सफर शुरू होने के पहले ही शादी कर ली हो!

मैंने पर्सर के साथ बात की, वह भी इससे ज्यादा कुछ नहीं जानता था; वह फ्लश ऑफ गोल्ड को भी किसी प्रकार से नहीं जानता था और इसके अलावा वह लगभग मौत के पास दौड़ गया था। आपको क्या पता है कि एक युकान स्टीम-बोट क्या चीज होती है, पर आप यह अंदाज नहीं लगा सकते कि गोल्डन रॉकेट, बोट क्या होती थी, जब उसने डॉसन को छोड़ा था। वह एक 'हमर' थी, नीचे जानेवाली पहली बोट होने के कारण उसमें लगभग सब यात्री पीड़ित थे और हॉस्पिटल का बेकार सामान था। उसमें तमाम यात्रियों के सामान और अन्य सामान भी था। इसके अलावा तमाम मसूढ़े के रक्तस्राव से पीड़ित डेक के यात्री थे और बक्से स्वरूप और कुत्ते मरे पड़े थे। सामने की निचले डेक पर भी सामान खचाखच भरा था और फोर लोवर डेक पर पहाड़ की तरह उनका एक पहाड़ सा बन गया था। रास्ते में जहाँ भी कोई जगह होती, वहाँ पर भी। और वे एक-दूसरे के ऊपर बहुत सुरक्षित ढंग से भी नहीं रुके थे। यह आशा थी कि मेट उन्हें देखने आएगा और फिर उसके बारे में भूल गया। मैंने टीली बंदरगाह पर एक बॉक्स को आते हुए देखा और मैंने थोड़ा सा अनुमान भी लगाया कि उसमें क्या होगा? पर इस बात का बिल्कुल भी नहीं अंदाज लग पाया कि वाकई में उसके अंदर एक जोकर था। इस बॉक्स को अन्य सभी सामानों के ऊपर रख दिया गया था। मुझे लगा कि इसके ऊपर जो बड़ा सा भर्राई आवाजवाला कुत्ता बैठा था, वह कुछ जाना-पहचाना सा लग रहा था, जो सामानों के बीच से जगह बनाता हुए बक्सों के बगल में बैठ गया था। तब हमने ग्लेनडेल के पास, जो डासन जा रहा था, मैंने सोचा कि डेव उसमें सवार होकर डासन जा रहा होगा फ्लश ऑफ गोल्ड के पास। मैंने घूमकर उसकी ओर देखा, जहाँ पर वह रेलिंग के सहारे खड़ी थी। उसकी आँखों में चमक थी, पर वह

दूसरे स्टीमर को देखकर कुछ भयभीत सी लग रही थी और वह अपनी सुरक्षा के लिए काउंट के सहारे टिकी हुई थी। उसको इस तरह से झुकने की जरूरत नहीं थी और मुझे निराश डेव के बारे में इतना निश्चित नहीं होना चाहिए था, जो डासन पहुँचनेवाला था। क्योंकि डेव वाल्श ग्लेनडेल पर था ही नहीं। मुझे ऐसी कई चीजें पता नहीं थीं, पर मुझे जल्द पता चलनेवाला था, जैसे कि उस जोड़े की अभी तक शादी नहीं हुई थी। आधे घंटे के अंदर ही विवाह की तैयारियाँ हुईं। मैंने केबिन में, जो बीमार लोग थे, उनका क्या होगा और ऊपर से गोल्डन रॉकेट की भीड़-भाड़ वाली स्थिति फिर विवाह के लिए सबसे अधिक उपयुक्त जगह लोवर डेक पर सामने की मिली, एक खुली जगह, जो रेलिंग के बगल और गैंग-प्लाके के बगल में थी। जहाज और सामान के पहाड़ से ढकी हुई थी, जिसके बिग बॉक्स के बगल में एक कुत्ता सो रहा था।

जहाज पर एक मिशनरी, जिसे ईगल सिटी पर उतरना था, सवार था। ईगल सिटी अगला ही ठहराव (स्टॉफ) था। इसीलिए जल्दी थी कि शादी जल्दी संपन्न हो जाए। यही उन लोगों की योजना भी थी। जहाज पर शादी करने की। पर मैं तो तथ्यों से आगे भाग रहा हूँ। डेव वाल्श ग्लेनडेल पर नहीं था, क्योंकि वह गोल्डन पर था। डॉसन में फ्लश ऑफ गोल्ड के आगे-पीछे घूमने के बाद, वह माउंटेन क्रीक पर से बर्फ से नीचे उतरा, वहाँ पर उसने पाया कि उस जगह पर डस्की बर्नस बहुत अच्छी तरह से रह रहा था, उसकी वहाँ पर रहने की कोई जरूरत नहीं थी। तब उसने अपनी स्लेज पर कुछ खाने-पीने का सामान रखा, कुत्तों से जोता था, साथ में एक इंडियन को साथ लेकर सरप्राइज लेक के लिए चल पड़ा। उसको वह हिस्सा पहले से बहुत पसंद था, शायद आपको पता नहीं है कि वह क्रीक आशा के विपरीत निकली, पर वहाँ पर आसार पहले अच्छे प्रतीत हो रहे थे, तब वहाँ पर डेव ने अपने लिए और उसके 'फ्लश ऑफ गोल्ड' के लिए एक केबिन बनाना शुरू किया तथा यह वह केबिन था, जहाँ हम रात में सोए थे। केबिन बनाने के पश्चात् एक मूस (बड़े हिरन) के शिकार के लिए निकल पड़ा—टेली के दो मुहाने पर साथ में अपने उस इंडियन को ले लिया था।

और उसके बाद ऐसा हुआ कि अचानक एक बहुत ठंडी शीत लहर आ गई। तापमान शून्य से 40, 50, 60 डिग्री F से भी नीचे चला गया। मुझे इस भयानक शीत लहर की याद है, मैं उस वक्त फॉर्टी माइल पर था तथा उसी दिन मुझे याद है कि AT&T Co. के स्टोर में स्प्रिट थर्मामीटर 70 डिग्री F शून्य से 70 डिग्री F नीचे चला गया था। और उसी दिन डेव वाल्श, इंडियन के साथ मूस के शिकार के लिए टेली

फोर्क पर था। मुझे यह सब उस इंडियन से पता चला, जब वह मेरे साथ डाइआ में था। उस सुबह इंडियन बर्फ तोड़ते हुए 4 फीट गहरे ठंडे पानी में चल गया अपनी कमर तक और जमने लगा। सही चीज यह थी कि वह उसी वक्त आग जलाकर उसकी गरमाहट देता, पर डेव वाल्श एक साँड़ की तरह था। केवल आधा मील दूर कैंप में आग जल रही थी। पर उसने इंडियन को अपने कंधों पर लादकर (-70 डिग्री) वह उस कैंप की ओर दौड़ लिया—एक और आग जलाने का क्या मतलब था? आप समझते है कि इसका मतलब क्या हुआ आत्महत्या? इसका और कोई लाभ नहीं है। क्योंकि उस इंडियन का भार 200 पौंड के ऊपर था और डेव उस आदमी के साथ आधा मील दौड़ रहा था। इससे उसके फेफड़े जम गए थे। बहुत से लोगों का ऐसी ठंड में जम जाता है—ओस में। यह एक बेवकूफ का काम था, किसी के भी लिए। और कुछ हफ्ते धीरे-धीरे जीवित रहने के बाद वह चल बसा। डेव वाल्श की मृत्यु हो गईं थी।

उस इंडियन को पता नहीं था कि लाश का क्या किया जाए? यदि वह एक साधारण आदमी होता तो वह उसको वहीं दफन कर देता। पर उसको पता था कि डेव वाल्श एक बड़ा आदमी था, जिसके पास बहुत सारा धन था, एक डाइको-यू-शूकुमा का मुखिया। पर उसने देखा था कि वे अन्य शू-कुमाओं के पार्थिव शरीर को एक बॉक्स में रखकर उसे सारे देश में घुमाते थे, जैसे कि वह बहुत बड़ा आदमी हो। अत: उसने फैसला किया कि वह डेव के शरीर को चालीस मील ले जाए, जो डेव वाल्स क्वार्टर था। आपको पता है कि उस प्रदेश में बर्फ घास की जड़ों तक जमी रहती है—तो उस आदिवासी ने डेव को एक फीट मिट्टी में दबा दिया, संक्षेप में डेव को बर्फ में दबा दिया। डेव वहाँ हजारों साल तक दबा रहे, फिर भी वह डेब ही रहेगा। आपको पता ही है न कि जैसे वह फ्रिज में हो। फिर वह आदिवासी सरप्राइज लेक पर बने केबिन से एक आरी ले आया और उससे लकड़ी काटकर डेव के शव को रखने के लिए एक डिब्बा (बॉक्स) बनाया। फिर बर्फ पिघलने का इंतजार करने लगा तथा इस बीच वह इतने मूस हिरन का शिकार कर लाया, जिससे दसों हजार पाउंड मांस निकाल सकें। फिर उस मांस को भी उसने बर्फ से दबा दिया। बर्फ पिघली। टेली नदी का पानी भी अब दूब बन गया। उसने एक बेड़ा बनाया और उस पर वह मांस रख दिया और वह बक्सा भी, जिसमें उसने डेव को रखा था तथा डेव के कुत्ता भी और वे टेली नदी में नीचे की ओर जाने लगे।

उनका बजरा एक लकड़ी के लट्ठों के जाम में फँस गया। गरमी बहुत तेज हो गई थी और उसका गोश्त तो खराब हो गया था। जब खाली बंदरगाह पहुँचा तो

उसने सोचा कि अब वह डेव वाले बक्से को स्टीमर में ले जाए तो बेहतर होगा। और उसको गोल्डन 'रॉकेट' में शिफ्ट कर दिया—डेव से 4 मंजिल नीचे वाली जगह पर। उसी जहाज पर फ्लश ऑफ गोल्ड की शादी हो रही थी और डेव वाल्स के शव वाले बक्से की उनपर छाया पड़ रही थी। एक बात तो मैं बिल्कुल ही भूल गया कि डेव वाल्श का प्रिय कुत्ता पी लैट, जो उसका लीड कुत्ता था टीली बंदरगाह से परिचित था, वह भी उस बोट पर चढ़ आया था। वह डेव के बक्से के बगल में आकर लेट गया था।

फ्लश ऑफ गोल्ड ने मुझे देखा और अपने पास बुलाया। मुझसे हाथ मिलाया और काउंट से मेरा परिचय कराया। वह बहुत सुंदर थी। मैं उसके लिए तब भी उतना ही दीवाना था, जितना पहले था वह मुसकराई और फिर बोली, "आपको एक गवाह के रूप में हस्ताक्षर (Sign) करना पड़ेगा।" उसको मना नहीं किया जा सकता था। वह हमेशा एक बच्चे की भाँति थी और उतनी ही निर्दयी भी, जैसे बच्चे होते हैं। उसने मुझे यह भी बताया कि उसके पास केवल दो ही बोतल शैंपेन की थी, वही जो डासन में पिछली रात को थीं। मुझे पता था मुझे उसकी और काउंट की स्वास्थ्य के लिए उसे पीना ही पड़ेगा। सब आदमी उस बोट में, कैप्टन के इर्द-गिर्द इकट्ठा हो गए थे। जो लोग बहुत खास थे, वे चाहते थे कि उन्हें भी कुछ वाइन मिल जाए। और उसी वक्त कुत्तों का झगड़ा शुरू हो गया। वे निर्दयी कुत्ते एक-दूसरे के ऊपर गुर्रा रहे थे। मेरा खयाल था। यह बहुत मजेदार शादी थी ऊपर की डेव पर से अस्पताल के तमाम बीमार, जिनमें से कई के पैर कब्र में लटक रहे थे। यहाँ पर तमाम देसी लोग थे और उन्होंने उसके चारों और जाम कर दिया था, दो बड़े-बड़े आदमी अपनी देसी पत्नियों और बच्चों के साथ थे। मिशनरी ने उन दोनों को लाइन में खड़ा कर दिया तथा शादी की रस्में शुरू हुईं। उसी वक्त कुत्तों की लड़ाई शुरू हो गई। माल के डिब्बों के ऊपर पी-लैट अभी भी बड़े बक्से के साथ लेटा हुआ था और एक सफेद बालोंवाला बड़ा कुत्ता, जो उन्हीं देसी लोगों के साथ था। यह लड़ाई बहत ज्यादा उग्र नहीं हुई, बस, दूर से वे एक-दूसरे पर गुर्रा रहे थे, भौंक रहे थे, डरा रहे थे। उससे जो शोर हो रहा था, वह वहाँ की शांति भंग कर रहे थे। पर इन सबके ऊपर मिशनरी की आवाज सुनाई पड़ रही थी। इसी वक्त कैप्टन ने परेशान होकर उसके ऊपर एक छोटा डंडा फेंका। उसने सब चीज गड़बड़ा दी। जैसा कि मैं कह रहा हूँ, यदि कैप्टन ने डंडा नहीं फेंका होता तो कुछ भी नहीं होता।

मिशनरी ने अभी-अभी विवाह के वचनों में यह कहना शुरू ही किया था, 'बीमारी में और स्वस्थ रहने में' "In Sickness and death" and till death do us part और जब तक मृत्यु हमें अलग नहीं कर देती है कि तभी कैप्टन ने बाहर कुत्तों पर बल्ब फेंक दिया था। वह पूरा का पूरा पी-लैट के ऊपर आकर गिरा और उसी वक्त वह सफेद भयानक कुत्ता उसके ऊपर कूद पड़ा। यह सब क्लब की वजह से हुआ था। उनके दोनों के शरीर उस बॉक्स से टकरा गए और वह धीरे-धीरे फिसलने लगा। वह आयताकार बक्सा था और फिर वह तेजी से फिसलने लगा तथा एक खड़ी दीवार से टकरा गया। जो लोग उसके रास्ते में थे, वे इधर-उधर हो गए। फ्लश ऑफ गोल्ड और काउंट उस गोल घेरे के दूसरी तरफ थे तथा उस बक्से की ओर ही उनका चेहरा था, मिशनरी की पीठ उसकी तरफ थी। बक्सा कम-से-कम दस फीट सरककर नीचे जा टकराया।

अब आप लोग यह समझ लीजिए कि किसी को पता नहीं था कि डेव वाल्श की मृत्यु हो गई थी। हम लोग सोच रहे थे कि वह डासन जानेवाली बोट ग्लेनडेल में सवार था। मिशनरी एक तरफ को सरक गया था, अतएव, उस समय फ्लश ऑफ गोल्ड ही उसके सामने थी, जब वह टकराया था। इससे बेहतर योजना बनाई ही नहीं जा सकती थी। उससे आखिर में टकराया था और समकोण (90 डिग्री) पर। अब यह हुआ कि टकराने से बक्सा खुल गया और डेव का शरीर भी उसके साथ, उसके पैर पर अभी भी कंबल में लिपटा हुआ था, पर सिर खुला हुआ, उसके पीले बाल सूर्य की रोशनी में चमकने लगे थे। उसको (फ्लश ऑफ गोल्ड) यह नहीं पता था कि वह मर चुका था, पर यह असाधारण बात थी कि दो दिन लट्ठों के जाम में (Timber Jam) में फँसे रहने के बाद, वह मृत होने के बावजूद उसे पाने के लिए उठ खड़ा हुआ था। संभवतया यही उसने सोचा कि शायद वह मृत्यु पश्चात् भी उसे पाने के लिए सीधा खड़ा होकर आ गया था, कम-से-कम उसने शायद यही सोचा था। वह अपनी जगह से हिल नहीं सकी। वह इस दृश्य से अपनी जगह से बिल्कुल हिल नहीं पाई। डेव वाल्श उसके लिए आया था और वह उसे पा गया था। ऐसा प्रतीत हो रहा था कि उसने उसको अपनी बाँहों में भर लिया था, पर ऐसा हुआ था कि नहीं, पता नहीं, पर वे दोनों इस वक्त डेव पर इकट्ठे हो गए थे। हमने डेव के शरीर को खींचकर अलग करना था, इससे पहले कि हम डेव फ्लश ऑफ गोल्ड को पकड़ सकते। वह बेहोश हो गई थी, पर यह बेहतर होता कि वह कभी भी मूर्च्छावस्था से वापस नहीं आ पाती। वह अब चिल्लाने लगी थी, जैसे कि घायल लोग करते हैं। वह घंटों ऐसे करती रही थी, जब तक कि वह थककर चूर नहीं हो गई। पर बाद में वह इससे बाहर निकल आई थी। वह अब चीखती-चिल्लाती नहीं है, पर एक अँधेरे में चली गई है। उसका विश्वास है कि वह डेव वाल्श का इंतजार

कर रही है। अत: वह उसी केबिन में उसका इंतजार कर रही है, जो डेव वाल्श ने उसके लिए बनाया था, वह कमजोर दिमागवाली नहीं है। वह पिछले नौ साल से डेव का इंतजार कर रही है और इसी तरह से शायद वह सारी उम्र इंतजार करती रहेगी।"

लोन मैकफेन ने अपना कंबल ऊपर खींचा और उसमें घुसने की तैयारी करने लगा।

"हम उसके लिए भोजन की सामग्री हर साल मुहैया कराते हैं और उसके ऊपर नजर बनाए रखते हैं। यह ही कल की रात पहली रात थी, जब उसने मुझे पहचाना।"

"यह हम कौन लोग हैं?" मैंने पूछा।

"ओह!" उसका जवाब था, "मैं, काउंट और वृद्ध विक्टर शावेट। मेरे खयाल से विक्टर उसके लिए वास्तव में बहुत दु:खी है, क्योंकि डेविड वाल्श के प्रति वह झूठी थी। पर वह कष्ट नहीं उठा रही है। उसका अँधेरापन उसके लिए दयापूर्ण है।"

मैं अपने कंबल में लगभग एक मिनट चुपचाप लेटा रहा।

"क्या काउंट अभी भी इस देश में है?" मैंने पूछा, परंतु उसके सोने की भारी साँस की आवाज आ रही थी और मुझे पता चल गया कि लोन मैकफेन सो गया था।

□

चार घोड़े और एक नाविक

"हुँह! चार घोड़ों को चलाएगा! मैं तुम्हारे पीछे नहीं बैठूँगा—चाहे मुझे एक हजार डॉलर दिए जाएँ—उसमें भी पहाड़ी सड़कों पर।"

ऐसा हेनरी ने कहा और उसको यह पता ही होगा, क्योंकि वह स्वयं चार घोड़ों की कोच चलाता था।

ग्लेन एलेन के एक और दोस्त ने कहा, "क्या, जैक लंदन में? और वह भी चारों घोड़ों को हाँकेगा? मुझे तो विश्वास ही नहीं होता है, कैसे? वह तो एक घोड़ा भी चला नहीं सकता।" और सबसे बढ़िया बात यह थी कि वह सही था, मैं किसी तरह से चार घोड़ों की बग्घी को लेकर कुछ सौ मील चला गया, पर मुझे यह भी नहीं पता था कि एक को भी कैसे चलाऊँ? यह कुछ दिन पहले की ही बात है कि मैं एक पहाड़ पर खड़ी ढलान से नीचे उतर रहा था कि अचानक एक तिरछा घुमाव आ गया। मेरी बघी एक घोड़े पर एक तरफ को झुक गई तथा उसी समय सामने से एक बग्गी आ गई, उसे एक औरत चला रही थी। केवल एक फीट की जगह थी बीच में वहाँ से पास होने की। हमारे घोड़ों को यह पता नहीं था कि किस प्रकार से ऊपर चढ़ाई पर वापस जाएँ। लगभग 200 फीट नीचे ऐसी जगह थी, जहाँ से हमारी बग्घियाँ गुजर सकती थीं। दूसरी बग्घी की स्त्री ड्राइवर बोली कि वह भी नीचे पीछे नहीं जा सकती थी, क्योंकि उसका ब्रेक लगेगा या नहीं, वह नहीं जानती थी। मैं एक घोड़े को भी नहीं साधना जानता था, इसलिए मैंने कोशिश नहीं की। अतएव हमने उसके घोड़ों को खोल दिया और हाथ से ही बग्घी को पीछे धकेलकर ले गए। अभी तक तो सब ठीक था, पर अब यह समस्या हुई कि घोड़ों को फिर से बग्घी से कैसे बाँधा जाए? उसको भी नहीं पता था। मुझे भी नहीं पता था और मुझे उसकी जानकारी पर भरोसा करना था। हमको लगभग आधा घंटा लग गया, जिसमें आपस में कई बार बातचीत हुई और सलाह ली गई। पर मुझे इस बात का पक्का विश्वास

था कि घोड़े को भी नहीं पता था कि उन्हें इस प्रकार से कभी भी बाँधा नहीं गया था। पर किसी प्रकार तमाम कोशिशों से यह काम संभव हुआ।

"नहीं, मैं एक घोड़े को भी नहीं बाँध सकता था, पर मैं घोड़ों को जोत सकता था, जो मुझ पर यह दबाव डालेगा, जो मेरे रहने की जगह थी कि मैं अपनी शुरुआत पर जाऊँ। सोनोमा घाटी को रहने की जगह चुनने के बाद शारमियाँ और मैंने फैसला किया कि हम अपने आसपास की जगह को जान सकें। यह कैसे किया जाए, सबसे पहला सवाल था। मेरी तमाम कमियों में से एक यह थी कि मैं पुराने जमाने का आदमी या ओल्ड फैशंड था। हम गैसोलीन कार के साथ नहीं घुलते-मिलते थे और जैसा कि अच्छे कुशल नाविक को होना चाहिए, हम स्वाभाविक रूप से घोड़ों की ओर आकर्षित होते थे। मैं उस भाग्यशाली व्यक्ति की तरह हूँ, जो अपना ऑफिस अपने साथ-साथ लेकर चलता था। मेरे अपने साथ अपना टाइपराइटर और तमाम पुस्तकें साथ चलती थीं। इससे घोड़ों का संतुलन बिगड़ गया था। शारमियाँ ने सुझाव दिया था, यह सब मैंने उससे ड्राइविंग के दौरान जाना था। उसको मेरे ऊपर कुछ विश्वास था और कुछ फासला तो वह घोड़ों की जोड़ी के साथ स्वयं तय कर सकती थी। पर मैं जब सोचता हूँ कि मुझे अगले तीन माह तक कई पहाड़ों से गुजरना था और इन थके हुए घोड़ों की जोड़ी के साथ यह अक्लमंदी का काम नहीं होगा। अतएव, हम गैसोलीन (मोटरकार) का विकल्प चुनें।

"हम चार घोड़ों का विकल्प क्यों न चुनें?" मैंने कहा, "पर तुम यह नहीं जानते कि कैसे उन्हें चलाया जाए?" उसकी पत्नी ने आपत्ति की। मैंने अपना सीना फुलाकर और कंधा पीछे की ओर करते हुए शाही अंदाज में कहा, "जो एक आदमी कर सकता है, वह मैं भी कर सकता हूँ, और आप यह नहीं भूलिए कि जब हम स्नार्कशिप पर नौकायन के लिए निकले थे, तब मुझे नाव चलाने या उसको नेवीगेट (रास्ता दिखाने) की कोई जानकारी नहीं थी, पर मैंने अपने आप यह चीजें यात्रा (सेलिंग) के दौरान सीख ली थीं।"

"आपने बिल्कुल ठीक कहा," उसने कहा (और यह उसके विश्वास के लिए काफी था) "चार काठीवाले घोड़े होंगे, जिन्हें हम अपनी बग्गी में जोत देंगे।"

अब मेरे बोलने की बारी थी, "पर यह काठी वाले छोरे अभी तक ट्रेंड नहीं किए गए हैं कि जुआ बाँध दिया जाए।"

"तो फिर उनको ब्रेक कर काबू में लाकर दो को ट्रेंड कर दो।"

और मैं घोड़ों के बारे में ही कितना जानता था और उनको 'ब्रेक' करने की बात तो बिल्कुल ही अलग थी। यह बस, उतना ही था, जितना एक सेलर नाविक

एक घोड़े के बारे में जान सकता था। कई बार मैं घोड़े द्वारा किक किया गया था उसपर से गिर गया, पीछे धकेला गया और उसके द्वारा कुचला गया। मैं घोड़े का बहुत सम्मान करता था, पर पत्नी का मान तो रखना था और मैंने उसका मान रखा।

किंग एक पोलो घोड़ा था, सेंट लुई से और प्रिंस, पैसाडीना से कई प्रकार की चौकड़ी भरनेवाला घोड़ा था। सबसे कठिन काम उनको इकट्ठे बाँधकर खींचने का था। वे पहाड़ी के नीचे जाते-जाते तरह-तरह से उछल-कूद मचाते हुए जाते थे। पर जब वे किसी चढ़ाई पर भारी गाड़ी के साथ चढ़ने को होते, तब वे पीछे मुड़कर हमारी तरफ देखते। तब मैं उनको अनदेखा कर देता था और तभी मेरी परेशानियाँ शुरू होती थीं। मिल्डा, एक 14 साल की, बिना मिलावट के ब्रांचो था, पर उसका स्वभाव एक खच्चर और खरगोश (Jack Rabbit) का बराबर-बराबर मिश्रण था। यदि आप उसको सहलाते तो फिर वह आपके ऊपर ही लेट जाती। यदि आप सिर पकड़कर उसे पीछे मोड़ना चाहते तो वह आपके ऊपर ही चलने लगती और यदि आप उसे पीछे से धक्का देकर उठने को कहते तो वह आपके ऊपर ही बैठ जाती थी। वह चलती भी नहीं थी। मीलों तक मैं इस कोशिश में रहता था कि उसको चलाऊँ, पर वह चलकर ही नहीं देती थी। वह एक नाँद के चारे को खाने के लिए भागती थी। चाहे वह अस्तबल से कितनी ही दूर क्यों हो, शाम के समय 6 बजते ही वह अस्तबल की ओर छोटे-से-छोटे रास्ते से दौड़ती आती। कई बार मैं उसको खारिज भी कर देता था।

मेरी चौथी और सबसे ठुकराई हुई घोड़ी थी—वह आउटला था। तीन वर्ष की आयु से सात वर्ष की आयु तक उसने सभी हॉर्सट्रेनर्स की अवज्ञा की और कुछ को तो गिराकर उनकी हड्डी-पसली तोड़ दी थी। तब एक लंबा मेक्सिकन कॉऊ-ब्वॉय आया और उसने 50 पाउंड की फीण्ली और चाबुक से उसे कान में लाया। उससे मैंने वह घोड़ा खरीदा था। घुड़सवारी करने के लिए वह मेरी सबसे प्रिय घोड़ी थी। शारमियाँ और मैंने उसे एक पहिए वाली गाड़ी में (Wheeler) में लगाया, जिससे उस पर अधिक कंट्रोल किया जा सके। शारमियाँ की प्रिय घोड़ी मेड थी और मैंने यह सुझाव दिया कि वह उसी पर सवारी करे। शारमियाँ ने यह बताया कि वह एक अच्छी नस्ल की घोड़ी थी, जबकि मेरी घोड़ी एक ब्रांडेड रेंज हॉर्स थी। और यदि उसकी मेड को तीन महीने तक बराबर चलाया गया तो उसके पैर बेकार हो जाएँगे। पर मैंने उसकी बात को काटते हुए कहा कि मेरी थॉसे-ब्रेड आउटला की तरह, जिसके कान नुकीले थे, ऐसी घोड़ी पाना मुश्किल था। उसने फिर मेड की शिन-बोन (पैर के घुटने से एड़ी तक की हड्डी) की ओर इशारा करते हुए कहा कि वह

बहुत पतली थी, मैंने कहा कि शायद वह ज्यादा टिकाऊ थी। इससे शारमियाँ का घमंड आहत हो गया। बेशक उसकी थॉरो-ब्रेड अच्छी नस्ल वाली मेड में पुराने लेक्सिंगटन का खून दौड़ रहा था तथा बहुत ताकतवर मोर्गज का भी कुछ अंश था। बेशक वह चल सकती थी, दौड़ सकती थी और मेरे बिना रजिस्टर्ड आउटला को धूल चटा सके तथा यही कारण था कि मैं अपने आउटला को हार्नेस/गाड़ी से बाँधने में कतरा रहा था। उसका अपमान नहीं करना चाहता था। शारमियाँ अपनी बात पर अड़ गए थे। तो ऐसा था कि एक दिन मैंने शारमियाँ को आउटला के पीछे चालीस मील के सफर के लिए लगा दिया। उस चालीस मील में आउटला ने हर इंच पर किक किया, बीच-बीच में कूदी-फाँदी तथा बीच में अपना साथी भी ढूँढ़ लिया और उसको गरदन से पकड़कर पटखनी देना चाहा। एक और ट्रिक, जो आउटला ने उस सफर में ढूँढ़ ली थी, वह यह कि वह चलते-चलते एकदम से समकोण पर मुड़ जाता और अपने साथी को पीछे से ऊपर जाने के लिए धकेलता था। अनिच्छा से शारमियाँ ने अपनी घोड़ी मेड के इस्तेमाल के लिए अनुमति दे दी और उसको फिर खेत (रेंज) में छोड़ दिया गया।

अंततोगत्वा चारों घोड़ों को 'रिंग' में बाँध दिया गया एक स्टूडी बेकर ट्रैप। ढाई घंटे के अभ्यास के बाद, जिसमें उनका उत्साह कम नहीं हुआ था—तमाम जैक पोल और किकिंग मुकाबलों के बाद मैंने अपने आपको सफर के लिए तैयार कर लिया। जब सुबह हुई तो प्रिंस, जो गाड़ी खींचनेवाला था, उसका कंधा बुरी तरह किक किया हुआ था—घायल था। उसके पैरों में सूजन आ गई थी और कई दिन तक बनी रही। हमने उसके लिए कई दिन तक इंतजार किया। दरअसल, प्रिंस अपने आप नहीं मिला था, हमें उसे खोजना पड़ा था, क्योंकि वह चल नहीं पा रहा था। अब केवल आउटला ही बचा था। वह घास के मैदान से चरकर आया था, उसको नाल लगाई गई तथा उसको गाड़ी से जोत दिया गया। हमारे कई मित्रों और रिश्तेदारों ने दुर्घटना पॉलिसी-बीमा हम पर थोपना चाहा, पर शारमियाँ ने मना कर दिया। वह आगे बैठ गई और नकासा जेन, दो साल तक स्नार्क बोट पर हमारा केबिन ब्वॉय (लड़का) था, वह टाइपराइटर लेकर पीछे बैठ गया, जो वह किसी से नहीं डरता था, मुझसे भी नहीं और नए प्रकार की चलनेवाली गाड़ी से प्रयोग करता रहता था। और हमने अपने आपको अच्छी तरह से धन्यवाद नहीं दिया, खासकर पहले घंटे के बाद, जब आउटला ने किक दिया था, लगभग पचास बार और जिसमें उसने कई बार मेड को गरदन से काटा था और शारमियाँ के गुस्से को भी बढ़ाया था। यह उसके लिए बहुत असहनीय था कि उसकी प्रिय घोड़ी मेड को इस प्रकार से

काटा-पीटा जाए तथा जिंदा ही कोई उसे खा जाए।

हमारा नेता बहुत खुशमिजाज किंग एक पोलो-पॉनी (घोड़ी) थी और मिल्डा एक खरगोश के भाँति फुरतीली वे किसी भी मोड़ पर खूबसूरती से मुड़ सकते थे तथा भाग सकते थे, जैसे कि कोई प्रेयरीवाला भेड़िया किसी गाड़ी के आगे से भाग जाता हो। मिल्डा को हमेशा यही डर लगा रहता था कि कहीं लीड-बार मेनडंडा उसके ऊपर ही न आ गिरे। ऐसा जब होता था तो तीन चीजें होती थीं। वह लीड-बार के ऊपर बैठ जाती तथा उसे तब तक किक करती रहती, जब तक कि उसकी पीठ लीड-बार के नीचे न आ जाए, या एकदम से आगे को दौड़ पड़ती—पर उसकी लगाम, उसको कूदने से रोक देती थी।

जब तक कि वह लीड-बार को एकदम सफाई से हटा न देती और उस पर ब्रेक डाउन तक नाचती रहती, उसके बाद वह अच्छे से व्यवहार करती। नकाता और मैं मिलकर मोटी-मजबूत रस्सी से उसकी मरम्मत करते, जो लोहे के तार से ज्यादा मजबूत होती थी और फिर हम अपने रास्ते पर आगे बढ़ जाते थे।

इस दौरान मैं चार घोड़ों के साथ चलना सीख रहा था, न कि उन चारों को बिना किसी औजार के काबू कैसे रखूँ। अब हमारे पास चार लाइट घोड़े थे, जो कई टन का बोझ खींच रहे थे। पर शुरुआत में 4 हलके घोड़े, चारों दौड़ते हुए, पर एक ऐसी लाइटिंग, जो उनसे आगे बढ़ जाती थी। पर जब ऐसी घटनाएँ होती हैं तो वे जल्दी ही हो जाता है। मेरी कमजोरी थी, संपूर्ण अज्ञान। खासकर मेरी उँगलियाँ, जिन्हें कोई खास ट्रेनिंग नहीं थी और मैं अपनी आँखों पर भरोसा कर रहा था कि वह लगाम को कंट्रोल करने में सक्षम होंगी। पर इसका नतीजा बड़ा खतरनाक दृष्टि-भ्रम हुआ। जब मैं आगे वाली लगाम खींचना चाहूँ तो पीछे पहिए से जुड़ी लगाम खिंच जाए और जब पीछे की खींचना चाहूँ तो आगे की खिंच जाए। इससे बड़ी गड़बड़ होती थी। घोड़े और ड्राइवर एक जैक-पोल की भाँति सड़क पर उछल-कूद करते, नाचने लग जाते और उसकी गाड़ी धीरे-धीरे सड़क पर खिसकती रहती। ये सब एक ही 'रिंग' से जुड़े रहते थे।

अब मैं 'जैक-पोल' नहीं करता और मैं इस आदत से कैसे बाहर आया, मैं स्वयं नहीं जानता। यह मेरी आँखें थी, जो मेरी उँगलियों को बुरी प्रकार से जकड़े थी। अतएव मैंने अपनी आँखें मूँद लीं और मैंने अपनी उँगलियों से ही काम लेना शुरू किया। आज मेरी उँगलियाँ मेरी आँखों से स्वतंत्र हैं और स्वयं काम करती हैं। मैं नहीं देखता कि मेरी उँगलियाँ क्या कर रही हैं। वे बस, काम करती है। मैं केवल संतोषजनक परिणाम देखता हूँ।

फिर भी किसी तरह से हम उस दिन पहली बार वहाँ से चल सके, नीचे धूपवाली सोनोमा घाटी से पुराने सोनोमा घाटी की ओर। ओल्ड सोनोमा वैली, जो जनरल वैले द्वारा सबसे उत्तरी सीमांत प्रांत की तरह स्थापित की गई थी। इसका उद्देश्य था कि जेंटाइल्स, जो सबसे ज्यादा खतरनाक इंडिया (देसी) निवासी थे, उनके आक्रमण से बचा जा सके। यहाँ पर इतिहास रचा गया था। यहाँ पर आखिरी स्पेनिश मिशन पोषित हुआ था। यहीं पर सबसे पहले बीयर फ्लैग (भालू अंकित झंडा) ऊँचा लहराया गया था। यहीं पर सबसे पहले एडवेंचर्स जैसे कि किट कारसन एंड फ्री मांट, सोने की खोज में यहाँ आकर बसे थे।

हम झूलते-झालते ऊँचे-नीचे पहाड़ों के बीच से, कई-कई मील डेरी फार्मों के बीच से, मुरगी पालनेवाले मैदानों से होते हुए नीचे ढलान से उतरकर पेटलूमा घाटी पहुँच गए। यहाँ पर सन् 1776 में कैप्टन क्विरोस सान पाब्लो खाड़ी से समुद्र तट पर बोंडेगा खाड़ी की खोज में वह पेटलुमा क्रीक पर पहुँच गए थे। और यहाँ पर बाद में रूसी और अलास्का के शिकारी चमड़े की नावों में, फोर्ट रॉस से समुद्री ऊदबिलाव की खोज और शिकार के लिए आए थे। समुद्री ऊदबिलाव सैन फ्रांसिस्को की खाड़ी में पाए जाते थे। यहाँ पर फिर बाद में जनरल वैलेजो ने एक किला बनवाया था, जो अब भी मौजूद है। यह स्पेनिश स्थापत्य का एक खूबसूरत नमूना है, जो हमारे लिए शेष है। और यहाँ पर हमारे घोड़ों ने एक व्यक्तिगत इतिहास बनाया, चमत्कारी सफलता के साथ। यहाँ पर हमारा पोलो-पोनी, जिसका कोई दोस्त नहीं था, लँगड़ा हो गया। इतना ज्यादा अपंग कि कोई भी एक्सपर्ट यह नहीं पता कर पाया कि उसका लँगड़ापन खुरों की वजह से था या पाँवों में भी या कंधे में थी या सिर में थी, कुछ पता नहीं। मेड को एक कील लग गई थी और वह भी लँगड़ाने लगी थी। मिल्डा, यह सोचकर कि दिनभर में काफी काम हो गया है, वह चारे के लिए भूख की वजह से खरगोश की तरह कूदने लगी थी। उसको केवल बल-रस्सी ने पकड़ा हुआ था। आउटला, जो अब तक बचा हुआ था, वह पहले की सभी बातें भुलाकर, जैसे कि खाल हटाना, पेंट को खराब कर दे, या घोड़े को काटना/खाना, सब भूल गया था। यहाँ पर हम लोगों ने विश्राम किया और किंग को रैंच पर वापस भेज दिया था और उसकी जगह प्रिंस (घोड़े) को बुलवा लिया था। यहाँ पर प्रिंस ने अपने आपको उत्कृष्ट गाड़ी खींचनेवाला साबित किया। उसको नेतृत्व (Lead Horse) चाहिए था। आउटला अपनी पुरानी जगह आ गया था। एक कहावत है कि अच्छा गाड़ी खींचनेवाला एक अच्छा नेतृत्व करनेवाला नहीं बन पाता है। मैं इस पुराने विशेषण पर आपत्ति करता हूँ। एक अच्छा गाड़ी खींचनेवाला

घोड़ा बहुत ही बुरा लीडर साबित होता है, अब मैं जानता हूँ। मुझे जानना चाहिए था। कुछ सौ मीलों तक जब मैंने प्रिंस को लीड-हॉर्स की तरह दौड़ाया था। न उससे वह कोई बेहतर न बुरा, अपने पहले दिन की तुलना में; उसका बुरा उससे भी कही ज्यादा बुरा है, जीतना आप सोच सकते है। वैसे वह खतरनाक नहीं था। पर ऐसा नहीं था कि वह बदमाश था, जोकि चीनी के लिए किसी से हाथ मिला ले, या बहुत ज्यादा दोस्ती दिखाने पर वह आपके पंजों पर चढ़ जाए या आपके कठिन समय में आपको प्यार करता रहे।

पर वह आपके रास्ते से हटेगा भी नहीं। जब भी वह कुछ गड़बड़ करने के लिए डाँटा जाता है, तब वह मिल्डा को उसके गले के पीछे काट लेती है। जब भी मैं तेज आवाज में बोलता हूँ, तब ही वह कूदकर एक तरफ हो जाती है, जिससे वह उसकी पहुँच के बाहर हो जाए। यह सब बहुत परेशान करनेवाला था। आप स्वयं इसकी कल्पना कर सकते हैं। आप एक नीची-ऊँची पहाड़ी, गोल चक्कर से तीखी ढलान पर जा रहे हैं और आपका घोड़ा तेजी से कूद-कूदकर चल रहा है। आगे पत्थर की दीवार आपकी नजर से ओझल है और उस मोड़ के पीछे एक खाई है। यह घुमाव बहुत सँकरा है और आगे बिना रेलिंग वाला एक पुल है। आप उस घुमाव पर आते हैं और आपके आगे वाला घोड़ा उस दीवार के सामने आ जाता है और आपके आगे वाला घोड़ा काम कर रहा हैं। सामनेवाले घोड़े दीवार को ऐसे गले लग रहे हैं, जैसे फाख्ते अपने घोसलों में वापस आते हैं। आप मुड़ जाते हैं और पुल को छोड़ जाते हैं। अब वह क्षण आ गया, जब लीडर्स (घोड़ों) को एकदम तेजी से आगे बढ़ना था। लीडर्स के पीछे अब दूसरे घोड़े और रिंग है (बग्घी की) आपने ब्रेक को ढीला छोड़ दिया, जिससे पर्याप्त झटका मिल सके और उस तीखे मोड़ से निकल जाएँ। यदि कभी भी टीम वर्क की जरूरत थी तो अब इसका मौका था। मिल्डा आगे बढ़ने की कोशिश करती है, वह अपनी तरफ से पूरी कोशिश करती है, परंतु प्रिंस, जो शैतानी से भरा था, वह पीछे-पीछे चल रहा था, मिल्डा उससे आधी लंबाई आगे थी। वह क्षणमात्र का समय लेता है। मेड, जो पहिए से जुती हुई थी, उससे आगे बढ़ने की कोशिश किया और स्वाभाविक तौर पर उसने उसको काट लिया। इससे आउटला, जो अभी तक सही था, थोड़ा विचलित हो गया और मेड की ओर दौड़ पड़ता है। इसी समय प्रिंस यह पक्का समझकर कि यह सब मिल्डा की गलती थी, वह उसकी अनारक्षित गरदन में अपने दाँत गड़ा देता है। यह सब एक सेकंड मात्र में हो जाता था। मिल्डा इस अचानक हमले से घबराकर और काटने के दर्द से मिल्डा या तो आगे को कूदकर अपनी साज-सज्जा और लीड-बार

को हिला देती है या दीवार के साथ लड़ जाती है तथा लीड-बार के अपने ऊपर गिर जाने से। उससे थोड़ा पहले रुक जाती है और एकदम से कुछ दुलत्तियाँ मारती है। इस क्षण को आउटला चुनता है पेंट उखाड़ने के लिए। जब उसके बाद सारी चीजें सुलझा ली जाती हैं, तब वह यह समझ पाता है कि वह खतरे से बाल-बाल बच गया था। इसके बाद वह अपने चुने हुए शब्दों से उसको बुरा-भला कहता है और प्रिंस अपनी आँखों में नमी भरे तथा दया की भीख माँगते उसकी ओर हाथ बढ़ाता है। चीनी के लिए मैं इसको छोड़ देता हूँ—एक नाविक कभी भी ऐसा व्यवहार नहीं करता है।

खाड़ी के उत्तर के बारे में भी हमारे पास कुछ इतिहास है। आज से लगभग साढ़े तीन सौ साल पहले सर फ्रांसिस ड्रेक, जो प्रशांत महासागर में स्पेनिश गैलियवस को ढूँढ़ रहे थे, वह इस पॉइंट राइस के सोते पर लंगर डाला, जहाँ पर आज दुनिया की एक सबसे बड़ी डेरी इस क्षेत्र में है। यहीं पर उसके दो दशकों बाद सेवास्टियन कारमेनन फिलीपींस से एक सिल्क से भरा जहाज लेकर आया था। यहीं पर बाद में रूसी अवैध शिकारी फर की तलाश में विडारका के साथ आए थे और चोरी-छिपे गोल्डेन गेट से होते हुए प्रतिबंधित सैन फ्रांसिस्को खाड़ी पहुँच गए थे।

आगे समुद्र-तट सोनोमा काउंटी में रशियन बस्ती के पास डेरा डाला। बोडेगा खाड़ी में, जो आज रशियन नदी कहलाता है, वहाँ पर उनका एंकरेज (लंगर) है, जबकि नदी के उत्तर की ओर उन्होंने अपना किला बनाया था। और फोर्ट रॉस का अभी भी काफी कुछ शेष है। किले की लकड़ी की बुर्ज, चर्च और अस्तबल अभी भी ठीक-ठाक खड़े हैं, हाँ, कब्जों अब जंग लग गए थे और चूँ-चूँ करने लगे थे। और यहीं पर हमने डबल फायर-प्लेटो में अपने आपको गरम किया और यहीं पर लकड़ी के बीम (शहतीर) तथा वो है की स्पाइस सभी थे। काली छत के नीचे सोए थे। वहाँ डबल-फायर प्लेस भी था।

हम वहाँ गए, जहाँ इतिहास रचा गया था और हमने वहाँ कई अच्छे दृश्य भी देखे। उस दिन हम अपनी लंबी-सैर पर निकले, तब हम सुंदर टॉमेल्स खाड़ी पर इंवरनेस, सेनोवे ओलेमा खाड़ी से होते हुए बोलिना खाड़ी पर पहुँचे। यह सब उस बड़े जलाशय विलो कैंप और ऊपर समुद्री-ब्लफ, जो तामालपाई किले के चारों तरफ थे और नीचे साक्षा लिटो को चले जाते थे। बोलिना खाड़ी के सिरे से विलो कैंप तक समुद्र-तट के साथ-साथ की ड्राइव, जो वास्तव में आधे-आधे मील की थी, जिसमें से थोड़ा हिस्सा खाड़ी के पानी में भी था, बहुत ही आनंददायक थी। अभी और आश्चर्यचकित करनेवाला हिस्सा आनेवाला था। बहुत कम सैन

फ्रांसिस्को वाले और उससे भी कम कैलिफोर्निया वाले इस सुंदर ड्राइव, जो विलो कैंप से उत्तर और पूर्व की ओर पोस्ट के खेत, जहाँ पर सैकड़ों फीट नीचे समुद्र हिलोरें मार रहा था और उसके बाद वह गोल्डेन-गेट पुल था, जिसके बाद सैन फ्रांसिस्को आ जाता था, जो कई पहाड़ों पर बसा था। वहाँ से काफी दूर समुद्र के वृक्ष से और घने कुहरे से धुँधलाट फैसलोनेस को देखा जा सकता था। इसे सर फ्रांसिस ड्रेक इस कोहरे की वजह से देख नहीं पाए थे। चाहे इसकी जो कुछ भी कहें, या कुछ अन्य नाम दें, उसने सर फ्रांसिस ड्रेक को सैन फ्रांसिस्को खाड़ी के सुंदर दर्शन से वंचित कर दिया था।

इस ड्राइव के कुछ हिस्से में मैंने असली में पहाड़ी पर ड्राइविंग करना सीखा, सच कहा जाए तो यहीं असली पर्वतों पर ड्राइविंग की थी—चाहे अच्छा या बुरा ऐसे पर्वतों पर मैंने पहले कभी ड्राइविंग नहीं की थी।

और फिर एकदम से विरोधाभासी दृश्य। सासुआलेटो से पार्क की तरफ दोनों तरफ पेड़ लगी हुई सड़कें, जहाँ रेड-वुड के खूबसूरत पेड़ लगे हुए थे और मिल वैली के घर बने हुए थे। उससे आगे बढ़कर मरियन काउंटी फल-फूल रही थी, आगे दलदलों में छोटे-छोटे टीलों का समूह था, जो अच्छा दृश्य प्रस्तुत कर रहा था, इससे आगे हम सैन रैफेश, जो हलके गरम पहाड़ों के बीच था, से पास हुए और उसके बाद पेटलुमा घाटी और उसके बाद सोनोमा पर्वतों के नीचे हरी-भरी घासों वाली घाटी से गुजरे और फिर घर। उस दिन हम पचपन मील चले थे। इतना बुरा भी नहीं शैतान प्रिंस, पेंट हटानेवाला आउटला, जो पतली टाँग का अच्छी नस्ल वाला और खरगोश की तरह कूदनेवाला था। वे ठंड और अपनी नाँदों व चारे की ओर आए।

हम रुके नहीं। हमने सोचा कि हम अभी शुरू ही कर रहे थे और वह कई हफ्ते पहले की बात थी। हमने छह काउंटी पार किया था, यात्रा काफी बड़ी रही, यदि कैलिफोर्निया से तुलना की जाए तो और हम लोग अभी भी चल रहे थे। हम टेढ़े-मेढ़े रास्तों और समतल रास्तों, एक-दूसरे को इधर-उधर से क्रॉस करते रहते नापा और लेक काउंटी के अंदरूनी भाग से गुजरते हुए, सैकड़ों मील समुद्र तटीय सड़कों पर चलते रहे। और मूरेका, हम बोल्ट खाड़ी पर आ गए, यह सोना खोजनेवाले लोगों ने अचानक ही खोज लिया था, जब वे ट्रिनिटी डिगिंग्स को खोज रहे थे। यहाँ पर गोरे रंग के लोगों के इतिहास से पहले, रशियन लोगों ने भी समुद्री ऊदबिलाव की खोज में लंगर डाला था। और पहुँचे थे, इसके पहले कि यांकी व्यापारी यहाँ पहुँचते और रॉकी पहाड़ों को पार करते तथा ग्रेट अमेरिकन रेगिस्तान

में प्यास के मारे बेहाल होते और बर्फीली हवाएँ के धूप की किरणें चूमते हुई जमीन पर आते। हम अपने घोड़ों को यहाँ बोल्ट खाड़ी में विश्राम नहीं करा रहे थे। हम अंबालोन्स और मुसेल्स खा रहे थे (abolones and musales) और बड़ी सीपियों की खोज करते थे और तमाम समुद्री-ट्राउट मछलियों को पकड़ा और पथरीली कॉडर मछली को भी। जब हम समुद्र में सेलिंग या मोटर बोट में सैर या तैर नहीं रहे होते थे, यहाँ की जलवायु सम-शीतोष्ण थी, जैसे हमने अनुभव किया था। ये बड़ी-बड़ी काउंटीज, जो बड़े-बड़े साम्राज्य हैं। उदाहरण के तौर पर हमबोल्ट (Humbolt) खाड़ी को लीजिए, यह रोहडस द्वीप से तिगुनी तथा डेलावेयर की डेढ़ गुना है और मैसाचुस्टेस की आधी है। अग्रणी खोजियों ने इस क्षेत्र में खाड़ी के उत्तरी क्षेत्र में काम किया था और नीचे डाली गई तथा तमाम जनता के आने और बसने की तैयारी में शुरू किया गया था। और संसाधनों को विकसित किया जाने लगा, जो अभी तक नहीं हुआ था। यह क्षेत्र आगे चलकर छह काउंटी लाखों लोगों की बसाहट बननेवाला था। और इस बीच और धन की खोज करनेवालों और उससे पहले अच्छी जलवायु की तलाश करनेवालों, अब वह समय आया जब आप जमीन पर पैर रखें।

रॉबर्ट ईगरसॉल ने एक बार कहा था कि कैलिफोर्नियन, दो-तीन पीढ़ियों में, मेक्सिकन की तरह हो जाएँगे—प्रति रविवार को वह मुरगों को बगल में दबाकर मुर्गों की लड़ाई के लिए ले जाया करेंगे। इस तरह का एक सामान्य कथन इसके पहले कभी भी नहीं किया गया था। यह कथन तथ्यों पर बिल्कुल आधारित नहीं था। इस पर केवल हँसा जा सकता है। इस तरह की ऊर्जावान और स्वस्थकर जल-वायु और कहीं पाई नहीं जाती थी। इससे आपकी शक्ति प्रकृति के उतार चढ़ाव को आसानी से, बिना शारीरिक शक्ति के क्षीण हुई। यहाँ पर आदमी 365 दिन काम कर सकता है, बिना कमजोर हुए और यहाँ पर रात में तीन सौ पैंसठ दिन आदमी को कंबल ओढ़कर सोना पड़ेगा। इससे ज्यादा और कोई क्या कह सकता है। मैं, 6 टाइम जोनों से से पाँच टाइप जोनों में यात्रा कर चुका हूँ और अपने आपमें एक तरह का मौसम एक्सपर्ट (विशेषज्ञ) हो गया था। अंटार्कटिक का मुझे पता नहीं, पर अवश्य ही इससे बेहतर मौसम वाली जगह नहीं होगी। हो सकता है कि इंगरसाल की तरह मैं भी गलत घोड़ों पर था, फिर भी इस तरह के मौसम में कोई दवाई नहीं लेता, यहाँ की जलवायु ही मेरे लिए दवाई है। केवल यही एक दवाई है, जिसका मैं सेवन करता हूँ।

अब हम फिर से घोड़ों की ओर लौटते हैं। आगे अब कुछ सुधार हुआ है।

मिल्डा ने अब चलना सीख लिया है। मेड भी अपनी अच्छी नस्ल को साबित करते हुए सबसे लंबे दिनों में भी बिना थके चलती रही, बीच में बिना कोई परेशानी पैदा किए, बस, कभी-कभी आउटला को किक मार देती थी तथा तेज दौड़नेवाली घोड़ी थी। और आउटला शायद ही कभी सरपट दौड़ता था, अपना काम करता है और समय-समय पर मेड के मेडुला ओबलोंमय (गरदन) में किक करता है। सबसे आश्चर्यजनक तो यह है कि वह वास्तव में थोड़ी सुस्त हो गई थी। प्रिंस सुधर नहीं रहा था, पर वह उसी प्रकार से प्यारा था और प्यार करनेवाला था। और हम सब कैसे प्रदेश में से होकर आए थे! बाईं ओर नापा तथा लेक काउंटी के बीच से ड्राइव करके गया सांटारोजा से सोमोना घाटी से हम अपने आपको कई रास्तों से होकर आने से रोक नहीं पाए थे। हर जगह सड़कें मशीन (मोटर) और घोड़ों दोनों के लिए उत्कृष्ट थीं। और एक सड़क सांटा रोजा से आगे पुराने आलट्ररिया, फिर मार्क वेस्ट स्प्रिंग्स, फिर दाईं ओर और फिर नापा घाटी में कालिस्टगा में बहुत ही बढ़िया थी।

यदि आप बाईं ओर से आएँ तो रशियन रिवर घाटी से होते हुए मीलों लंबा क्लॉवर डेल में अस्तिवाइनयार्ड (अंगूर के बाग) और फिर पिएटा, विश्व और हाइलैंड स्प्रिंग्स लेकपोर्ट पहुँच जाएँगे। इसके अलावा जो हमने एक रास्ता और चुना था, साओ पाब्लो खाड़ी के चारों तरफ सोनोमा घाटी से होते हुए, ऊपर नापा घाटी में जा रही थी। नापा से आप इधर-उधर पोप घाटी और बेरीसा घाटी होते हुए, एटना स्प्रिंग्स और फिर इससे भी आगे प्रसिद्ध लोग ट्राईरांच से होते हुए लेक काउंटी में।

यदि आप नापा घाटी में आगे बढ़ते जाएँ, दोनों और पथरीली बाउंड्री और रेडवुड के जंगल और अंतहीन अंगूर के बागीचे और तमाम पत्थर के पुलो को पार करते हुए, जिसके लिए काउंटी प्रसिद्ध है और जो कि सुंदरता के पारखी लोगों के लिए खुशी प्रदान करते हैं और चार घोड़े वाले नौसिखियों चालकों के लिए भी। इसके बाद फिर कैलिस्टोगा, जिसमें पुराने मिट्टी के हमाम थे। (Mud-baths) और चिकन सूप के झरने (Chicken Soup & Prings), साथ में सेंट हेलेना और उसकी बड़ी सी कोठी, जो हमारे सामने एक ऊँचे स्तंभ की भाँति थी। हम पहाड़ों पर ऊँची चढ़ाई वाले रास्ते पर चढ़े और उतरे तो वहाँ पारे की खानें थीं, जहाँ से आगे गीजर की गहरी-गहरी नदी खाइयाँ थीं। हम रात को वहीं रुके और सुबह छोटी सी पर भव्य ज्वालामुखी देखा और जो हमने ग्रैड (चढ़ाई) लिया, वहाँ पहाड़ों के साथ वाली मंजानिटास में दोपहर की धूप में छोटे-छोटे पक्षी आवाज करते हुए उड़ रहे थे। हम और ऊपर गए तो बड़े-बड़े चारागाहों में पशु चर रहे थे और उसके ऊपर पथरीली चोटी थी। वहाँ पर हमने अचानक एक दृश्य या मृगतृष्णा देखा। महासागर,

जो हमने कई दिन पहले छोड़ दिया था, वह सुदूर सूरज की रोशनी में चमक रहा था, जिसके दूसरे सिरे पर मजबूत पर्वत थे और आगे खेती की जमीन दिख रही थी। हमारे सामने एक साफ झील थी और चूँकि हम सही मायनों में सेलर्स थे, हम सेलिंग के लिए समुद्र पर लौट आए। सेलिंग करने और तैरने के लिए, मछली पकड़ने आदि के लिए और फिर हम थके-थकाए शाम की लेकपोर्ट कंबलों में घुस गए। क्या लेक-काउंटो, वाल्ड इन काउंटी कहलाती तो! पर वहाँ रेलवे आ रही थी। लोगों का कहना है कि क्लीयर-लेक का रास्ता वैसे ही है, जैसे लेश्लूसर्न पहुँचने का रास्ता है। पर चाहे जैसे ये दूर बर्फ से ढकी चोटियों, अवश्य आल्पाइन कही जा सकती थीं।

इससे अधिक उत्कृष्ट और क्या हो सकता था—'वह खुबसूरत ड्राइव, क्लिचर लेक से बरास्ता ब्लूलेक श्रृंखला, हर एक मोड़ पर बहुत सुंदर अवर्णनीय दृश्य था! पीछे मुड़कर देखें तो बिल्कुल सुंदर रेखाओं और रंगों का कंपोजीशन था। पानी का गहरा नीला रंग अति सुंदर ओक के हरे-भरे बागानों से भरा था और नारंगी रंग के पॉवीज के बगीचे बहुत सुंदर दृश्य पेश कर रहे थे। और वे बगलों से मुड़-मुड़कर देखना, कुछ खतरनाक भी था। शारमियां और मैं इस बात पर असहमत थे कि किन रास्तों की दोनों धाराएँ मिलती थीं? फिर इस बात पर फैसले के लिए हम होटल के मैनेजर के पास गए, लेकिन वहाँ पर भी मैनेजर और क्लर्क दोनों ही की अलग-अलग राय थी। फिर शारमियां ने सुझाया कि दोनों रास्ते से ऐसा लगता है कि हम कभी भी नहीं जान पाएँगे कि कौन सा रास्ता है। मैं ऐसी कोई भी जलधारा नहीं जानता, जो कि यह दोनों काम एक समय में संपन्न कर सके। एक ही रियायत, जो मैं कर सकता हूँ, वह यह कि कभी वह नदी इधर से बहती है, तो कभी दूसरी दिशा में। शायद ही कोई नेत्र-विज्ञानी यह बता पाए!

थूकिया से विलिस तक और घाटियाँ थीं। इसके बाद हम पश्चिम की ओर मुड़े तथा रेड-वुड के जर्जिर जंगल ओक वुड से गुजरे। अल्पाइन में हम रात में रुके और अपनी यात्रा जारी रखी—मेंडिस्लो, काउंटी से फोर्ट ब्रैग और 'साल्ट वाटर' तक गोल्डन गेट से हमारी तटीय यात्रा बिल्कुल सुरक्षित रही। तटीय मौसम शीतल और खूबसूरत और ड्राइविंग भी बढ़िया रही। विशेषकर फोर्ट रॉस वाली सड़क, जो बहुत रोमांचक थी, जबकि हम समुद्र के साथ-साथ चल रहे थे। हरेक छोटी-बड़ी धाराएँ (नदियाँ) एक नुकीली चट्टान होती थीं, जिसके चारों ओर होकर हमें जाना पड़ता था बार-बार। सारे रास्ते हरे-भरे जंगल थे, सड़क के दोनों ओर जंगली फूल लग रहे—लाइलक, जंगली गुलाब, पॉजीज और ल्यूपेन के बड़े-

बड़े गुच्छे, जो कई रंगों और शेड में थे। मोडिसनो मार्ग पर शारमियां कई जगहों पर जल्दी बैल्कबेरी स्ट्राबेरी और थिंबल बेरीज चुनने लगती थी, जिससे हमें देरी हो गई थी। जगह-जगह हमने देखा कि दो मरतूल वाले राफ्ट (बड़ी स्पष्ट नाव) पर लकड़ी के लट्ठे लादे जा रहे थे, पथरीली खाड़ियों में भरे जा रहे थे। दिन-पर-दिन हम तमाम हरे-भरे जंगलों को पार करते हुए, फलते-फूलते गाँवों में जा रहे थे और आगे आरा मशीन वाले भी छोटे-छोटे शहर थे। मेंडिसिको सिटी से बड़ी नदी तट पर हमारी लांच ट्रिपनी बड़ी यादगार रही। यहाँ पर लांचों के स्टीयरिंग गीयर्स दुनिया भर से अलग, उल्टी तरफ चलते है, जहाँ पर हमने नदी में बड़े-बड़े 6 से 12 से 15 फीट तक व्यास थे, जिन्होंने मीलों तक नदी को घेर रखा था कि उसमें पानी नहीं दिख रहा था,जहाँ पर हमें बताया गया कि सफेद या आल्विनो रेड-वुड वृक्ष पाए जाते।

सभी नदियाँ और धाराएँ ट्राउट फिश से भरी हुई थीं और एक बार से अधिक हमने ढलानों पर साइड हिल सालमन देखी गई। नहीं, सालमन एक पेशेपैरेटिक मछली नहीं है, वह एक बिना मौसम के (dear) डियर है। पर ट्राउट! गुआलाला में शारमियां ने अपनी पहली ट्राउट पकड़ी। अपने जीवन में मैंने दो बार ट्राउटफिश पकड़ी थी। मैंने एक बार फ्लाई और स्पिनर से कोशिश की, पर एक भी फिश पकड़ नहीं पाया था। पर फ्लाई-फिशिंश प्रकृति को नकल करने का एक तरीका था। और अपने आपको मैं एकदम मछली पकड़नेवाला समझने लगा था, जब तक कि नकारा ने अपनी बंशी में ब्रेड का टुकड़ा लगाकर ही एक सबसे बड़ी ट्राउट मछली पकड़ ली थी। एक बार पहले मैं एक-दो एंगलवार्म ही पकड़ पाया था। पर गुआलाला नदी में मैंने ट्राउट पकड़ी थी और काफी सारी। अब मैं दावे से कह सकता हूँ कि विज्ञान और कला में कुछ नहीं रखा। फिर भी उस दिन से हमारे सामान में डंडे और टोकरियाँ भी शामिल हो गईं। हम प्रत्येक नदीं में अब मछली पकड़ लेते हैं। हमें जिनका कुल जोड़ अभी पता नहीं है।

असल में फोर्ट ब्रैग के उत्तर में मीलों तक कई पहाड़ी और दर्शनीय स्थल दिखाई पड़े। हम फिर मेंडोसिना के अंदरूनी भाग में पहुँच गए और कई पहाड़ी-शृंखलाओं को पार करते हम बोल्ट काउंटी, जो बेल नदी और गार्बरविले के काँटे पर बना था, पर पहुँचे। रास्ते भर हमें आगाह किया गया कि मरीन काउंटी नॉर्थ से आगे सड़कें खराब थीं। पर हमें ऐसी सड़कें कहीं भी नहीं मिलीं—हम हमेशा या तो उनसे हम आगे बढ़ जाते थे, या पीछे रह जाते थे। हम जितना आगे बढ़ते जाते, उतनी ही अच्छी सड़कें मिलती थीं, संभवत: इसलिए भी कि हम चार घोड़ों और

एक हलकी रिंग के साथ अब अधिक-से-अधिक चलना भी सीख गए थे। इस प्रकार से हम तमाम काउंटीज के साथ अपना मुँह बचा रहे थे। मैं सड़कों के बारे में ऐसा द्वेषपरक बयान नहीं देना चाहता हूँ। मैं यहाँ पर यह जोड़ना चाहूँगा कि केवल कुछ दृष्टांतों को छोड़कर, इसने अपने घोड़ों को कठिन-से-कठिन ढलानों पर से उतारा है। इसमें से न तो कोई घोड़ा गिरा, न ही किसी के रिंग को लोहार की दुकान पर मरम्मत के लिए भेजना पड़ा।

हाँ, मैं चाबुक चलाना सीख रहा हूँ, यदि कोई चालक यह सोचता है कि एक छोटे हैंडल वाले लंबे लैश (चाबुक/कोड़ा) को यहाँ पर वह चलाना आसान होता है तो यह नहीं होता। उसको एक स्वचालित वाहन का चश्मा (गॉगल्स) पहन करके देखे! फिर थोड़ा पुनर्विचार करके सोचे कि उस वायर-फेंसिंग गॉगल्स पहन ले। मैंने उस चाबुक को कई बार देखा। मैं उससे मोहित हो जाता हूँ और यह डर से होता है। शारमियां और नताका के भी इसी प्रकार मुग्ध होते देखा है और जब वे मुझे चाबुक उठाते हुए देखती है तो अपने सिर को अपनी बाँहों से ढक लेती थी।

यहाँ पर समस्या है। प्रिंस बग्गी को ईमानदारी से खींचने के बजाय, वह इस कोशिश में रहता है कि कैसे वह मिल्डा की गरदन पर काट ले! मेरे हाथ में चार लगाम हैं, मैं इनको अपने बाएँ हाथ में ठीक से पकड़ लेता हूँ और चाबुक को दाएँ हाथ में ठीक से पकड़ता हूँ और मेड को बचाते हुए, प्रिंस पर चाबुक मारता हूँ। अगर मैं मेड को मार देता हूँ तो उसकी अच्छी नस्ल का होने का धक्का लगता है और वह हवा में उछलने लगेगी और मेरे पास घोड़े को हिस्टोरियाँ हो जाने का केस हो जाएगा—जो आधे घंटे तक चलता रहेगा। पर साथियो! समस्या तो आपसे अभी तक बताई नहीं गई। आप मान लीजिए कि मैं मेड को मिस कर देता हूँ तथा अपने वांछित लक्ष्य पर पहुँच जाता हूँ। जिस क्षण प्रिंस पर कोड़ा लगता है, सारे घोड़े उछलने-कूदने लगते हैं, प्रिंस सबसे ज्यादा और वह बदमाश अपने दाँतों को खोलते हुए मिल्डा पर झपटता है और आउटला मेड की गरदन पर झपट्टा मारना चाहता है और मेड, जो पहले ही कूद-फाँद कर चुकी थी, अब तेजी से भाग निकलना चाहती है तथा और तेजी से। और इस सब झगड़े-झंझट में मैं सबकी लगाम को अपने बाएँ हाथ में कसकर पकड़े रखने की कोशिश करता हूँ, जबकि व्हिप-लैश मेरी तरफ वापस आ रही होती है। अब तीन चीजें एक समय में होती है, चारों लगाम कसकर बाएँ हाथ में पकड़ना, एकदम से ब्रेक लगाना-पैर से और जब चाबुक का कोड़ा वापस आ रहा हो तो उसे दाएँ बगल में दबा लेना। फिर चार लगामों से दो लगाम को अपने दाएँ हाथ में और घोड़ों को भागने से रोकना, यानी वे ऊपर चढ़ाई

पर न चढ़ जाएँ। आप कभी इसकी कोशिश करके देखें, आप पाएँगे कि यह कितना थकाऊ काम है! क्योंकि जब पहली बार मैंने निशाने पर लगाम, रिवॉल्वर की शॉट की तरह मारा था, तब मैं बड़ा अचंभित हुआ था और प्रसन्न भी। पर उस समय मैं संज्ञाहीन हो गया था। कई और चीजें, जो साथ-साथ में करनी थीं, नहीं कर पाया था। चाबुक का कोड़ा वापस आते समय मेड के साज में फँस गया था और फिर मुझे शारमियां को सहायता के लिए बुलाना पड़ा। परंतु मैं अभी भी हर रोज चाबुक लगाना सीख रहा हूँ। मैं अपने पास कुछ पत्थर के कंकड़ रखता हूँ। वह प्रिंस पर सही जगह पर लगे, यही कोशिश करता हूँ। पर जब तक मैं कंकड़ रखूँगा, मैं चाबुक चलाना सीख नहीं पाऊँगा। अतएव, घर जाकर मैं उन्हें फेंक दूँगा। मैं केवल अपना मजाक उड़ाता रहूँगा कि मैं चार घोड़ों को साध सकता हूँ।

गारबरविले से, जहाँ हमने पेटभर ईल (eel) खाया और वहाँ के मूल निवासियों (aborgines) से मिले। हम ईल नदी की घाटी के साथ-साथ चलते रहे तथा सबसे बढ़िया रेड-वुड के जंगलों से गुजरे। ऐसे जंगल हमने कैलिफोर्निया में कहीं और नहीं देखे थे। डायर विले से यूरेका जाते समय हमने रेलवे की पटरी बिछाने का काम देखा और कंक्रीट के पुलों के निर्माण को भी देखा, जिससे यह पता चलता था कि हमवोल्ट भी बाकी देश से शीघ्र ही रेलवे से जुड़ जाएगा।

हम अब भी यही सोच रहे थे कि हमारी यात्रा अभी ही शुरू हुई है! जैसे ही जल्द-ही-जल्द वह यूरेका से मेल की जाती है, घोड़ों के लिए ऊँचाई पर चलेंगे। हम समुंद्र तट के साथ चलते रहेंगे और हूपा रिजर्वेशन की ओर और सोने की खानों की ओर तथा वहाँ से ट्रिनिटी और ट्रिनिटी नदियों में इंडियन कैनोस (लंबी-बड़ी नावों) में होते हुए रेका को। उसके बाद हम डेलमोर्टे काउंटी और फिर ओरेगन को जाएँगे। अभी तक की यात्रा से यह प्रतीत होता था कि हम जाड़े की बरसात तक घर नहीं पहुँच पाएँगे। और अंत में मैं घर जाकर यह कोशिश करने का प्रयोग करूँगा कि आउटला को सामने के पहिए के साथ लगाया जाए और प्रिंस को उसकी पुरानी पोजीशन, पिछले वाले पहिए के साथ। तब शायद मुझे कंकड़ों को साथ रखने की जरूरत नहीं रह जाएगी।

□

जीवन से प्रेम

तमाम लोगों में से वह रोष रह जाएगा, वे जिए थे और क्रियाशील थे : अंत तक के शिकार उनके लाभ थे, यद्यपि पांसे का सोना खो गया है!

वे तट के किनारे-किनारे लँगड़ाते हुए चल रहे थे और एक बार उनमें से जो आदमी आगे था, कंकड़ीले-पथरीले रास्ते पर से चला गया। वे धैर्य रखे हुए थे, जो लंबे समय तक कठिनाई सहने से आती है। वे कंबलों के पैक, जो उनके पीठ पर बँधे हुए थे, जिसकी पेटी सिर पर बँधी हुई थी और माथे पर से होकर जाती थी, से बोझिल थे। प्रत्येक आदमी के पास एक राइफल थी। वे झुके हुए चल रहे थे, कंधे आगे को और माथा आगे को, आँखें जमीन की ओर झुकी हुई थीं।

"मेरी इच्छा थी कि बस, मेरे पास दो और कारतूस होते, हमारी गुप्त झोली में।" दूसरे आदमी ने कहा।

उसकी आवाज भावना-शून्य थी। वह बिना किसी उत्साह के बोल रहा था और दूसरे आदमी ने, जो पथरीली नदी में से, जिसमें दूधिया पानी बह रहा था, चल रहा था, कोई उत्तर नहीं दिया।

दूसरा आदमी उसके पीछे-पीछे चल रहा था, उन्होंने अपने जूते नहीं उतारे थे, यद्यपि पानी बर्फ की तरह ठंडा था—इतना ठंडा कि उनके टखने दर्द कर रहे थे और पाँव सुन्न पड़ गए थे। कई-कई जगहों पर पानी घुटने-घुटने से टकराकर बहकर जा रहा था और वे पानी में पैर नहीं जमा पा रहे थे।

वह आदमी, जो पीछे-पीछे चल रहा था, वह एक चिकने पत्थर पर फिसल गया, पर जोरों से वह किसी तरह उठ खड़ा हुआ। इसी वक्त वह तेज दर्द से चीख भी पड़ा। उसका सिर चकरा रहा था तथा वह बेहोश सा हो रहा था, सिर घूमने सा लग था और हवा में सहारा ढूँढ़ रहा था। जब वह स्थिर हो गया, तब उसने खड़े होकर चलना चाहा, पर इस बार भी वह लगभग गिर पड़ा। पर उसने आगे वाले

आदमी की ओर देखा, जिसने अभी मुड़कर भी नहीं देखा था। वह सीधा खड़ा रहा और फिर एक मिनट बाद बोला, "हे बिल, मेरे टखने में मोच आ गई है।"

बिल लड़खड़ाता हुआ दूधिया पानी में चलता रहा। उसने मुड़कर भी नहीं देखा। उस आदमी ने उसको जाते हुए देखा, यद्यपि उसका चेहरा हमेशा की तरह भावना-शून्य था, उसकी आँखें एक घायल हिरण की तरह थीं।

दूसरा आदमी लँगड़ाते हुए दूसरे तट पर पहुँचा और सीधा आगे बढ़ता रहा, बिना पीछे देखे। उसके होंठ थोड़ा सा काँपे, इतना कि जो रूखे-सूखे बाल उनको ढके हुए थे, काँपे। उसने अपनी जुबान से अपने शुष्क होंठों को नम किया।

"बिल!" वह फिर चिल्लाया।

यह एक ताकतवर आदमी, जो उस वक्त दर्द से तड़प रहा था, उसकी चीख थी। उस आदमी ने उसे जाते हुए देखा, जो लँगड़ाते हुए, लड़खड़ाते हुए आगे बढ़ रहा था और धीरे-धीरे एक ढलान से उतर रहा था। वह एक नीचे पहाड़ की ओर जा रहा था। वह उसको तब तक जाते हुए देखता रहा, जब तक कि वह चोटी पर से पास नहीं हो गया और उसकी आकृति अब गायब हो गई थी। तब उसने घूमकर अपने चारों तरफ देखा, जो दुनिया उसके आसपास थी, अब जबकि बिल जा चुका था।

क्षितिज पर सूरज मध्यम पड़ गया था और धुंध और भाप के कारण अब नहीं के बराबर दिख रहा था, जो कि एक भार और घनत्व का आभास तो देता था, पर बिना किसी आउटलाइन (रूपरेखा) और स्पष्टता के था उस आदमी ने अपने एक पाँव पर खड़े होकर कलाई घड़ी निकालकर देखा। चार बज रहे थे, यह जुलाई का आखिर या अगस्त की पहली तारीख रही होगी—उसको बिल्कुल सही तारीख का पता नहीं था, एक या दो हफ्ते में उसने इस बात पर ध्यान दिया कि यह नॉर्थ-वेस्ट था। उसने दक्षिण की ओर देखा और अंदाज लगाया कि उन अँधेरे पहाड़ों के पीछे कहीं पर ग्रेट बियर लेक थी। उसको यह भी पता था कि उसके आगे आर्कटिक के उस पार प्रतिबंधित कनाडियन क्षेत्र था। जलधारा, जिसमें वह खड़ा था, वह कॉपर माइन साइन (ताँबे की खान) नदी की एक पूरक नदी थी, जो बहते-बहते उत्तर की ओर मुड़कर आर्कटिक खाड़ी और फिर आर्कटिक सागर में मिल जाती थी। वह वहाँ कभी नहीं गया था, पर उसने एक बार हडसन से कंपनी के चार्ट में देखा था।

एक बार फिर उसने चारों ओर दृष्टि घुमाकर देखा, यह बहुत हर्षदायक दृश्य या नजारा नहीं था। चारों ओर एक धुँधली आकाशरेखा था। सारे पहाड़ नीचे थे। कहीं पर भी कोई पेड़, झाड़ी या घास नहीं दिख रही थी—यहाँ तो केवल विशाल और भयंकर अकेलापन था, जिससे उसके अंदर एक भय की लहर सी दौड़ गई थी,

आँखों में भी 'बिल' वह एक-दो बार फुसफुसाया—'बिल।'

वह दुधिया पानी में थोड़ा झुक गया, जैसे कि वह विशाल जलधारा उसके ऊपर ही चढ़ी आ रही थी और उसको निर्दयता से कुचले दे रही थी, उसकी सुषुप्ति से। वह बहुत जोर-जोर से हिलने लगा, जैसे उसको दौरा आ गया हो और उसकी बंदूक हाथ से छूटकर गिर पड़ी। वह अपने भय से लड़ा और अपने को सीधा किया तथा पानी में अपनी बंदूक खोजने लगा और फिर उसे पुनः वापस पा लिया। उसने अपने बैकपैक को बाएँ कंधे की ओर कर लिया, जिससे उसके घायल टखने को कुछ आराम मिल सके। फिर वह धीरे-धीरे दर्द से सिकुड़ते हुए आगे तट की ओर बढ़ने लगा।

वह रुका नहीं एक दुस्साहस, जो पागलपन भी कहा जा सकता है, के साथ, दर्द का खयाल किए बिना, वह जल्दी-जल्दी पहाड़ की चोटी पर चढ़ने का प्रयास करने लगा, जिसके ऊपर से होकर उसका कॉमरेड पास ही नजरों से ओझल हो गया था—वह लँगड़ाता हुआ, धक्के खाता हुआ कॉमरेड कैसे हास्यास्पद तरीके से गायब हो गया था, पर चोटी पर से उसने देखा कि नीचे एक छिछली घाटी थी, जो जन-जीवन-शून्य थी। वह फिर एक बार अपने डर से लड़ता हुआ अपने बैक पैक को बाईं ओर करता हुआ और लँगड़ाता हुआ आगे की ओर बढ़ने लगा, ढलान से नीचे उतरने लगा।

घाटी की निचली सतह पानी और काई के कारण मुलायम और उसको स्पंज की तरह पकड़े हुए थी। हर कदम के साथ वह पानी इधर-उधर फैल जाता था और जब भी वह कदम ऊपर उठाता तो काई की वजह से वह चिपकता हुआ आता और इस तरह से वह उस दलदल में से निकलता चला गया और वह अपने कॉमरेड के पद-चिह्नों पर चलता रहा। आगे पथरीली जगह थी, जो छोटे-छोटे दलदल के द्वीपों के बीच चुभ रहे थे। यद्यपि वह अकेला था, पर वह अभी खोया नहीं था। उसको पता था कि आगे चलकर, जहाँ पहुँचेगा, वहाँ पर नदी किनारे पर उसे मरी हुई स्प्रूस (फर का एक रूप) और फर के पेड़ मिलने की संभावना थी, बहुत छोटे और पके हुए, लेक तितविन छिछली लेक और जो उस काउंटी की जीभ की भाँति थी। तितविन-निचली झील को 'छोटी-छड़ियों की जमीन' भी कहते थे (Land of Little Sticks) और उस झील में जो पानी एक छोटी नदी से बहकर आता था, वह दूधिया नहीं था। उस नदी के किनारे एक प्रकार की रश घास होती थी—यह उसको अच्छी तरह याद था, पर वहाँ कोई लकड़ी वाला पेड़ नहीं होता था और वह उस नदी के साथ तब तक चलता रहेगा, जब तक कि वह आगे

चलकर दो में विभाजित नहीं हो जाती। वह इस विभाजन को क्रॉस करेगा और तब तक चलता रहेगा, जब तक कि वह आगे चलकर पश्चिम में 'डीस' या 'डीज' नदी में न मिल जाए। और यहाँ पर एक गुप्त स्थान पर उसने एक नाव को उलटाकर उसमें कारतूसों की एक थैली छिपाकर रखी थी। वहाँ पर उसने मछली पकड़ने का काँटा और डोरी भी रखी थी तथा एक छोटा सा जाल भी और शिकार के लिए कुछ उपकरण भी थे और उसने वहाँ थोड़ा सा आटा एक बेकन (सूअर का गोश्त) और कुछ बीन्स (फलियाँ) भी छिपाई हुई थीं।

बिल वहाँ पर उसका इंतजार कर रहा होगा और वे डीस नदी में दक्षिण को पैडल करके ग्रेट लीयर लेक पहुँचेगे। और लेक से और दक्षिण जाएँगे, जब तक कि वे मैकेंजी न पहुँच जाएँ। दक्षिण की ओर बढ़ते आएँगे और जाड़ा उनके पीछे-पीछे व्यर्थ ही भागता जाएगा। यहाँ-वहाँ छोटे-मोटे गड्ढों में बर्फ जम रही थी और उनके दिन ठंडे और सूखे होते जा रहे थे। डहसन खाड़ी कंपनी की पोस्ट, जहाँ पेड़ भारी संख्या में थे और लंबे हो रहे थे, वहाँ पर खूब सुंडी-कीड़ा मिलेगा।

जो आदमी वहाँ था, उसके यह विचार थे, जब वह आगे बढ़ रहे थे। पर वह जितनी ही मेहनत से आगे बढ़ने की कोशिश कर रहा था, उसका शरीर उतना ही कठिनाई से आगे बढ़ता था। उसका मन सोच रहा था कि कहीं बिल उसको छोड़कर चला तो नहीं गया होगा?

उम्मीद है, अभी वह उसे गुप्त स्थान पर जरूर मिलेगा।

वह अवश्य ही उस जगह उसका इंतजार कर रहा होगा। ऐसा सोचने के लिए वह विवश था, अन्यथा मेहनत करते हुए आगे बढ़ने का कोई मतलब नहीं था, और वह नीचे गिरकर मर गया होता तथा जैसे ही दिन धुँधला पड़ता हुआ सूरज का गोला उत्तर-पश्चिम में डूब रहा था, वह एक-एक इंच बड़ी कठिनाई से और कई-कई बार में—आगे बढ़ पा रहा था और बिल का दक्षिण-पूर्व जाड़ा आने के पहले चले जाने की आशंका। और वह बार-बार हडसन खाड़ी के पास छुपाए हुए भोजन और अन्य सामान के बारे में बार-बार सोच रहा था। उसने पिछले दो दिनों से कुछ नहीं खाया था और उससे भी अधिक उसने अपने पसंद की कोई चीज नहीं खाई थी। कभी-कभी वह रुककर पीली पड़ गई मस्केग बेरी को चुन लेता, उठाकर मुँह में रख लेता। उन्हें कुछ देर चूसकर गले के नीचे उतार लेता। मस्केग बेरी एक तरह का बीज होता है, जो पानी में बंद होता है, मुँह में रखने पर पानी गल जाता है और बीज रह जाता है। उसका बीज तीखा और कड़ुवा होता है, पर वह अपने अनुभव ज्ञान से ज्यादा आशा से उसे चूसता रहा।

नौ बजे वह फिर एक पत्थर से टकरा गया और थकान तथा कमजोरी से लड़खड़ाकर गिर गया। वह कुछ देर तक बिना हिले-डुले वहीं पर पड़ा रहा। फिर उसने किसी तरह अपने पिट्ठू की पेटी खिसकाकर उतारा और फूहड़पने से बैठ गया। अभी अँधेरा नहीं हुआ था और शाम की धुँधली रोशनी में पत्थरों के बीच में सूखी हुई काई के टुकड़े ढूँढ़ने लगा। जब उसने काफी सूखी काई इकट्ठा कर ली तो फिर उसने उससे आग जलाई और उस पर एक टीन के बरतन में पानी उबलने को रख दिया।

उसने अपने पिट्ठू को खोजा और दियासलाई निकालकर उन्हें गिनने लगा। कुछ मिलाकर सड़सठ (67) माचिस की सलाइयाँ थीं। फिर उसने उनको कई हिस्सों में विभाजित किया और उनको तैलीय कागज में बाँध लिया। एक गुच्छे को उसने अपने खाली तंबाकू के पाउच में रख दिया, दूसरा गुच्छा उसने अपने फटे हुए हैट के बैंड (पट्टी) के बीच में रख दिया तथा तीसरी ढेरी के गुच्छे को उसने अपनी कमीज की पॉकेट में। फिर वह घबरा गया तथा उन सबको फिर से गिना, वे अभी भी सड़सठ (67) थी।

उसने फिर अपने फटे हुए जूते को आग के पास रखकर सुखाया। उसके मोटे ऊनी मोजे भी जगह-जगह से फटे हुए थे तथा उसके पाँव मुलायम हो गए थे और उनसे खून निकल रहा था। उसके टखने भी दर्द से पीड़ित हो रहे थे—उसने उसको एक बार अच्छी तरह देखा। टखने फूलकर घुटनों के बराबर हो गए थे। उसने अपने दो कंबलों में से एक में से एक पट्टी फाड़ी और उसे अपने टखने पर कसकर बाँध दिया। उसने एक पट्टी और फाड़ी तथा उसे अपने पाँवों (Feet) पर बाँध दिया, जिससे वह दोनों मोकासिन और मोजों का काम कर सके। फिर उसने गरम पानी पिया, गरम-गरम भाप निकलता हुआ। फिर उसने अपनी कलाई भी बाँध ली।

वह घोड़ा बेचकर सोया। मध्य रात्रि के समय थोड़ी देर के लिए अँधेरा हुआ था। उत्तर-पूर्व में सूर्य उग आया था। कम-से-कम उस जगह, क्योंकि सूरज बादलों के बीच छुपा हुआ था।

छह बजे के करीब वह उठ गया, पर चुपचाप अपनी पीठ के बल लेटा रहा। उसने ऊपर सलेटी आसमान की ओर देखा और उसको पता था कि वह भूखा था। जैसे ही उसने करवट ली तो वह एक जोरदार फुफकार सुनकर चौंक गया। एक नर अमेरिकी बारहसिंगा उसकी ओर चौकन्ना होकर जिज्ञासा से देख रहा था। वह जानवर उससे लगभग 50 फीट दूरी पर था, तत्क्षण उसके मन में आया कि इसका गोश्त यदि आग के ऊपर पकाकर खाया जाए तो बढ़िया रहेगा। स्वतः उसका हाथ

अपनी बंदूक पर, उसमें उसने एक बीज (दाना) भरा और निशाना साधकर घोड़ा दबा दिया। वह नर हिरण फिर गुर्राया और फिर झाड़ियों की ओर भाग गया, जिसमें उसके सींग फँस गए थे और खुर भी कड़कड़ाती आवाज कर रहे थे।

उस आदमी ने अपने आपको शापित करते हुए खाली गन को फेंक दिया। वह जोरों से कराहा और खड़े होने की कोशिश की, यह बड़ी तकलीफदेह और धीमी प्रक्रिया थी। उसके जोड़ जंग खाए हुए कब्जों की तरह थे, अपने सॉकेट्स में कठिनाई से चल पा रहे थे, घर्षण के साथ और हर बार उन्हें मोड़ना और फिर सीधा करना केवल इच्छा-शक्ति के बल पर ऐसा कर पा रहा था। आखिर में जब वह अपने पाँवों पर खड़ा हुआ तो उसे अपने को सीधा करने में एक मिनट और लगा, जिससे कि वह सीधा खड़ा हो सके, जैसे एक आदमी खड़ा होता है। वह रेंग कर एक छोटे से टीले पर गया और नजर घुमाकर चारों ओर देखा। सामने कोई पेड़-पौधे नहीं थे, झाड़ियाँ नहीं थीं, केवल चारों तरफ सलेटी रंग की काई का समुद्र सा था, कहीं-कहीं बीच में सलेटी रंग का पत्थर का टीला था, कहीं पर सलेटी रंग की झील सी थी और सलेटी ही रंग की जलधाराएँ थीं, आसमान भी श्याम वर्ण का था। कहीं पर भी सूरज नहीं दिख रहा था, न ही उसका कोई आभास ही था। उसको कोई भी आइडिया नहीं था कि उत्तर किधर है और वह किस तरह से वहाँ पर पहुँचा था पिछली रात। पर वह जानता था कि वह अभी खोया नहीं था। उसको पता था कि जल्द ही वह 'लैंड ऑफ लिटिल स्टिल्स' (छोटी छड़ियों के देश) में पहुँच जाएगा। उसको ऐसा प्रतीत हो रहा था कि वह जगह कहीं बाईं ओर थी और ज्यादा दूर भी नहीं, शायद अगली नीची पहाड़ी।

वह वापस जाकर अपना बैक पैक आगे का सफर के लिए ठीक करने लगा। उसने यह सुनिश्चित किया कि उसके तीनों माचिस के पैकेट्स अपनी-अपनी जगह थे, पर वह उनको गिनने के लिए रुका नहीं। पर थोड़ी देर रुका रहा और यह सोच रहा था कि क्या वह हिरण की छाल वाला बैग ले चले या छोड़ दे? वह बड़ा नहीं था और उसे वह अपने हाथों के बीच दबा सकता था। पर वह जानता था कि उसका वजन 15 पाउंड था, जितना कि उसका सारा पैक था—और उसकी उसे चिंता थी। वह पैक को लपेटने लगा। वह उसको फिर से देखने लगा, अवमानना की दृष्टि से, जैसे कि उसका अकेलापन उसे छीनने की कोशिश कर रहा था। और जब वह लड़खड़ाकर आगे बढ़ने को हुआ तो फिर उसे भी अपने बैक पैक में डाल लिया।

वह बाईं और की तरफ चल पड़ा, बीच-बीच में वह मस्केग बेरी को चबाने/चूसने को रुक जाता। उसका टखना अब कड़ा हो गया था, उसका लँगड़ाना कुछ

ज्यादा बढ़ गया था, पर उसका दर्द, भूख की तड़प/दर्द के आगे कुछ भी नहीं था। भूख का दर्द बार-बार उठना कहीं ज्यादा था। वह उसको अंदर काट-कचोट रहे थे और वह एक सीधे रास्ते पर अपने लक्ष्य की ओर आगे नहीं बढ़ पा रहा था—'दि लैंड ऑफ लिटिल स्टिक्स।'

मस्केग बेरीज से उसकी भूख बिल्कुल भी नहीं मिटी, पर उस बेरी ने उसके मुँह का स्वाद और खराब तथा खट्टा कर दिया था।

वह एक घाटी में आ गया, जहाँ पर परॉकपट्रमागन फुर्र-फुर्र करके पत्थरों के औमस्केग बीच से उड़ी—कर्र-कर्र की आवाज करते हुए। उसने उन पर पत्थर फेंका, पर उन्हें मार नहीं सका। उसने अपना पैक नीचे रख दिया और दबे पाँव, जैसे बिल्ली शिकार गौरैया को पकड़ने के समय करती है, उनका पीछा किया। नुकीले पत्थरों से उसके घुटने बुरी तरह छिल गए थे और उनसे खून टपकने लगा था, पर वह दर्द उस दर्द से कहीं कम था, जो उसे भूख से पेट में हो रहा था। वह गीली काई पर फिसल गया तथा उसका शरीर गीला और ठंडा हो गया था। पर वह इससे बेखबर था, क्योंकि उसे जोरों से भूख सता रही थी। और हमेशा की तरह पारमित्रन 'केर-केर' की आवाज करते हुए उड़ रही थी, जैसे कि वे उसको चिढ़ा रही हो और उसको देख-देखकर जोर-जोर से चिल्लाकर कोसा तथा उन्हीं के साथ, उन्हीं के तरह स्वयं भी चिल्लाने लगा।

एक बार वह ऐसी चिड़िया के पास से गुजरा, जो शायद सो रही थी। उसने उसे तब तक नहीं देखा था, जब तक कि वह अपने पथरीले कोने से उसके मुँह के सामने से फुर्र से उड़ न गई। उसने चौंककर उसे पकड़ना चाहा, पर उसके हाथ में उसकी पूँछ के केवल तीन पर ही आए। जैसे उसने उसको घृणा से उड़ते देखा, उसको लगा कि उस परिंदे से कोई बड़ी गलती हो गई थी। तब वह वापस आया और अपने बैकपैक को लटका लिया।

दिन चढ़ने पर वह एक घाटी पर पहुँचा, जहाँ पर तमाम जानवर थे। बीस एक बड़े बारहसिंगाओं का झुंड उसको ललचाता हुआ राइफल की रेंज में से गुजरा। उसके मन में आया कि वह उनके पीछे दौड़े और उनमें से एक को पकड़ ले! तब तक एक काली लोमड़ी उसके पास से गुजरी, जिसने एक पत्रामित्रण चिड़िया, अपने मुँह में दबा रखी थी, वह आदमी जोरों से चिल्लाया, एक भयावनी चीख, पर उस लोमड़ी ने पक्षी को गिराया नहीं।

दोपहर के बाद उसने एक छोटी नदी के साथ-साथ चलना शुरू किया, जिसका पानी, चूना मिला था, जिससे दूधिया दिख रहा था—सूखी घास के बीच-

बीच में से। उन्हीं सूखी घास के बीच से उसने एक घास को उखाड़ लिया, जो प्याज के बल्ब की तरह दिख रही थी, पर खाने में उसको जूस तो आ रहा था। पर अंदर रेशे और कोशिकाएँ थीं, जिससे वह चबा नहीं पा रहा था, पर उनमें कोई पोषक तत्त्व नहीं था। फिर उसने अपना पैक जमीन पर फेंक दिया और जैसे कोई गाय-भैंस चरने लगती है, वैसे ही वह अपने हाथ और घुटनों के बल बैठकर उनको तोड़-तोड़कर चबाने लगा।

वह बहुत थक गया था और कई बार उसका मन किया कि वह रुककर आराम कर ले—लेटकर सो जाए, पर वह थोड़ा एक-एक कर चलता ही रहा, इस इच्छा से इतना नहीं कि वह लैंड ऑफ स्टिक्स में पहुँच जाए, जितना कि भूख से। उसने छोटे-छोटे तलैयों में मेढक को खोजा, पर न तो उनमें कोई मेढक था, न ही कोई और जमीन भी खोदी कि कोई अन्य कीड़ा मिल जाए, पर कीड़ा नहीं मिला। जबकि उसे यह पता था कि इतनी सुदूर उत्तर में मेढक था कीड़े नहीं पाए जाते हैं।

वह व्यर्थ ही हर जलाशय में मेढक खोजता रहा, जब तक कि शाम का लंबा धुँधलका नहीं छा गया। इसी तरह के एक छोटे से तालाब में उसे एक छोटी सी मछली मिल गई। उसने अपना पूरा हाथ कंधों तक पानी में डाला, उसे पकड़ने के लिए, पर वह बार-बार इधर-उधर भाग जाती थी वह उस तलैया के नीचे तल तक और दोनों हाथों से पानी हिलाया, पर सिर्फ पानी सफेद हो या मैला। अपने उत्साह में वह पानी में गिर पड़ा और कमर तक भीग गया। उसने तब तक प्रतीक्षा की, जब तक कि सारा पानी रुक नहीं गया।

पर अभी तक उसने उसका पीछा नहीं छोड़ा, जब तक कि पानी फिर से मैला-कुचैला नहीं हो गया। उसने एक टिन का डिब्बा निकाला और उसको पानी में घुमाना शुरू कर दिया। उसने डिब्बे को तेजी से हिलाना शुरू किया, पर उससे पानी बाहर छलकने लगा। उसने सारा पानी उस जलाशय से निकाल दिया, पर फिर भी वहाँ वह मछली नहीं मिली। फिर उसने देखा कि उस तलैया में एक छोटा सा छेद था, जिसमें से वह मछलियाँ दूसरे साथ वाले पूल में चली गई थीं। उस पूल को चाहे वह रात भर खाली करता तो भी वह उसे खाली नहीं कर पाता। यदि वह उस छेद को पहले ही किसी पत्थर के टुकड़े से बंद कर देता तो फिर वे मछलियाँ उसकी होतीं।

इस तरह से उसने सोचा और निराश होकर गुड़मुड़ाकर जमीन पर बैठ गया। वह धीरे-धीरे रोने लगा और फिर बाद में जोर-जोर से, उस अकेले दयाहीन निर्जन जगत् में और फिर काफी देर तक, जब उसके आँसू सूख गए थे, तब भी वह सिसकता रहा।

उसने पिछली रात की तरह आग जलाई, अपने को गरमाया और पानी गरम करके पिया तथा पिछली रात की तरह उसने एक पत्थर की लेज (किनारे) पर अपना कैंप बनाया, फिर अंत में उसने अपनी माचिसों को गिना और अपनी घड़ी में चाभी भरी। उसके कपड़े भीगे हुए और चिपचिपे थे। उसका टखना दर्द से फड़-फड़ कर रहा था। पर वह जानता था कि वह भूखा था और अपनी बेचैन नींद में उसको दावत और बैंक्वेट्स (banquets) के सपने आते रहे, जहाँ तमाम तरह के व्यंजन सुंदर तरीके से सजे-सजा रखे थे।

वह जब जगा तो उसका शरीर बहुत ठंडा और बीमार लग रहा था। सूरज देवता के दर्शन नहीं हुए थे। जमीन का साँवलापन करके आसमान के सलेटी रंग में विलीन हो गए थे। रूखी हवा बह रही थी और ऊपर पहाड़ों पर बर्फ पड़ने लगी थी, जिससे उनकी चोटी सफेद दिखने लगी थी। उसने आग जलाई और पानी गरम करके पिया। अब वहाँ पर भी बर्फ गिरने लगी थी, आधी बर्फ और आधा पानी। शुरू में तो वह जमीन पर पड़ते ही गलने लगती, पर बाद में सारी जमीन को ढक लिया। सूखी काई से जो आग जलाई थी, वह भी बुझ गई थी।

यह संकेत था कि अब उसे यहाँ से चल देना चाहिए था, उसको अपना पैक बाँधना चाहिए था, पर उसे पता नहीं था कि लड़खड़ाते हुए वह कहाँ पहुँचेगा? वह अब 'लैंड ऑफ लिटिल स्टिक्स' के बारे में चिंतित नहीं था, न ही उस गुप्त जगह के डीस नदी के किनारे, जहाँ उसने अपना सामान छिपा रखा था। उसके ऊपर 'खाना है' यह बात हावी हो गई थी। वह भूख से पागल हो गया था। वह किस रास्ते पर जा रहा था, कोई फर्क नहीं पड़ता था, जब तक कि वह रास्ता उसे खेल बॉटम तक पहुँचा देता है। वह बर्फ के बीच से उस जगह पहुँच जाना चाहता था, जहाँ उसको गीली मस्केग बेरीज मिल जाए और उसको महसूस करता हुआ वह रश-ग्रास को खींचकर खाने लगा, पर उनमें कोई स्वाद नहीं था। तब उसको एक जंगली पौधा मिल गया, जो खट्टा सा था और उसको जितना मिला, वह खा गया, पर चूँकि वह एक बेल थी तो वह आगे चलकर कई इंच बर्फ में दब गई थी।

उस रात को न तो वह आग ही जला पाया, न पानी ही गरम कर पाया, ऐसे ही गीले कंबलों के बीच सो गया, पर नींद बार-बार भूख की वजह से टूट जाती थी। बर्फबारी बाद में वर्षा में बदल गई और उसे वह अपने मुँह पर महसूस कर रहा था—और उसकी नींद बार-बार खुल जा रही थी। दिन निकला, यह भी एक अँधेरा सा दिन था—और सूरज भी नहीं दिख रहा था। पानी बरसना बंद हो गया था। क्षुधा की तेजी-तीव्रता गायब हो गई थी। भूख के प्रति जो अनुभूति होती थी,

वह अब खत्म हो गई थी। पेट में धीमा-धीमा दर्द महसूस हो रहा था। यह उसको इतना परेशान नहीं कर रही थी और एक बार उसकी दिलचस्पी 'लैंड ऑफ लिटिल स्टिक्स' में और उस गुप्त जगह, जहाँ उसने सामान छिपा रखा था, जाग उठी थी।

उसने बाकी बचे हुए कंबल से एक टुकड़ा और फाड़ा तथा उसे अपने खून बहते हुए टखनों पर बाँध लिया और इस तरह से उसने स्वयं को दिन भर की यात्रा के लिए तैयार किया। फिर उसने अपने पैक को देखा और हिरण की खाल वाले झोली की ओर देखा और फिर कुछ सोचकर उसे रख लिया।

बारिश की वजह से बर्फ पिघल गई थी, केवल ऊपर पहाड़ी के चोटियाँ सफेद नजर आ रही थीं सूरज निकल आया था और उसने कंपास में सुइयाँ देखकर अंदाज लगाया कि वह कहाँ पर था, पर उसको यह पता चल गया कि अब वह खो गया था और कल दिन के भ्रमण में बहुत ज्यादा बाएँ को था। अब वह दाएँ पथ को चल पड़ा था, जिससे वह अपने गंतव्य की ओर बढ़ सके।

यद्यपि भूख का दर्द उसे इतना परेशान नहीं कर रहा था, पर फिर भी उसे बहुत कमजोरी लग रही थी। उसको मजबूरन आराम करने के लिए रुकना पड़ रहा था, जब वह मस्केग बेरीज और रश-ग्रास की जगह पर पहुँचा। उसको अपनी जीभ बहुत लंबी और सूखी लग रही थी। ऐसा लग रहा था, जैसे इसकी जुबान पर बाल उग आए हों और वह उसको कड़वी लग रही थी। उसका दिल उसे बहुत परेशान कर रहा था। जब वह कुछ मिनट चल लिया तो आगे उसके दिल में फिर दयाहीन होकर थंप-थंप या छप-छप करके चलना पड़ेगा। और फिर दर्द भरी कराह, दर्द भरी फड़फड़ाहट और उसके बाद दिल का तेजी से धड़कना तथा दम घुटने लगता, फिर वह बेहोश हो जाता और उसका सिर चकराने लगता।

मध्य-दिवस में उसे एक बड़े से तालाब में दो छोटी मछलियाँ दिखीं, उनको वहाँ से निकालना असंभव था, पर उसने ठंडे दिमाग से दो मिन्नोड़ा (मछली) अपनी बाल्टी से पकड़ ही लीं। वे उसकी छोटी उँगली से ज्यादा बड़ी नहीं थीं, यद्यपि वह कुछ खास भूख नहीं महसूस कर रहा था, पर पेट में धीमा-धीमा दर्द था। ऐसा लग रहा था, जैसे उसका पेट सो गया हो। वह उन मछलियों को कच्चा ही खा गया, पर उसे चबाने में मुश्किल हो रही थी। पर जिंदा रहने के लिए तो उसे खाना ही पड़ेगा।

शाम को फिर उसने तीन छोटी मछलियाँ पकड़ लीं और दो को खा लिया तथा तीसरी को उसने सुबह के नाश्ते के लिए बचा लिया। सूरज की धूप से कुछ काई सूख गई थी, जिससे उसने आग जलाई और स्वयं को गरम पानी पीकर गरम

किया। उस दिन वह दस मील से ज्यादा नहीं चल पाया था। और अगले दिन जब उसके दिल ने अनुमति दी। वह चला, पर केवल 5 मील ही चल पाया। इस बीच उसके पेट ने उसे कोई तकलीफ नहीं दी। वह सो गया था। वह एक अजनबी जगह/देश पहुँच गया था, जहाँ तमाम कैरिबाऊ (बारहसिंगा) थे और भेड़िए भी। अकसर उस निर्जन जगह उनकी चिल्लाने की आवाजें आती थीं और एक बार उसके रास्ते के सामने से तीन कैरिबाऊ गुजर गए।

एक और रात गुजर गई, सुबह वह ज्यादा समझदार लग रहा था, उसने उस हिरन की खाल वाले थैले, जो चमड़े के फीते से बँधा था, को खोला, जिसमें उसने कुछ कच्चे सोने की धूल (Gold Dust) और छोटे-छोटे टुकड़े निकाले।

उसने उनको दो बराबर हिस्सों में बाँट दिया। उसमें से एक हिस्सा उसने पत्थर के बीच छुपा दिया, जिसे उसने एक बटर-पेपर (चिकने कागज) में लपेट दिया था। दूसरा हिस्सा उसी हिरण-खाल की थैली में वापस रख दिया। उसने शेष बचे कंबल से एक पट्टी फाड़ लिया अपने पाँव में बाँधने के लिए। वह अपनी बंदूक को अभी भी अपने साथ रखे था, इस उम्मीद में कि आगे चलकर डीस नदी के पास उसे कारतूस मिल जाएँगे।

आज के दिन कोहरा था और उसकी भूख जाग उठी थी। वह बहुत कमजोर हो गया था और बार-बार उसे चक्कर आ जाता था और आँखों के सामने अँधेरा छा जाता था। अब उसके लिए यह बहुत सामान्य बात हो गई थी कि वह लड़खड़ाकर गिर पड़े। एक बार वह लड़खड़ाकर चारों खाने चित्त पारमिंगटव चिड़िया के घोंसले पर गिर पड़ा। उसके अंदर अभी-अभी पैदा हुए चार चूजे थे। जीवन के छोटे-छोटे टुकड़ों का स्पंदन, जो एक कौर से भी ज्यादा नहीं थे। उसने जल्दी से उन्हें मुँह में भर लिया और जैसे अंडे का खोल होता है, वैसे उनको चरर-चरर करके खा गया था। उसकी माँ उसके ऊपर चिल्ला-चिल्ला के घूम रही थी। उसने अपनी गन के कुंदे से मारना चाहा, पर वह उसको चकमा देकर उसकी पहुँच से बाहर चली गई। पर उसके बाद उसने उस पर पत्थर फेंकना शुरू कर दिया और उसमें से एक पत्थर तुक्के से चिड़िया को लग गया और उसका एक पंख टूट गया। फिर वह फड़-फड़ कर दौड़ती-कूदती भागी और वह पीछे-पीछे भाग रहा था।

उन छोटे चूजों से उसकी भूख नहीं मिटी थी। वह अपने टूटे टखने के साथ कूद-कूदकर, मेढक की तरह हिलता-डुलता, बीच-बीच में वह पत्थर फेंक रहा था और फटे गले से चिल्ला रहा था और फिर कूदता-लँगड़ाता चलता और जब गिर जाता था, तब वह कष्ट से, पर धीरज के साथ उठ खड़ा होता तथा अपनी आँखें

रगड़ता, जब उसे चक्कर सा आने लगता।

वह चलते-चलते घाटी की तलहटी में पहुँच गया, जो दलदली जमीन थी और गीली काई में उसे कुछ पैरों के निशान दिखे। यह उसके अपने नहीं थे—यह तो उसको साफ-साफ दिखाई दे रहा था। यह बिल के हो सकते थे, पर वह रुक नहीं सकता था, क्योंकि माँ-तारमियान उसके आगे-आगे दौड़ रही थी। पहले वह उसे पकड़ेगा, फिर बाद में उसे जाँचेगा, पर वह अब पूरी तरह थक चुका था और वह हाँफते हुए थककर गिर पड़ा—माँ चिड़िया उससे बस 12 फीट दूर थी, पर वह वहाँ तक रेंगकर नहीं पहुँच सका और वह भाग गई। वह जैसे ही ठीक हुआ, वह फड़फड़ाकर भाग गई, उसके भूखे हाथ उसके पास तक नहीं पहुँच पाया। फिर से उसका पीछा करना शुरू कर दिया। अब रात हो गई थी और वह भाग गई। वह लड़खड़ाकर मुँह के बल गिर पड़ा, जिससे उसके गाल कट गए, पैक उसके पीठ पर था। एक लंबे समय तक वह ऐसे ही पड़ा रहा, फिर उसने करवट ली, अपनी घड़ी में चाबी दी और फिर वहाँ सुबह तक पड़ा रहा।

अगले दिन भी कोहरा था। उसके कंबल का अभी आधा हिस्सा ही रह गया था, आधा टखने में बाँधने में निकल गया था। वह बिल के पदचिह्नों से उसका रास्ता नहीं ढूँढ़ पाया। इससे अब कोई फर्क नहीं पड़ता था। वह भूख से तड़प रहा था और सोच रहा था कि कहीं बिल भी तो रास्ता नहीं भटक गया! उसका पैक दोपहर तक उसे परेशान करने लगा था और उस पर दबाव डाल रहा था। फिर उसने अपने सोने को आधा कर दिया, इस बार आधा तो जमीन ही पर गिर पड़ा। दोपहर में आधा बचा था, वह भी फेंक दिया। अब उसके पास आधा कंबल ही रह गया था, टिन बकेट और राइफल थी।

फिर उसे विभ्रमता परेशान करने लगी। उसको विश्वास था कि उसके पास एक गोली बची थी। वह राइफल के खाने में थी, जो वह भूल गया था। दूसरी तरफ उसको यह भी पता था कि उसकी राइफल का चैंबर खाली था। पर उसकी विभ्रमता बनी ही रही, वह उससे घंटों लड़ता रहा। फिर उसने राइफल खोला तो पाया उसका चैंबर खाली था। यह निराशा इतनी ज्यादा थी कि जैसे उसको पूरी उम्मीद थी कि वह कारतूस मिलेगी ही मिलेगी।

वह आधे घंटे तक बमुश्किल चलता ही रहा। फिर उसके अंदर वह विभ्रमता जाग उठी। फिर उसने उसके साथ लड़ाई की, पर फिर भी वह बनी रही, जब तक कि उसने राइफल खोलकर पक्का नहीं कर लिया कि वहाँ कारतूस नहीं था। किसी-किसी समय उसका मन और दूर-दूर चला जाता था, फिर भी वह स्वचालित

अंग की तरह, पाँव घसीट-घसीटकर चलता रहा। उसके मन में अजीबोगरीब खयाल आ रहे थे, जो उसके दिमाग को कीड़े की तरह कुतर रहे थे। पर इस तरह का सफर केवल थोड़े समय ठहरता था, क्योंकि हमेशा की तरह भूख का दर्द, उसे अपने में वापस बुला लेता था। इस तरह के सोच-विचार से वह एक बार झटके से वापस आ गया था। एक ऐसे दृश्य ने, जिसने उसको लगभग बेहोश कर दिया था। वह एक शराबी आदमी की तरह हिलता-डुलता चल रहा था और उसका माथा घूम गया था, वह बस गिरते-गिरते बचा। उसके सामने एक घोड़ा खड़ा था, इससे वह लगभग बेहोश हो गया था। वह अपनी आँखों पर यकीन नहीं कर पाया। उनके अंदर एक घना कुहासा था और उसमें बीच-बीच में रोशनी कौंध जाती थी। उस दृश्य को साफ करने के लिए उसने अपनी आँखें मलीं और लीजिए वह घोड़ा नहीं, एक बड़ा भूरा भालू था! वह उसे दुश्मनी और जिज्ञासा से देख रहा था।

उस आदमी ने अपनी बंदूक को लगभग अपने आधे कंधे तक लाया, जब उसे याद आई कि वह खाली है। उसने उसे नीचे कर ली तथा अपना शिकार करनेवाला चाकू पीछे से निकाला, फिर उसके केस से उसे निकाला और उसकी धार को अपने अँगूठे से हलके से रगड़कर जाँचा। वह तेज थी। उसके सामने गोश्त था और जीवन था। चाकू का नुकीला सिरा भी तेज था। वह कूदकर भालू के ऊपर चढ़ जाएगा और उसे मार देगा। उसी समय उसका दिल भी धक-धक-थंप करके उसे चेतावनी देने लगा। इसके बाद जंगली ऊपर की तरफ और फड़फड़ाना, ऐसा प्रतीत हो रहा था कि जैसे उसके माथे को लोहे की पट्टी दबा रही हो और उसका सिर चकराने लगा।

उसकी हताशा-निराश-उत्साह एकदम से एक महान् भय के कारण हवा में उड़ गया। क्या होगा यदि वह जानवर मुझ पर हमला कर दें? अब वह बहुत प्रभावशाली द्वंद्व से हाथ में चाकू लेकर खड़ा हो गया। क्या होगा अगर वह जानवर उसकी तरफ बढ़कर आगे आ जाए? वह भालू बेहतरीन तरीके से आगे बढ़ा और धीरे से गुर्राया। यदि वह आदमी आगे भागेगा तो वह पीछे-पीछे भागेगा, पर वह आदमी आगे भागा नहीं। वह भी बहुत जोर से गुर्राया, जंगली तरीके से, उस डर को व्यक्त कर रहा था, जो आदमी में अंतर्निहित है तथा गुड़गुड़ाकर आदमी के गहरी जड़ों में पड़ी रहती है।

भालू एक तरफ को हो गया, डरावने तरीके से गुर्राता हुआ। वह भी इस रहस्यमय जीव को देखकर सकते में आ गया था, जो उससे डरता नहीं है और सीधे खड़ा रहता है! पर वह आदमी अपनी जगह से हिला नहीं। वह एक स्टैच्यू (मूर्ति) की भाँति रहा, जब तक कि खतरा टल नहीं गया। उसके बाद उसको कँपकँपी चढ़

गई और एकदम से उस भीगी काई में बैठ गया।

उसने अपने आपको संतुलित किया और आगे बढ़ चला। अब एक नए तरीके से भयभीत हो रहा था, कि वह बिना कुछ किए-धरे निष्क्रिय तरीके से खाने की कमी से मर जाएगा, यह भी कि वह हिंसक तरीके से नष्ट हो जाएगा, भूख से, उसके पहले उसे एक और कोशिश करनी चाहिए कि वह जिंदा बच जाए। वहाँ पर भेड़िए थे। आगे पीछे 'हूँ-हूँ' करते हुए उस वीराने में घूम रहे थे, जिससे वहाँ की वायु बुरी तरह प्रभावित हो रही थी। वह इतनी स्पष्ट थी कि उसने अपने हाथ ऊपर करे और ऐसे उसको दबाने लगा, जैसे वह हवा को प्रेस कर रहा हो, जिस प्रकार से कोई टेंट को प्रेस कर रहा हो।

जब-तब भेड़िए दो-तीन के झुंड में उसका रास्ता क्रॉस कर रहे थे। पर वे उससे बचकर निकल रहे थे। वे पर्याप्त संख्या में नहीं थे और इसके अलावा वे कैरिबो (बारहसिंगा) का शिकार करना चाहते थे, जो कि लड़ाई नहीं करना चाहते थे। जबकि यह विचित्र सा जीव उनको खरोंच ले या काट ले।

देर दुपहरिया में उसे एक बारहसिंगा की हड्डियाँ दिखीं, जहाँ पर भेड़ियों ने कैरिबो को मारा होगा। जो बची-खुची हड्डियाँ थीं, वे किसी कैरिबो के बछड़े की हो सकती थीं, जो एक घंटे पहले तक जिंदा उछल-कूद कर रहा होगा—आवाज निकाल रहा होगा।

वह हड्डियों के बारे में, जो अच्छी तरह से साफ थीं और चमक रही थीं। उनके अंदर अभी उनमें सेल-लाइफ भी था, इसलिए वह गुलाबी-रंग की थीं। ये कोशिकाएँ अभी तक मरी नहीं थीं। क्या यह हो सकता है कि यह घटना इसके पिछले रात की हो? ऐसा जीवन था, एक बेकार और भागती हुई चीज। यह जीवन उसे दर्द दे रहा था। मरने में कोई नुकसान नहीं होता। मरने का मतलब था सोना। इसके मतलब था बंद होना, आराम। तो फिर वह मरने से क्यों संतुष्ट नहीं था?

पर उसकी नैतिकता के विचार ज्यादा देर टिके नहीं। वह काई पर पालथी मारकर बैठा था। अपने मुँह में एक हड्डी रखकर चूस रहा था, उसके कतरे जो अभी भी हलके गुलाबी रंग के थे। मीठा मांस वाला स्वाद, बहुत पतली और भ्रमित करनेवाली, जैसे कोई याद उसको पागल कर रही थी। उसने अपना जबड़ा कड़ा कर हड्डियों पर दबाया और कुर्र-कुर्र करके उसको चबाने लगा। कभी-कभी वह हड्डी टूट जाती थी और कभी-कभी उसका दाँत। फिर वह उन हड्डियों को एक पत्थर पर रखकर, दूसरे से तोड़कर चूरा बनाकर चबाने लगा। जल्दी में उसने अपनी एक उँगली को भी कुचल दिया और फिर उसको लगा कि उसकी उँगली में दर्द

नहीं हुआ, जब वह पत्थर के नीचे आई थी।

इसके बाद बर्फ और बारिश के भयावने दिन आ गए। उसको पता नहीं था कि कब उसने कैंप बनाया और कब उसे तोड़ दिया! वह रात में भी लगभग उतना ही चल लेता था, जितना दिन में। जहाँ पर वह गिर पड़ता था, वहीं आराम कर लेता था। जब उसमें जीवन संचार होता, वह रेंगने लगता। वह एक आदमी की तरह मेहनत करके आगे बढ़ नहीं पा रहा था। उसको कोई कष्ट नहीं हो रहा था। उसके अंदर जो जीवन था, वह मरने के लिए अनिच्छुक था। उसकी नसें बेधार और सुन्न पड़ गई थीं, जबकि उसका दिमाग अजीबो-गरीब सवालों और अच्छे-अच्छे सपनों से भरा था।

पर वह बार-बार कैरिबाऊ हड्डियों को, जो अपने साथ उठा लाया था, चबाता रहता था। उसने कई पहाड़ और घाटियों को पार किया और स्वत: वह एक चौड़ी सी धारा में पहुँच गया, जो एक बड़ी घाटी में से छिछली बह रही थी। पर उसने न तो नदी को देखा और न ही घाटी को। बस उसको विजन आ रहे थे। उसकी आत्मा और शरीर दोनों साथ-साथ चल रहे थे या रेंग रहे थे। पर उनको जोड़नेवाला धागा बहुत मुलायम और पतला था।

पर वह सुबह सही मन से उठा, एक पत्थर की शिला पर पीठ के बल लेटा हुआ। दूर से उसने कैरिबाऊ बछड़ों के चिल्लाने की आवाज सुनी। बारिश और बर्फबारी की धूमिल सी याद आ रही थी। आँधी-तूफान ने उसे दो दिन से परेशान किया था या दो हफ्ते से, उसको कुछ याद नहीं था।

कुछ देर तक वह बिना हिले-डुले लेटा रहा। सूरज की धीमी किरणें उसके शरीर पर पड़कर उसे गरमाई पहुँचा रही थीं। एक अच्छा दिन है, उसने सोचा। शायद वह अपना लोकेशन पता कर सके! एक दर्द भरी कोशिश से उसने करवट लिया। उसके नीचे ही एक चौड़ी और मैली नदी बह रही थी। उसका न जानना उसके लिए एक पहेली थी। धीरे-धीरे वह उसके बहाव को देखता रहा। आगे वह पहाड़ों के बीच से गुजर रही थी, जो नंगे थे, अँधेरे थे और उन्य पहाड़, जो उसने अभी तक देखे थे, उसके नीचे थे। बिना किसी उत्साह के और बिना सामान्य से ज्यादा दिलचस्पी के, वह नदी के प्रवाह को देखता रहा। क्षितिज के उस पार जाकर नदी एक समंदर में मिल जाती थी, जो चमक रहा था। वह अब भी अनुत्साहित था। बहुत असाधारण बात है, उसने सोचा, यह एक 'विजन' (दृश्य) है या मृगतृष्णा? संभवत: एक 'विजन' उसके अव्यवस्थित दिमाग की एक ट्रिक चाल है। वह अब इस बात का पक्का हो गया था, क्योंकि अब उसने चमकदार समुद्र के बीच मंजर

डाले एक जहाज को देखा। कुछ क्षण के लिए उसने अपनी आँखों को बंद किया, फिर खोला। कितनी अजीब बात थी कि वह विजन अब भी बना हुआ था! अब भी यह अनजान नहीं था। उसको पता था कि इस जमीन पर दूर-दूर तक न ही कोई समुद्र था, न ही कोई शिप था, जैसे कि उसको यह पता था कि उसकी रायफल बिना कारतूस के यानी खाली है।

अपने पीछे उसने एक सूँ-सूँ की आवाज सुनी तथा उसे किसी के आधे खाँसने की आवाज आई। अपनी कमजोरी और कड़ापन के कारण उसने बहुत धीरे से करवट ली। आसपास उसे कुछ नहीं दिखा, पर उसने धैर्य से प्रतीक्षा की। उसकी फिर सूँ-सूँ की और खाँसने की आवाज सुनी और देखा कि दो नुकीले पत्थरों के बीच से, उसे सलेटी रंग के एक भेड़िए का मुँह दिखाई दिया। उसके नुकीले कान उतने छेद वाला नहीं था, जैसे सामान्यतया होते हैं, उसकी आँखें धुँधली पर खूब लाल-लाल थीं, उसका सिर जीवन-हीन तथा अकेले एक ओर लटक रहा था। वह पशु अपनी आँखें धूप में बार-बार झपका रहा था; वह बीमार लग रहा था तथा फिर से उसने सूँ-सूँ किया और खाँसा।

यह कम-से-कम असली थी, उसने सोचा और दूसरी तरफ करवट करके देखा, जो पहले 'विजन' के कारण रुका हुआ था। पर दूर समुद्र अब भी चमक रहा था और जहाज भी साफ-साफ दिख रहा था। क्या यह वास्तविकता नहीं थी? उसने अब अपनी आँखों को काफी देर तक बंद कर लिया और सोचा और फिर उसको समझ आया, वह उत्तर-पूर्व में जा रहा था, डीस नदी के डिवाइड से दूर और कॉपर माइन वैली में। चौड़ी और धीरे-धीरे बहती कॉपर माइन नदी। वह चमकदार समुद्र आर्कटिक महासागर था और जहाज, व्हेल-शिप था, जो भटककर पूर्व में आ गया था, बहुत पूर्व में, मैकेंजी के मुहाने से और वह लंगर डालकर कोरोनेशन खाड़ी में खड़ा था। उसको हडसन खाड़ी का चार्ट याद थी, जो इसने काफी पहले देखा था और अब सब चीजें साफ थीं और तर्कसंगत थीं।

वह बैठ गया और अपना ध्यान तुरंत करनेवाली चीजों की ओर किया, जैसे कि पाँव में की हुई कंबल की पट्टियाँ सब घिस गई थीं और उसका पाँव मात्र एक मांस का लोथड़ा रह गया था, बिना किसी आकार के उसका आखिरी कंबल भी अब खत्म हो गया था। राइफल और शिकारी छुरा दोनों गायब हो गए थे। उसका हैट भी कहीं खो गया था, साथ में माचिसों का गुच्छा, पर जो माचिसें उसने अपनी छाती में ऑयल पेपर में बाँधकर तंबाकू के पाउच में रखी थीं, वे अभी सुरक्षित थीं। उसने अपनी घड़ी को देखा, उसमें 11 बजे थे, इसका मतलब वह उसमें चाभी

भरना भूला नहीं था।

वह अभी शांत था और ठीक-ठाक था। यद्यपि वह बहुत ज्यादा कमजोर था उसको दर्द का अनुभव नहीं था। वह भूखा नहीं था। खाने की वह सोच भी नहीं रहा था, वह उसके लिए अब प्रसन्नता देनेवाला नहीं था। और जो कुछ भी वह कर रहा था, वह अपने सोच के कारण और तर्क के कारण। उसने अपनी पैंट के एक पाँयचे को फाड़कर अपने पाँव को बाँधा। किसी प्रकार से वह अपनी बाल्टी को अभी तक बचाए हुए था। वह कुछ गरम पानी पिएगा, इसके पहले कि वह अपनी कठिन यात्रा जहाज तक के लिए शुरू करे।

उसका चलना-फिरना, हिलना-डुलना सब बहुत सुस्त हो गया था। वह ऐसे हिल रहा था, जैसे पाल्सी का मरीज हो। जब उसने सूखी काई को इकट्ठा करने को खड़ा होना चाहा तो पाया कि वह खड़ा नहीं हो पा रहा था। उसने बार-बार कोशिश की; पर फिर उसने रेंग-रेंगकर, अपने हाथ-पैरों को घसीट-घसीटकर चला। रेंगते समय वह एक बार बीमार भेड़िए के पास से निकला, जो अनिच्छा से उसके रास्ते से हट गया। अपने चोप्स को अपनी जीभ से चाटता हुआ, जो इधर-उधर मुड़ नहीं पाई। उस आदमी ने देखा कि उसकी जीभ उतनी अच्छी 'लाल' नहीं थी, जितनी कि एक स्वस्थ पशु की होती है। वह पीले भूरे रंग की थी और उसकी जबान रफ और सूखे बलगम की परत से ढकी हुई।

जब उसने गरम पानी पी लिया तो पाया कि वह खड़ा हो सकता था और चल भी सकता था, जैसे कि एक मरणासन्न आदमी चल सकता है। लगभग हर मिनट पर वह सोना-लेटना पड़ रहा था। उसके कदम बड़े कमजोर और अनिश्चित थे, जैसे कि उस भेड़िए के, जो उसके पीछे-पीछे चल रहा था। और जब रात हुई, जब समुद्र अँधेरे की वजह से दिखना बंद हो गया था, तब उसको पता चला कि वह उसके पास चार मील नजदीक आ गया था।

सारी रात उसने भेड़िए की खाँसी की आवाज सुनी, कैरिबाऊ के बछड़े भी रात भर 'स्क्वाक-स्क्वाक' करके चिल्लाते रहे। इसी प्रकार का जीवन उसके इर्द-गिर्द था, पर यह ताकतवर जीवन था, जिंदा और स्वस्थ; और वह बीमार भेड़िए भी उसके पीछे चिपका रहा, इस आशा में कि यह आदमी जल्दी ही मर जाएगा और तब वह उसे खा सकेगा। जब वह सुबह उठा तो देखा कि वह भेड़िया उसको उत्कंठित और भूखी निगाहों से देख रहा था। वह अपनी पूँछ को दोनों पैरों के बीच करके कुत्ते की तरह उकड़ू बैठा था, जैसे कि कोई आवारा कुत्ता हो! वह सुबह ठंडी हवा से थरथरा रहा था और बिना किसी उत्साह से वह अपना मुँह बनाता था,

जब वह आदमी अपनी मोटी सी आवाज में उससे कुछ कहता था, जो फुसफुसाहट से कुछ अधिक नहीं थी।

दूसरे दिन चमकदार सूरज खिला और वह आदमी सारे दिन गिरता-पड़ता चमकदार समुद्र में जहाज की ओर बढ़ता रहा। मौसम बिल्कुल सही था। यह उच्च अक्षांश (लैटीट्यूड) पर छोटा सा इंडियन समर (गरमी का मौसम) था। हो सकता था, यह केवल एक हफ्ते तक ही रह सकता था। कल या परसों वह जा सकता था।

दोपहर में वह एक ऐसी पगडंडी पर आया, जहाँ एक और आदमी के निशान थे, जो चल नहीं सकता था, पर जो चौपायों पर रेंगता चलता हुआ गया था। उस आदमी ने सोचा कि यह संभवत बिल के वहाँ से जाने के निशान थे, पर उसने ऐसा बिना दिलचस्पी के सोचा। उसको कोई जिज्ञासा नहीं थी, उसको किसी चीज की अनुभूति नहीं होती थी और न ही कोई भावनाएँ शेष रह गई थीं। सारी नस-नाड़ियाँ सुन्न पड़ गई थीं। फिर भी जितनी जिंदगी उसमें शेष थी, उसे आगे खींचे ले जा रही थी। यह ऐसा इसलिए था कि वह मरने से इनकार कर रही थीं, इसलिए वह अब भी मस्केग बेरीज और मिन्नोज खा रहा था, अपना गरम पानी पी लेता था और उस बीमार भेड़िए पर चौकन्नी निगाह रखता था।

वह उस आदमी के ट्रेल पर चलता रहा और जल्द ही उसकी ट्रेल खत्म हो गई—कुछ ताजी हड्डियाँ पड़ी थीं, गीली काई पर कई भेड़ियों के वहाँ से जाने के निशान थे। उसको फिर एक हिरण की खाल का झोला मिला, जो उसने उठाना चाहा, पर वह काफी भारी था और उसकी कमजोर उँगलियाँ उसे उठा न सकीं। बिल उसको आखिर तक लेकर आया था। हा-हा! वह बिल पर हँसा। वह बच जाएगा और उसे शिप तक ले जाएगा घसीटकर! उसकी हँसी फटी-मोटी आवाज में थी, भयानक थी, जैसे कि एक चमकदार काला कौआ काँव-काँव करता है। और उस बीमार भेड़िए ने भी उसी तरह की दु:खद हो-हो आवाज निकाली। वह आदमी एकदम से रुक गया। वह बिल के ऊपर कैसे हँस सकता था, यदि वह बिल था, यदि वे सफेद-साफ हड्डियाँ बिल की थीं?

वह मुड़ गया, वेल, बिल ने उसको छोड़ दिया था, पर वह सोना नहीं ले जाएगा, न ही वह बिल की हड्डियाँ चूसेगा। बिल शायद ऐसा ही करता, यदि यह उसका मामला होता, वह लड़खड़ाते हुए सोच रहा था। अब वह एक तालाब पर आ गया। वह मिन्नोज की तलाश में रुक गया, जैसे उसको किसी कीड़े ने डंक मार दिया हो! उसने पानी में अपने चेहरे का प्रतिबिंब देखा। वह इतना भयानक था कि उसकी इंद्रियाँ जाग उठीं और इतनी देर के लिए कि उसको धक्का लगा। उस 'पूल'

में तीन मिनोज मछलियाँ थीं। पूल बहुत बड़ा था और उसमें से पानी खाली करके मछलियाँ निकालना संभव नहीं था। उसने अपनी बाल्टी से उनको पकड़ने की कई बार कोशिश की, पर असफल रहा। वह अपनी कमजोरी से भी डर रहा था, कि कहीं वह पूल में गिरकर मर न जाए! इसी कारण से उसने लकड़ी के लट्ठे, जो नदी के किनारे बालू के बीच में पड़े थे, उसमें बैठकर नदी में नहीं चला।

उस दिन उसने अपने और समुद्र के शिप के बीच में दूरी तीन मील और कम कर ली थी और अगले दिन दो मील से, क्योंकि अब वह रेंग रहा था, जैसे बिल ने किया था। पाँचवें दिन के अंत में उसने पाया कि वह अभी भी शिप से 7 मील दूर है और अगले दिन एक मील से अधिक नहीं। अभी भी इंडियन समर चल रहा था—और वह रेंगता रहा तथा बीच-बीच में बेहोश होता रहा, घूमता रहा, फिर पीछे घूमता और वह बीमार भेड़िया भी खाँसता-खूँसता उसके पीछे-पीछे चलता रहा। उसके घुटने भी हिल-हिलकर पाँवों की तरह कच्चे मीट की तरह हो गए थे, यद्यपि उसने अपने पीठ की कमीज से उसमें पैडिंग कर दिया था—तब भी वह लाल-लाल थीं। एक बार उसने पीछे मुड़कर देखा कि भेड़िया उसको लालच भरी भूखी निगाहों से देख रहा था। उसने देखा कि वह जहाँ-जहाँ से गुजर रहा था, वहाँ एक खूनी लकीर बनाता जा रहा था और पीछे-पीछे वह भेड़िया चाटता जा रहा था तथा वह भली-भाँति यह देख रहा था कि शायद वह भेड़िया उसे खा जाएगा, जब तक कि वह भेड़िए को ही न खा जाए। फिर बने रहने के लिए कुछ करना, एक बीमार आदमी जो रेंग रहा था और एक बीमार भेड़िया, जो पीछे-पीछे लँगड़ा रहा था, दो प्राणी, जो अपनी मरती हुई लाश खींच रहे थे, अकेलेपन में एक-दूसरे का शिकार करने के लिए।

यदि वह एक अच्छा भेड़िया होता तो फिर ऐसी कोई बात, पर उसका मांस कोई बीमार भेड़िया उसको खा जाए, उसे गवारा नहीं था। वह विचार ही उसके लिए घृणास्पद था। वह बहुत चिड़चिड़ा हो गया था। उसका मन फिर इधर-उधर घूमने लगा था और विभ्रमित होकर दुविधा में था, जबकि उसके साफ दिमाग में होने के अंतराल छोटे होते जा रहे थे।

वह एक हलके से सूँघने की आवाज से जाग गया। भेड़िया लँगड़ाता हुआ पीछे हटा और कमजोरी की वजह से गिर पड़ा, पर उसे कोई खुशी नहीं हुई। न ही वह भयभीत हुआ। उस सबसे वह बहुत दूर था। पर उसका दिमाग उस वक्त साफ था और वह लेटा रहा और वह सोचने लगा कि वह शिप अब 4 माइल से अधिक दूर नहीं था। उसने अपनी आँखें रगड़कर साफ करके देखा और उसने देखा कि एक

छोटी सफेद नाव तेजी से समुद्र को चीरती हुई जा रही थी। पर अभी भी वह अगले चार मील रेंग-रेंगकर नहीं चल सकता था। वह यह जानता या और अपने ज्ञान की वजह से बहुत शांत था। उसको पता था कि वह आधा मील भी अब रेंग नहीं सकता था। यह बहुत सही बात नहीं होगी कि वह अब मर जाए! भाग्य उससे बहुत ज्यादा माँग रहा था और वह मरने से इनकार कर रहा था। यह केवल पागलपन था, शायद इन पर मौत के मुँह में जाकर भी वह मरने से इनकार कर रहा था।

उसने अपनी आँखें बंद कर लीं और स्वयं को तमाम सावधानी से फिर से शांत चित्त किया तथा उस शिथिलता से निकलने का प्रयास किया, जो उसके सारे शरीर में व्याप्त हो गई थी, जैसे कि समुद्र में कोई ऊँची लहर हो! यह बिल्कुल सागर की तरह थी। यह मृतप्राय सुस्ती, जो बढ़ती ही जा रही थी और उसकी चैतन्यता को धीरे-धीरे डुबो रही थी। कभी-कभी उसे लगता था, जैसे वह अंधकार में तैर रहा हो, गलत-सलत तरीके से और फिर किसी रासायनिक क्रिया से उसमें इच्छा शक्ति का एक टुकड़ा मिल जाता और वह फिर से बहुत ताकतवर बन जाता था।

बिना हिले-डुले वह अपनी पीठ पर लेट गया और फिर उसने अपने पास धीरे-धीरे आती हुई आवाजें सुनीं सुर्र-सुर्र करते हुए उस बीमार भेड़िए की। वह उसके नजदीक और नजदीक आता गया और बहुत ही कम समय में, और वह अपनी जगह से हिला-डुला नहीं। वह उसके कान के पास आ गया। उसकी सफेद खुदरी जबान उसको सैंड पेपर की तरह चाट रही थी। उसके हाथ उसको मारने के लिए उठे या कम-से-कम वे उठना चाहे। उसकी उँगलियाँ पंजों की तरफ मुड़ गई थीं। पर वे खाली हवा में लहरा गईं। जिस तेजी और दृढ़ता की जरूरत थी, वह ताकत उसमें नहीं थी।

भेड़िए को बहुत धैर्य था तथा आदमी को भी कम धैर्य नहीं था। आधे दिन तक वह वैसे ही लेटा रहा, अपनी बेहोशी से लड़ता रहा और उस जंतु का इंतजार करता रहा, जिसने उसे खाना था। कभी-कभी शांत समुद्र उसके ऊपर आ जाता था; वह लंबे-लंबे सपने देखने लगा, जाग जाता था और फिर सपने देखने लगता। वह 'सुर्र-सुर्र' करते भेड़िए का उसके गालों को चाटने का इंतजार करता रहा।

उसने उसकी खाँसी को नहीं सुना और फिर उसने सपने में उसकी जुबान को अपने हाथ चाटते हुए अनुभव किया। उसने इंतजार किया। उसके पंजे उसको हलका सा दबा रहे थे, दबाव बढ़ रहा था, वह अपनी पूरी ताकत से अपने दाँत गड़ाने की कोशिश कर रहा था, उसे खाने में, जिसका वह इतने लंबे समय से इंतजार कर रहा था। कमजोरी से, उस आदमी ने अपनी मुट्ठियाँ बंद कर लीं तथा

उसका हाथ उसके ऊपर रेंगने लगा तथा पाँच मिनट बाद वह आदमी भेड़िए के ऊपर था, भेड़िए के मुँह के बिल्कुल नजदीक आ गया और आदमी का मुँह तो पूरा बालों से भरा था। यह गले हुए सीसा की तरह था, जो उसके मुँह में जबरदस्ती जला जा रहा था। और वह केवल इच्छाशक्ति से ही जीवित था। बाद में आदमी फिर अपनी पीठ के बल आ गया और सो गया।

व्हेल-शिप 'बेडफर्ड' पर वैज्ञानियक अभियान पर कुछ सदस्य थे। डेक पर से उन्होंने तट पर पड़ी हुई एक अजीब सी चीज को देखा। वह रेंग-रेंगकर पानी की ओर आ रही थी। वे उसको पहचान नहीं पाए, न ही उसका वर्गीकरण कर पाए। वैज्ञानिक आदमी होने के नाते वे एक व्हेल-बोट में सवार हुए और तट की ओर चल पड़े और उन्होंने एक चीज को देखा, जो मुश्किल से जीवित थी, पर उसको आदमी कहना मुश्किल था, वह अंधा था और बेहोश था। वह जमीन पर किसी विशाल कीड़े की तरह रेंग रहा था। उसकी अधिकतर कोशिशें बेअसर थीं, पर फिर भी उसने अपनी कोशिशें जारी रखी थीं और दर्द से इधर-उधर करवट ले रहा था; शायद मुश्किल से 10 फीट रेंग पाया एक घंटे में।

तीन हफ्ते बाद उसने अपने आपको व्हेल शिप 'बेडफर्ड' के बंक पर पाया, उसकी आँखों से मुरझाए गालों पर आँसू बह रहे थे। उसने उन लोगों को बताया कि वह कौन है और क्या-क्या मुसीबतें झेलीं । उसने लड़खड़ाती जुबान में टूटी-फूटी भाषा में अपनी माँ के बारे में बताया और धूप वाले दक्षिणी कैलिफोर्निया के बारे में, जहाँ संतरे के और फूलों के बगीचे थे।

उसके कई दिन बाद वह वैज्ञानिकों और जहाज के अफसरों के साथ टेबल पर बैठा था। वह अपने सामने तमाम प्रकार का खाना देखकर उन्हें घूर रहा था। वह उसे चिंतित होकर देख रहा था, जैसे-जैसे वे लोग उन्हें अपने मुँह में डालते जा रहे थे। जैसे-जैसे वे लोग एक-एक निवाला मुँह में डाल रहे थे, वह चिंता भरी, अपनी आँखों से दु:ख से देख रहा था। वह बावरची, केबिन बॉय और कैप्टन से बार-बार पूछ रहा था कि क्या पर्याप्त भोजन है ? उन लोगों ने उसे अनगिनत बार बताया कि पर्याप्त भोजन है और वह चतुराई से शिप के स्टोर में अपनी आँखों से देख रह था।

यह देखा गया कि वह आदमी मोटा होता जा रहा था। वह प्रतिदिन कुछ और मोटा हो जा रहा था। वैज्ञानिकों ने अपना सिर हिलाया और एक परिकल्पना की। खाने के समय उसका खाना सीमित कर दिया, परंतु फिर भी उन्होंने देखा कि उसकी कमर मोटी होती जा रही थी और वह अपनी कमीज के अंदर आश्चर्यजनक रूप से फूलता जा रहा था।

सारे नाविक भी उसे देखकर खीसें निपोरते थे। उन्होंने देखा कि नाश्ते के बाद वह नाविकों के सामने झुककर भिखारियों की तरह हाथ फैलाता था। सेलर उसकी मूर्खता पर मुसकराकर से उसे देखकर समुद्री बिस्किट का एक टुकड़ा दे देते। वह उसको लालची की तरह पकड़ लेता और कंजूसों की तरह उसे सोने की तरह देखता तथा उसे अपनी कमीज की छाती में छिपा लेता। इसी प्रकार का दान उसे अन्य नाविकों से भी मिल जाता था।

वैज्ञानिक विचारशील थे। उन्होंने उसे अकेला छोड़ दिया। पर उन्होंने चोरी-छिपे उसका बैग देखा। उस पर हार्ड टैक बिस्किट बिछे हुए थे और उसका गद्दा भी हर तरफ हार्ड टैक से भरा हुआ था, हर कोना-कतरा। वह हर संभव सावधानी बरत रहा था—'अगले अकाल से निपटने के लिए, वह इससे बाहर निकल आएगा।' वैज्ञानिकों ने कहा; और वह निकल भी आया, इसके पहले कि 'बेडफर्ड' लंगर खोलकर घरघराते हुए सैन फ्रांसिस्को खाड़ी में उतर गया।

□

छोटी नावों में जल-यात्रा

नाविक पैदा होता है, उसे तैयार नहीं किया जाता है। 'नाविक' से आशय गहरे पानी के जहाजों में अगली छत पर पाया जानेवाला औसत कुशल एवं निराश जंतु नहीं है, बल्कि एक ऐसा व्यक्ति है, जो लकड़ी, लोहे, रस्सी और कपड़े के संयुक्त मिश्रण से बनी वस्तु से जहाज को समुद्र की सतह पर अपनी इच्छा का पालन करने को विवश करे। बड़े जहाजों के कप्तान और उनके साथियों को छोड़कर छोटी नावों के नाविक ही वास्तव में नाविक हैं। वह जानता है—और उसे जानना भी चाहिए—कि हवा को किस तरह मोड़ा जाए कि वह उसकी नाव को एक निश्चित बिंदु से दूसरे बिंदु तक ले जा सके। उसे लहरों, ज्वार एवं भाटा के बारे में भी जानना चाहिए, मस्तूल और चैनल मार्किंग तथा रात एवं दिन के संकेतों को भी समझना चाहिए; उसे मौसम का अच्छा ज्ञान होना चाहिए; और उसे निश्चित रूप से सहानुभूतिपूर्वक अपनी नौका की विचित्र विशिष्टताओं से परिचित होना चाहिए, जो उसकी नौका को अभी तक बनाई और संचालित की गई अन्य नौकाओं से अलग करती है। उसे यह अवश्य मालूम होना चाहिए कि वह अपनी नौका को अनेक उदाहरणों में किस तरह नियंत्रित करे और अपनी नौका को किस तरह मोड़े कि विपरीत दिशा में आनेवाली हवा के साथ उसका इस तरह तालमेल हो कि इसके रास्ते कमजोर न हों या इसकी वजह से वह बहुत दूर न चली जाए।

आज के गहरे पानी के नाविकों को इनमें से किसी भी चीज को जानने की जरूरत नहीं है। और वह जानता भी नहीं है। उसे जब आदेश मिलता है तो वह नौका को खींचता है, इसकी सतह साफ करता है, रंगों को धोता है तथा लोहे के जंग को साफ करता है। वह कुछ भी नहीं जानता है और बहुत कम परवाह करता है। उन्हें छोटी नौका में बिठा दीजिए और वह असहाय हो जाते हैं। तूफानी घुड़सवारी पर उनका प्रदर्शन बेहतर होगा।

मैं अपने बचपन के उस अचरज को कभी नहीं भूल सकता, जब मैं इन विचित्र जीवों के संपर्क में पहली बार आया। वह एक भगोड़ा अंग्रेज नाविक था। मैं बारह वर्ष का एक लड़का, जो चौदह फीट की सतह वाली नौका में था, जिसे चलाने के लिए मैंने खुद ही सीखा था। जब वह विचित्र भूमि और विचित्र लोगों, हिंसक कार्यों और समुद्र में रोंगटे खड़े कर देनेवाली आँधी के बारे में बात करता तो मैं उसके कदमों में ऐसे बैठता, जैसे देवता के कदमों में बैठते हैं। तभी एक दिन मैं उसे नौका में ले गया। नौसिखया के अत्यधिक भय के साथ मैंने पाल फैलाई और निकल पड़ा। एक आदमी था, जो पूरी गंभीरता से देख रहा था और मुझे पूरा विश्वास है कि वह पानी और नौका के बारे में एक सेंकड में उतना जान सकता था, जितना मैं अभी तक जानता था। अवकाश के बाद, जिसमें मैंने अपने आपको आगे किया, उसने चप्पू और फलक लिया। मैं थोड़ा आड़ा-तिरछा होकर बैठ गया, मेरा मुँह खुला था और मैं वास्तविक नौकायन सीखने के लिए तैयार बैठा था। मेरा मुँह खुला ही था, क्योंकि मैंने सीखा कि एक छोटी नौका में वास्तविक नाविक क्या होता है! उसने खुद को बचाने के लिए फलक को छोड़ा नहीं और आँधी में कई बार वह लगभग पानी में पलटा एक बार और उसने गलती से पाल झुलाते हुए मार्ग बदला, उसे नहीं पता कि सेंटर बोर्ड किसलिए होता है? न ही उसे यह मालूम था कि हवा के सामने नौका चलाने में नाविक को नौका के बीच में बैठना चाहिए, न कि किनारे पर; और अंत में जब हम गोदी में वापस पहुँचे, उसने नाव को पूरे झुकाव के साथ चला दिया, जिससे उसका अग्र भाग हिल गया और खेमे का धरातल उड़ गया। फिर भी वास्तव में वह सही में नाविक था, जो विशाल गहरे पानी में तरोताजा था।

जो मेरी नैतिकता को संकेत करता है। कोई भी व्यक्ति एक बड़े जहाज की छत के अगले भाग से पूरे जीवन नाव चला सकता है और उसे यह नहीं पता होता है कि वास्तविक नौकायन क्या है? बारह वर्ष की उम्र से ही मैं समुद्र के प्रलोभन को सुनता रहा हूँ। जब मैं पंद्रह वर्ष का था तो मैं कप्तान बन गया और सीप की चोरी करनेवाली नौका का मालिक बन गया। सोलह वर्ष की उम्र तक तो मैं बड़े जहाजों को चलाता, यूनानियों के साथ सैफरामेंटो नदी तक सैलमन मछली को मारता और फिश पेट्रोल पर एक नाविक के रूप में काम करता। मैं एक अच्छा नाविक भी था, यद्यपि मैंने पूरा नोकायन सैन फ्रांसिस्को की खाड़ी और इसकी सहायक नदियों में ही किया था। मैंने अपने जीवन में कभी भी समुद्र में नौकायन नहीं किया था।

फिर उस माह जब में सत्रह वर्ष का हुआ, मैंने तीन शीर्ष मस्तूल वाले जहाज के मस्तूल के सामने प्रशांत महासागर और वहाँ से वापस आने का सात माह के

नौकायन के लिए एक योग्य नाविक की तरह तैयार हो गया। जैसे ही मेरे नाव के साथियों ने मुझे शीघ्र सूचित किया, मैं एक योग्य नाविक की तरह चलने के लिए तैयार था। लेकिन देखो, मैं एक योग्य नाविक था! मैंने सही स्कूल में शिक्षा प्राप्त की थी। कुछ नए रस्सियों के नाम और उनके उपयोग को सीखने में मुझे कुछ मिनट से ज्यादा नहीं लगे। मैं सहज था। मैंने आँख बंद करके चीजें नहीं सीखी थीं। छोटी नौका के नाविक के तौर पर मैंने तर्क करना सीख लिया था और हर चीज के पीछे के कारण को जानता था। मुझे यह सीखना पड़ा कि कंपास की सहायता से कैसे चलाया जाता है, जिसे सीखने में मुझे शायद आधा मिनट लगा। लेकिन जब जहाज चलाने की बात आई तो मैं अपने जहाज के औसत साथियो से आगे था; क्योंकि यही वह तरीका था, जिसका मैं नौकायन में हमेशा प्रयोग करता था। पंद्रह मिनट में ही मैं कंपास को चारों ओर और फिर वापस रख सका। उस सात माह के नौकायन में सीखने के लिए बहुत थोड़ा ही कुछ था, सिवाय महँगे 'रोप-सेलराइ जिंग' के, जैसे कि अधिक जटिल डोरी की गाँठ और विभिन्न प्रकार का चपटा रस्सा तथा रस्सी की चटाइयाँ बनाना। इन सबका मुख्य बिंदु यह है कि छोटी नौका के नौकायन द्वारा वास्तविक नाविक का श्रेष्ठ प्रशिक्षण होता है।

और यदि कोई व्यक्ति जन्म से ही नाविक होता है और उसने इसी क्षेत्र में शिक्षा प्राप्त की है तो वह अपने पूरे जीवन में कभी भी समुद्र से छुटकारा पा सकता है। समुद्र का नमक उसकी हड्डियों और उसके नथुनों में भी है और जब तक वह मर नहीं जाता, समुद्र उसे बुलाता रहेगा। अपने जीवन के बाद के वर्षों में मैंने जीविका कमाने के आसान तरीके ढूँढ़े। मैंने हमेशा के लिए जहाज के अगले भाग को छोड़ दिया, लेकिन मैं हमेशा समुद्र में जाता रहा। मेरे मामले में यह प्राय: सैन फ्रांसिस्को की खाड़ी है, फिर छोटी नौका के नौकायन के लिए अधिक प्रलोभित करनेवाली कठिनतम पानी की परत नहीं ढूँढ़ी जा सकती।

यह वास्तव में सैन फ्रांसिस्को की खाड़ी को कलंकित करता है। सर्दियों के समय में, जो नौकायन का श्रेष्ठ मौसम होता है, वहाँ दक्षिण-पूर्वी, दक्षिण-पश्चिमी तथा कभी-कभी तेज चलनेवाली उत्तरी हवाएँ चलती हैं। पूरी गरमी, जिसे हम 'समुद्री हवा' कहते हैं, वह चलती है। प्रशांत महासागर के तट पर पूरे हफ्ते दोपहर के समय निरंतर चलनेवाली हवा, जिसे अटलांटिक कोस्ट के नाविक 'आँधी' कहते थे। वे हमेशा ही हमारी नौकाओं पर पाल फैले देखकर आमंत्रित होते थे। उनमें से कुछ, जिन्होंने होर्न के आसपास दो मस्तूल का जहाज चलाया है, वे गर्व के साथ अपने आकर्षक डंडे और विशाल पाल को देखते हैं और संरक्षात्मक तरीके से तथा

दया भरी नजरों से हमारे पाल को देखते। वे संयोग से सैन फ्रांसिस्को से मेयरलैंड तक एक नौकायन क्लब से जुड़ गए हैं। सुबह-सवेरे उन्हें खाड़ी तक जाना अच्छा लगता था। दोपहर में जबकि तेज पश्चिमी हवाएँ सन पैबलो की खाड़ी में चलतीं और वे इसे अपने घर पर भी महसूस करते तो चीजें थोड़ा अलग थीं। एक-एक करके अबाबील की उड़ान की तरह हमारी किफायत से पाल लगी नौकाएँ उन्हें लड़खड़ाते और मरते छोड़कर गुजर जातीं और वे उन हवाओं को झेलते रहे, जिसे वह 'आँधी' कहते थे और जिन्हें हम नौकायन के लिए 'अच्छी हवा' कहते थे। अगली बार जब वे बाहर आए, हम देखते हैं कि उनके डंडे काट दिए गए थे, उनकी झाड़ुएँ छोटी हो गई थीं और उनके वैद्य पूरे कपड़े द्वारा हवा के और नजदीक आ गए थे।

उत्तेजना के लिए, समुद्र में फँसे एक जहाज तथा चारों ओर स्थल से घिरे जल में फँसी एक छोटी नौका में यही अंतर है। फिर सच्ची उत्तेजना और रोमांच के लिए, मुझे एक छोटी नौका दीजिए। चीजें इतनी तेजी से घटित हुईं और हमेशा ही काम को करने के लिए कुछ ही लोग होते हैं तथा कठिन परिश्रम के लिए भी, जैसा कि छोटी नौकाओं के नाविक जानते हैं। मैंने पूरी रात मेहनत की है, जापान के तट पर चलनेवाली हवाओं के दौरान डेक को देखा है और तीस फीट ऊँचे एक मस्तूल के जहाज से पाल समेटने तथा लंगर को चिल्लाती दक्षिणी-पूर्वी हवा में शांत तट पर समेटने में दो घंटे के काम से कम थका।

कठिन परिश्रम और उत्तेजना? जब आप छोटी नाव कलदार पुल से होकर चला रहे हैं तो हवा को व्यर्थ जाने दीजिए। अपने नौकायन को देखिए, जिस पर आप निर्भर कर रहे हैं। अचानक खालीपन के साथ फड़फड़ाइए और फिर शरारती हवा को पकड़ी गई वस्तु के संदर्भ में देखिए, अपने पाल को अचानक आनेवाली तेज हवा के झोंके से भर दीजिए। आसपास वह चलती है और बहाकर ले जाती है, खुले खिंचाव के जरिए नहीं, बल्कि नाव के एक पहलू को ठोस ढेर के विरुद्ध वहा ले लाती है। ज्वार-भाटा की गूँज सुनिए, जो ढाँचे को चूस रही है। अपनी सुंदर एवं अभी-अभी पेंट की हुई नौका को देर से टकराते हुए देखिए और सुनिए। उस नौका के ढाँचे के झटके को महसूस कीजिए। देखिए, वास्तव में छड़ चुभती है। अपने पाल के फटने की आवाज को सुनिए और इससे काले चौकोर छिद्रों को देखिए। टुकड़े-टुकड़े! शीर्ष खंभे को सहारा देनेवाला खंभा गिर गया और शीर्ष खंभा आपके सिर के ऊपर लहरा रहा है। चरचराहट और फड़फड़ाहट है। अगर यह जारी रहता है तो नाव के दाएँ पहलू को ढकनेवाला आवरण फट जाएगा। झट से एक रस्सी

लीजिए—कोई भी रस्सी और ढेर के चारों ओर बाँधिए। लेकिन रस्सी का अंतिम छोर बहुत छोटा है। इसे आप तेजी से नहीं कर सकते, लेकिन आप इसे पकड़े रहते हैं और अपने साथी को किसी दूसरी बड़ी रस्सी से घुमाने के लिए चिल्लाते हैं। रुकिए! आप तब तक पकड़े रहिए, जब तक कि आपका चेहरा नीला न पड़ जाए। तब तक, जब आपको लगे कि आपकी बाजू उखड़ रही है, तब तक, जब तक कि आपकी अंगुलियों से खून न फूट पड़े। लेकिन आप पकड़े रहिए, आपका साथी बड़ी रस्सी लाता है और इसे तेज करता है। आप सीधे होते हैं और आपने हाथों को देखते हैं। वे बरबाद हो गए। आप शायद ही अंगुलियों के घुमाव को विश्राम दे पाते हैं। दर्द परेशान कर देनेवाला है। लेकिन समय नहीं है। छोटी नाव हमेशा ही प्रतिकूल होती है। वह ढेर पर पड़े वार्नेकल को बहा ले जा रही है, जो इसकी ऊपरी पट्टी को खरोंच देनेवाली धमकी है। इसका शीर्ष गिर गया है। पाल नीचे। फिर आप उसी ओर दौड़ते हैं और खींचते हैं, जहाज का मार्ग बदलते हैं, लहराते हैं और ब्रिज टेंडर के साथ अप्रिय टिप्पणी का आदान-प्रदान करते हैं, जो आपसे मिलने का हमेशा से इच्छुक रहा है। और अंत में एक घंटे की समाप्ति पर, दुखती पीठ, पसीने से गीली कमीज और घायल हाथों से आप अभी भी लगे हुए हैं और सँकरे तटों के बीच शांत, लाभकारी लहरों पर लहरा रहे हैं, उन तटों पर, जहाँ पशु घुटने भर गहरे पानी में खड़े होते हैं और आश्चर्य भरी नजरों से आपकी ओर देखते हैं। उत्तेजना! काम! क्या किसी शांत दिन में गहरे समुद्र में आप इसे मात दे सकते हैं?

मैंने दोनों तरीके से यह करने की कोशिश की है। मुझे याद है, न्यूजीलैंड के तट पर आई आँधी में चौदह दिन तक मेहनत करना। हम घुमक्कड़ खनिक थे; हमारी नौका पुरानी एवं बदहाल थी, जिसमें छह हजार टन कोयला था। जीवन रेखाएँ खींच दी गई थीं और मौसम के संदर्भ में यहाँ रस्सियों का जाल बना हुआ था, ताकि समुद्र की ताकत को तोड़ा जा सके और हमारे मेस-रूम के दरवाजों को बचाया जा सके। लेकिन दरवाजे टुकड़े-टुकड़े हो गए और मेस रूम उसी तरह से बह गए। और फिर भी इन सबसे एक ही भावना उभरी, जिसका नाम था नीरसता।

पूर्ववर्ती के विपरीत, मेरे जीवन के सबसे जीवंत आठ दिन कोरिया के पश्चिमी तट पर एक छोटी नौका में बीते। कोई बात नहीं, मैं फरवरी के महीने में शून्य के नीचे के मौसम में पीले सागर में इस प्रकार समुद्री यात्रा कर रहा था। मुख्य बात यह है कि मैं एक खुली नौका में, चट्टानों भरे तट पर था, जहाँ कोई लाइट हाऊस भी नहीं था और जहाँ लहरें तीस से साठ फीट ऊँची उठती थीं। मेरे साथी जापान के मछुआरे थे। हम एक-दूसरे की भाषा नहीं बोलते थे। लेकिन उस यात्रा में कुछ

भी नीरस नहीं था। मैं कभी भी वह विशिष्ट ठंडी तीव्र सुबह नहीं भूलूँगा, जब घनी बर्फ में हमने नौकायन किया और अपना छोटा लंगर डाला। उत्तर-पश्चिम की ओर से तेज हवाएँ चल रही थीं और हम एक शांत तट पर थे। आगे चट्टानों के कारण निकलने का रास्ता नहीं था। इन चट्टानों के आधार से विरल समुद्र फूटता था। हवा की दिशा में छोटी दूरी भी बर्फीले तूफानों के बीच दिखाई पड़ती थी। वहाँ एक नीचा चट्टानी रीफ था। यही था, जिसने अपर्याप्त रूप से हमारी पीले सागर से रक्षा की, जो हमारे सामने गरज रहा था।

जापानी चावल की एक चटाई के नीचे रेंगते गए सो गए। मैं भी उनके साथ हो लिया और कई घंटों तक हम बुरी तरह ऊँघते रहे। तभी समुद्र ने हमें बर्फीले पानी में डुबो दिया और हमने देखा कि चटाई पर कई इंच तक बर्फ पड़ी थी। हवा की दिशा में रीफ उफनती लहरों के बीच गायब होता जा रहा था और हर क्षण समुद्र और तीव्रता से चट्टानों पर टूट रहा था। मछुआरों ने चिंता के साथ तट का अध्ययन किया। उसी तरह मैंने भी किया और एक नाविक की दृष्टि से बहुत उत्साहवर्धक चीजें नजर नहीं आईं। मैंने दोनों दिशाओं में अतंरीप की ओर संकेत किया। जापानियों ने अपना सिर हिलाया। मैंने भयानक शांत तट की ओर संकेत किया। उन्होंने फिर अपने सिर हिलाए, लेकिन कुछ किया नहीं। मेरा निष्कर्ष यह था कि वे स्थिति की असहायता को देखकर जड़ हो गए थे। फिर भी हमारी उग्रता हर मिनट बढ़ती जा रही थी, क्योंकि उफनती लहर रीफों को नष्ट करती जा रही थी, जो हमारे लिए रक्षक था। शीघ्र ही हमारे पाल पानी से भर गए। समुद्र से पानी का बहाव बोर्ड पर लगातार बढ़ता जा रहा था और हम लगातार गट्ठर बना रहे थे। फिर भी हमारे मछुआरे साथी लहरों से क्षतिग्रस्त तट को देख रहे थे, और उन्होंने कुछ भी नहीं किया।

अंत में कई बार पूरी तरह पानी से भीगने से बाल-बाल बचने के बाद, मछुआरे सक्रिय हुए। सबने मिलकर पाल को ऊपर उठाया। जैसे ही नौका का शीर्ष ऊपर उठा, हमने आटे की बोरी के आकार का एक मार्ग बनाया और हम सीधे तट की ओर चल पड़े। मैंने अपना जूता, अपना कोट खोले और एक मिनट या इससे भी जल्दी शीघ्र एक आंशिक पट्टी बनाने के लिए तैयार था, पर उसे पहले ही हम फँस गए। लेकिन हमने प्रहार नहीं किया और जैसे ही तेजी से हम अंदर गए, मैंने स्थिति की सुंदरता को देखा। हमारी सामने एक सँकरी धारा थी, जिसके मुहाने पर समुद्र की विभिन्न धाराएँ आकर मिल रही थीं। लेकिन फिर भी बहुत पहले ही, जब मैंने तट का बहुत ही निकटता से अवलोकन किया था तो ऐसी कोई धारा ही नहीं

थी। मैं तीस फीट ऊँची लहर तो भूल ही गया था और इसी लहर की जापानियों ने बड़ी बेचैनी के साथ प्रतीक्षा की थी। हम चट्टानों को तोड़ देनेवाली लहरों से बचने के लिए भागे, जो मुड़कर छोटे-छोटे आश्रित खाड़ी बना रही थी, जहाँ पर अंतिम लहरों का नमकीन पानी लंबी-टेढ़ी रेखाओं के रूप में जमा था। यह पिछली आठ दिनों में आई आँधियों में से तीन आँधी थी। यदि यह किसी जहाज से टकरा जाता तो ? मुझे डर है कि जहाज भूग्रस्त हो जाता और इसमें सवार लोग असंयमित रूप से तथा उबाऊ तरीके से डूब जाते।

एक बड़े जहाज को महासागर में उतारने के लिए तीन दिन की इस छोटी नौका यात्रा में पर्याप्त अचरज एवं दुर्घटनाओं का अनुभव हुआ। मुझे याद है कि एक बार मैं तीस फीट की एक छोटी नाव, जो मैंने खरीदी थी, उसकी चौज यात्रा पर मैं निकला। छह दिनों में हमें दो कठोर झटके मिले, इसके अलावा एक उपयुक्त दक्षिण-पश्चिम तूफान और एक दक्षिणी-उत्तरी कठोर तूफाना इन दो तूफानों के बीच का जो थोड़ा सा अंतराल था, वह भयानक शांत था। उन छह दिनों में हम तीन बार तटग्रस्त हुए। फिर हम सैकटामेंटो नदी के तट पर चले गए और तीखी ढलान पर गिरती लहरों ने संयोगवश हमें धरती पर ला पटका, जिसने तट के नीचे किनारे पर परिवर्तन ला दिया। कारक्वीनेज स्ट्रेट में शांत और बड़ी लहरों के बीच, जबकि नाविक भी फिसल जाते हैं, हम एक बड़े बंदरगाह में खींच लिये गए और इसकी लंबाई के एक-चौथाई मील के बाद ही हमें आगे का मार्ग मिला। इसके दो घंटे बाद पैबलो की खाड़ी में हवा चल रही थी और हम जहाज के पाल को कम कर रहे थे। उफनते समुद्र और तूफान के बीच एक छोटी नाव को इधर-उधर घुमाते रहना खेल नहीं है। हमारा अगला काम यही था, क्योंकि हमारी नौका पानी से भर गई और जिस पतवार पर हम झुके हुए थे, वह अलग हो गया। इससे पहले कि हम इसे पुनः पा सकते, हमने थकान से खुद को लगभग मार डाला और निश्चित रूप से हमने हर हिस्से में जहाज को पूरा जोर लगाकर खींचा। संक्षेप में, अपने गृह बंदरगाह पर आते हुए, सैन एंटोनियो एस्चुयरी के सँकरे भाग से गुजरते हुए हम एक बड़ी जहाज से टकराते हुए बाल-बाल बचे। मैंने महासागर में कहीं बड़ी नौका को साल में एक बार चलाया है, जिस दौरान ऐसी कोई घटना नहीं हुई।

अंततः दुर्घटनाएँ छोटी नौकायन के लगभग श्रेष्ठ भाग होते हैं। जब पलटकर पीछे देखता हूँ तो लगता है कि वे आनंद के छोटे क्षण थे। उस समय तो वे आपके साहस और कुशलता की परीक्षा लेते हैं और वह आपको इतना निराशावादी भी बना सकते हैं कि आपको यह सोचने पर मजबूर कर सकते हैं कि ईश्वर के मन

में आपके लिए कोई नफरत है, लेकिन इसके बाद आप कितनी खुशी के साथ उन घटनाओं को याद करते हैं और फिर किस जोश के साथ आप उन्हें छोटी नौकाओं के साथी कप्तानों से जोड़ते हैं।

एक छोटा घुमावदार दलदल; आधी लहर; कीचड़ भरी सतह, पानी खुद भी निकट की चर्मशाला से निकलनेवाली गंदगी से गंदा और भद्दा; दोनों ओर की दलदली घास, जो मुरझाते रंग-बिरंगे आर्किड से भरी हुई थी; एक पुरानी जीर्ण-शीर्ण हालत में पड़ा घाट; और घाट के छोर पर एक छोटा सफेद रंग में रँगा जहाज था। इसमें कुछ रूमानी नहीं था। दुस्साहस के भी कोई संकेत नहीं थे। छोटी नौका में नौकायन के कथित आनंद के विरुद्ध शानदार चित्रित तर्क। संभवत: मैंने और क्लाउडेस्ले, जब अपना नाश्ता बनाने गए तथा नाव को साफ करने गए तो उस उदास, मंद को यही सोचा। जहाज को साफ करना मेरा काम था, लेकिन कोई भी दूसरी ओर के गंदे पानी को देखता, फिर मेरी अभी-अभी रँगी गई नौका को देखता, जिसकी वजह से मैं रुक गया। नाश्ते के बाद हमने शतरंज का खेल खेलना शुरू किया। लहर लगातार गिरती रही और हमें महसूस हुआ कि नौका झुकने लगी है। हम तब तक खेलते रहे, जब तक कि हम थक नहीं गए। झुकाव बढ़ा और हम नौका पर गए, बोलाइन और स्टर्नलाइन को कसकर खींचा गया, जब हमने देखा कि नौका अचानक झटके से और ज्यादा झुक गई। अब लाइन बहुत ही कसी हुई थीं।

"जैसे ही उसका मध्य भाग तल को स्पर्श करेगा, यह रुक जाएगी।" मैंने कहा।

क्लाउडेस्ले ने बाहर की ओर बोटहुक को बजाया।

"सात फीट पानी," उसने घोषणा की, "तट लगभग ऊपर-नीचे है। जब इसका तल ऊपर आएगा तो सबसे पहले इसका मस्तूल स्पर्श करेगा।"

स्टर्नलाइन से महीन अपशकुन भरी आवाज आई। हमने जब देखा तो तट पर और इसके आसपास प्रतिस्पर्धा थी। तभी हम कूद पड़े। अभी हमने जलयान के पिछले भाग और गोदी के बीच दूसरी लाइन झुकाई भी नहीं थी, तभी मूल लाइन अलग हो गई। जब हमने दूसरी लाइन को आगे झुकाया तो मूल लाइन कड़कड़ाई और फिर अलग हो गई। इसके बाद तो काम और उत्तेजना का तूफान था।

हमने अधिक-से-अधिक लाइनें दौड़ाई और अधिक-से-अधिक लाइनें अलग होती गईं और अधिक-से-अधिक वह सुंदर नौका अपने एक ओर झुकती गई। हमने अपनी सभी अतिरिक्त लाइनों को झुका दिया। हमने शीट और हलयार्ड को नहीं घुमाया। हमने जहाज को खींचने के लिए अपने दो इंच मोटे तार का प्रयोग

किया; हमने लाइनों को मस्तूल से अलग कहीं ऊपर बाँधा; आधा ऊपर और हर जगह। हमने बड़ी मेहनत की और पसीने से तर हो गए और हमने अपना साझा और गंभीर विश्वास व्यक्त किया कि ईश्वर की मंशा अभी भी हमारे विरुद्ध है। देहाती गँवार गोदी में आए और हमें देखकर खी-खी करने लगे। जब क्लाउडेस्ले ने रस्सी के गुच्छे को झुके हुए जहाज के नीचे गिराया और इसे परेशान हाव-भाव के साथ बाहर निकाला तो देहाती गँवार और जोर से हँसे तथा गोदी में चढ़ने और हत्या करने से रोकने के लिए मैं यही कर सकता था।

जब तक छोटी नौका की छत लंबवत् हुई, हमने नीचे से तली को सीधा कर लिया था। इसे गोदी से बाँधा और दूसरा सिरा लगभग मस्तूल शिखर से बाँधा तथा नौका की रस्सी और शिलाखंड की सहायता से इसे ठीक से उठाया। उत्तोलक स्टील के तार का था। हमें इस बात का विश्वास था कि यह तनाव को सह लेगा, लेकिन हमें उस आधार की धारण-शक्ति के प्रति संदेह था, जो शिखर को सहारा दिए हुए था।

लहरों के उतरने में दो और घंटे बाकी थे (और यह एक बहुत बड़ा ठहराव था), जिसका अर्थ यह था कि इससे पहले कि वापस होनेवाली लहरें हमें यह सीखने का मौका दें कि छोटी नाव इसके सहारे उठेगी और खुद को सँभालेगी, पाँच घंटे बिताने थे।

तट लगभग आगे-पीछे था और तल में, हमारे ठीक नीचे, तेजी से उतरती लहर ने अत्यंत भयावह गड्ढा बना दिया। वह बदसूरत मलबा कई दिनों तक देखा जाना था। नीचे इसे गौर से देखते हुए क्लाउडेस्ले ने मुझ से कहा—

"मैं एक भाई की तरह तुमसे प्यार करता हूँ। मैं तुम्हारे लिए लड़ूँगा। मैं गरजते शेर तथा मैदान और बाढ़ द्वारा लाई गई अचानक मौत का सामना करूँगा। लेकिन ठीक वैसे ही, तुम उसमें मत गिरो।" वह घृणित रूप से काँप गया, "क्योंकि तुम अगर ऐसा करते हो तो मुझमें तुम्हें बाहर खींच निकालने की शक्ति नहीं है। सहज ही मैं यह नहीं कर सकता। तुम डरावने लगोगे। जो श्रेष्ठ मैं कर सकूँगा, मैं एक बोट हुक लूँगा और तुम्हें नजरों से दूर फेंक दूँगा।"

हम कैबिन की ऊपरी किनारेवाली दीवार के सहारे बैठ गए। कैबिन के ऊपर से अपने पैर नीचे लटका दिए और नौका की पीठ के सहारे अपनी पीठ टिका दिए और उठती लहरों तथा तल में लगा शिलाखंड एवं नौका की रस्सी ने जब तक हमें उसपर चढ़ने में समर्थ नहीं किया, हम शतरंज खेलते रहे।

इसके वर्षों बाद दक्षिणी सागर में, यसाबेल के द्वीप पर, मैं इसी तरह की

स्थिति में फँस गया। उसके ताँबे को साफ करने के लिए मैंने स्नार्क के एक पहलू को समुद्र के किनारे और बाहर की ओर झुका दिया। जब लहर उठी, वह उठ नहीं पाई। स्कूपर की सहायता से पानी अंदर घुस गया और महासागर का स्तर धीरे-धीरे नौका के पिछले भाग को घसीटने लगा। हमने इंजन रूम के व्यांत में तख्ता लगाया और समुद्र का पानी इस पर आ गया और खतरनाक ढंग से कैबिन के साथी के रास्ते और रोशनदान तक चढ़ गया।

हम सभी को बुखार आ गया, लेकिन हम चिलचिलाती धूप में निकल गए और घंटों परिश्रम किया। हमने अपनी सबसे भारी लाइनों को मस्तूल के शिखर से तट पर लाया और अपने सबसे महँगे क्रय को जोर लगाकर तब तक उठाते रहे, जब तक कि सबकुछ के साथ ही हम भी थक नहीं गए। हम संकेत करते और मृत व्यक्ति की तरह सो जाते। फिर उठते, जोर लगाकर श्रम करते और फिर थक जाते। और अंत में, हमारी निम्न पटरी पाँच फीट नीचे पानी में तथा छोटी-छोटी लहरें हमारे साथी तक पहुँचतीं और छोटी मजबूत नौका काँप जाती और उसका मस्तूल एक बार फिर शीर्ष की ओर संकेत करता।

छोटी नौका को चलाने में कभी भी व्यायाम की कमी नहीं होती और कठिन परिश्रम इसमें खेल का एकमात्र भाग नहीं होता, बल्कि यह डॉक्टरों को भी मात दे देता है। सैन फ्रांसिस्को की खाड़ी कारखाने का पोखर नहीं है। यह एक विशाल, हवादार एवं बहुरंगा पानी का स्रोत है। मुझे सर्दी की एक शाम याद है, मैं सैकरामेंटो के मुहाने में प्रवेश करने की कोशिश कर रहा था। नदी में बाढ़ थी, खाड़ी से बाढ़ की लहर को वापस माटा में बदल दिया था और जोरदार पछुआ हवा का जोर धूप में खत्म हो गया। सूर्यास्त का समय था, मामूली हवा के बीच हम तेज धारा में स्थिर खड़े थे। हम समतल रूप से नदी के मुहाने पर थे; कोई लंगर गाह नहीं था। हम धीरे-धीरे पीछे की तरफ निकलते गए और जैसे ही हवा का आखिरी झोंका निकला, हमने तेजी से लंगर डाल दिए। रात हुई, सुंदर, गरम और तारों भरी। मेरे एक साथी ने खाना बनाया, जबकि नौका के पिछले हिस्से में मैंने हर चीज को ब्रिस्टिल फैशन के हिसाब से रखा। जब हम नौ बजे आए तो मौसम के संकेत अच्छे थे (यदि मैं वायु दाबमापी लेकर आता तो मुझे अच्छी तरह पता होता) सुबह के दो बजे तक हमारे आवरण हवा में झंकार कर रहे थे। मैं उठा और जहाज के तारों पर इसे और जगह दी। अगले घंटे इस बात में कोई संदेह नहीं रह गया कि हमें अब दक्षिण-पूर्वी हवा का सामना करना है।

हवा वाली रात में गरम बिस्तर को छोड़कर पोताश्रय से निकलना अच्छा नहीं

है, लेकिन इस अवसर पर हम उठे, दो पाल को समेटा और जोर लगाकर उठाना शुरू किया। घिरनी पुरानी थी और इसके लिए घूमते शीर्ष का दबाव झेलना कठिन था। घिरनी का प्रयोग के लिए उपलब्ध नहीं रहने के कारण, इसे हाथ से समेटना असंभव था। हम जानते थे, क्योंकि हमने कोशिश की थी और अपने हाथ भी जख्मी किए थे। अब एक नाविक को लंगर को खो देने से नफरत थी। यह गर्व की बात थी। निस्संदेह हम अपना तैरता हुआ देख सकते थे और इसे उतार सकते थे। लेकिन इसके बजाय हमने उसमें और घिरनी लगाई, उसे घुमाया और दूसरा लंगर डाला।

इसके बाद हमें बहुत कम नींद आई, क्योंकि पहले एक, और फिर सबको ही शायिका से निकलना पड़ता। समुद्र का बढ़ता आकार हमें यह बता रहा था कि हम घसीट रहे थे और जब हम धारा में पहुँचे तो हम इसको महसूस करके यह कह सकते थे कि हमारे दो लंगर काफी थे। यह एक गहरी धारा थी, इसका सुदूर किनारा के नयन की दीवार की तरह सीधी खड़ी हो रही थी और जब हमारा लंगर उस दीवार तक गया तो उसने उसपर प्रहार किया और पकड़ लिया।

फिर भी जब हम अँधेरे में पहुँचे तो हमें समुद्र की तट से टकराने की आवाज सुनाई पड़ रही थी और यह इतनी करीब थी कि हमने नौका की रस्सी को छोटा किया।

दिन की रोशनी में हमें पता चला कि नाव के पिछले भाग और विनाश में बस थोड़ी सी दूरी थी। और यह कैसे बहा! वह भी समय था, जब हवा का वेग सत्तर या अस्सी मील प्रति घंटा पहुँच गया होगा, लेकिन लंगर थमा हुआ था और वह इतनी अच्छी तरह से थमा हुआ था कि हमारी अंतिम उम्मीद यह थी कि आगे की मकरी झटके से नौका से निकल जाएगी। पूरा दिन नौका पानी में झुकी रही और अपने पृष्ठमात्र पर स्थिर रही; और देर दोपहर तक ऐसा ही रहा, जबकि तूफान के कारण भयंकर झोंके लगे। पूरे पाँच मिनट तक गहरी खामोशी छा गई और फिर तालियों की गड़गड़ाहट की आकस्मिक रूप से हवा की दिशा दक्षिण-पश्चिम की ओर मुड़ गई। आठ बिंदु का अंतर और एक जबरदस्त आँधी! इसकी दूसरी रात भी हमारे लिए कम कठिन नहीं थी, हमने चीजों को जोर लगाकर हाथों से समेटा। यह कठिन काम नहीं था। यह दिल तोड़ देनेवाला था और मुझे मालूम था कि हम दोनों ही चोट और थकान के कारण लगभग रोनेवाले थे। और जब हमें पहला लंगर ऊपर-नीचे मिला तो हम इसे तोड़ नहीं सके। समुद्र के बीच हमने इसके अग्र भाग को इसके नीचे रगड़ा, अनेक मोड़ लिये और जैसे ही उसने कूद मारी, हम स्पष्ट खड़े रहे। लगभग सबकुछ चूर-चूर होकर अलग हो गया, सिवाय लंगर थामने के डंडे के।

कील बिखर गए, पट्टी टूट गई और ढकनेवाला बोर्ड भी टूट गया, लेकिन लंगर अभी भी लगा हुआ था। अंततः बड़ी मेहनत के बाद हमने लंगर को चलाया। यद्यपि यह शिकंजा और जाल था, ऐसा भी समय आया, जबकि नौका समतल पलट गई। बाकी बचे लंगर के साथ भी हमने इसी प्रक्रिया को दुहराया और घने अँधेरे में नदी के मुहाने की शरण में दौड़ पड़े।

मेरा जन्म इतना पहले हुआ था कि मैं गैसोलिन के समय से पहले बड़ा हो गया। परिणामतः मैं पुराने फैशन का हूँ। मैं मोटर बोट की तुलना में खेनेवाली नौका को पसंद करता हूँ और मेरा यह विश्वास है कि नौकायन मोटर चलाने की तुलना में एक उत्कृष्ट, कठिनतम तथा दृढ़तम कला है। गैसोलिन वाले इंजन विश्वसनीय और आसान होते जा रहे हैं, जबकि यह कहना गलत होगा कि कोई भी मूर्ख इंजन चला सकता है। यह कहना सही होगा कि लगभग हर कोई इंजन चला सकता है, लेकिन नौकायन के मामले में ऐसा नहीं है। इसमें अधिक कौशल, अधिक बुद्धि और कहीं अधिक प्रशिक्षण की जरूरत होती है। लड़के, युवा और आदमी के लिए यह संसार में श्रेष्ठतम प्रशिक्षण है। अगर लड़का छोटा है तो उसे छोटी, आरामदायक नौका चलाने का प्रशिक्षण दीजिए। बाकी वह खुद कर लेगा। उसे सिखाने की जरूरत नहीं पड़ेगी। जल्द ही वह पतवार की सहायता से नाव चलाना सीख जाएगा। फिर वह नौकाओं, सेंटार्वोड के बारे में बात करना शुरू करेगा और अपना कंबल लेकर बाहर जाकर नौका में रुककर रात बिताना चाहेगा।

लेकिन उसके लिए डरिए नहीं। उसके सामने संकट आएगा ही और उसका दुर्घटनाओं से सामना भी होगा। याद रखिए, दुर्घटनाएँ तो नर्सरी में भी होती हैं और पानी में भी। बड़ी या छोटी नौकाओं की तुलना में अधिक लड़के गरम घर संस्कृति के कारण मारे गए है; और लाउन क्रोके और नृत्य स्कूल की तुलना में नौकायन के द्वारा अधिक लड़के मजबूत और भरोसेमंद व्यक्ति बने हैं।

कोई एक बार नाविक बन गया तो वह हमेशा के लिए नाविक बन गया। नमक का स्वाद कभी बासी नहीं होता। एक नाविक कभी भी इतना बूढ़ा नहीं होता कि वह हवा और लहरों के साथ कुश्ती करने के लिए जाने की परवाह न करे। मैं खुद के अनुभव से ही यह जानता हूँ। मैं खेती करनेवाला बन गया हूँ और समुद्र की नजरों से बहुत दूर रहता हूँ। फिर भी मैं इससे इतना ही देर तक दूर रह सकता हूँ। कई महीने बीत गए हैं और मैं बेचैन महसूस करने लगा हूँ। मुझे अंतिम नौका-यात्रा की दुर्घटना के दिवास्वप्न आने लगे हैं और मैं उत्सुकता से समाचार-पत्रों में उत्तर की ओर जानेवाली नौका उड़ानों की खबरें पढ़ता हूँ। और फिर अपने सूटकेसों को

पैक करके और अन्य आवश्यक सामानों के साथ वैलेजो की ओर भागता हूँ, जहाँ छोटा रोमर प्रतीक्षा में खड़ा है, हमेशा प्रतीक्षा में, कि छोटी नाव पास आएगी, गैली स्टोव में रोशनी होगी, पाल बाँधने की रस्सी खींची जाएगी, मुख्य पाल झूलेगा, पाल समेटने की टट-टट-टट होगी, टूटने और समेटने का चक्र होगा, पहियों का चक्र होगा, जब वह भर जाएगी और खाड़ी या नीचे की ओर चल पड़ेगी।

□

कैबिनवाला सुंदर लड़का

"और फुरतीला युवा व्यक्ति था— "

"निस्संदेह, कोई और नहीं, बल्कि नकाबपोश महिला।"

"ओ छिह!" मैं चिल्लाया, "रविवार के अखबार के लिए यह बिल्कुल ठीक है, लेकिन वास्तविक जीवन में लोग इतनी आसानी से गुमराह नहीं होते हैं।"

सच्ची घटनाओं पर नजर डालिए—महिलाएँ, सैनिक, नाविक और स्कॉउट हैं—

"बकवास!"

"मेरा छोटा भाई बॉब, किसी बहरूपिए की तरह चालाक क्यों है?"

"बकवास!'

"हर दिन लोग बेवकूफ बनाए जाते हैं और···"

"बेकार की बात," मैंने कहा, "किसी मूर्ख के सिवाय कोई भी एक नजर में इस मैकअप को समझ सकता है। मैं नहीं समझता कि ज्यादातर व्यक्ति आदमी और महिला में अंतर को नहीं समझ पाते। उस तरह मुझे ऊँघते हुए पकड़ो।

जैक ने कहा, "मैं तुम्हें पकड़ लूँगा।"

"मैं यह पसंद करता हूँ।" यह मेरा जवाब था।

"मैं बाजी लगाता हूँ कि मैं तुम्हें छह माह में बेवकूफ बनाऊँगा।"

"ठीक है! कितने के लिए?"

"हारनेवाले को रात्रि भोजन का भुगतान करना पड़ेगा; उसकी सेटिंग, ऑर्डर देना, आमंत्रित करना, सबकुछ विजेता की मरजी से होगा।"

"ठीक है!"

हमने हाथ मिलाया और सभी ने भीड़ इकट्ठा की और हर तरह की सलाह देने लगे और शेखी बघारने लगे। इस तरह से बीज बोया गया, जिससे कि 'कैबिनवाला

सुंदर लड़का' का कभी न भूलनेवाला रोमांस पैदा होनेवाला था।

बाद के पंद्रह दिन में अकेला ही अपने भव्य नौका फॉलकन में नौका विहार के लिए होनोलूलू चला गया। अभी हम फरालोन लाइट में डूबे भी नहीं थे कि मेरे मन में शंका उत्पन्न हुई। रसोइए से लेकर नौका मालिक तक की कैबिनवाले नए लड़के की शिकायतें आने लगीं। उन्होंने पाया कि वह काफी इच्छुक था, लेकिन अयोग्य था। अंतिम क्षण में पुराने लड़के बिली ने हमें झटकता छोड़ दिया और मेरा एजेंट, जिसको इस तरह की सारी बातें सौंपी गई थीं, ने जल्दी में वर्तमान पदाधिकारी को उपलब्ध कराया।

जैसा कि उन लोगों ने कहा था, वह काफी इच्छुक था, लेकिन संक्षेप में—उसे अपने कर्तव्यों का ही पता नहीं था और इस पद के लिए पूरी तरह से अयोग्य था। फिर भी उसने लोगों को प्रभावित करने की बड़ी कोशिश की। वह इतना ही सुंदर लड़का था। काली आँखों, गुलाबी गालों तथा नम्र जैतूनी रंग और सुंदर अंडाकार चेहरा—कोई आश्चर्य नहीं कि उससे मुझे जैक हैलीडे के साथ लगाई गई बाजी की याद आई। और फिर पंद्रह या सोलह वर्ष का दिखनेवाले उस लड़के के लिए आँकड़ों की अस्पष्ट, फुसलाव वाली पूर्णता थी, जिससे मेरे संदेह को और बल मिला।

लेकिन मैं चुप रहा और पुष्टि की प्रतिक्षा करता रहा। यह मेरी अपेक्षा से भी जल्दी आ गया। एक दोपहर मैं और जहाज का मालिक और अपने सेक्सटैंट के साथ जहाज के पिछले भाग में सूर्य का चित्र लेने के लिए झुका। वह लड़का कालिख और राख का बरतन लिये जहाज की सीढ़ियों पर आ गया। उसने अभी-अभी कैबिन का चूल्हा साफ किया था। हवा की प्रतिकूल दिशा में जाने के बजाय वह वायुपट्टी पर आ गया, ताकि कालिख एवं राख को उड़ा सके। और वह उड़ भी गया—निस्संदेह पीछे की ओर और हम सबके ऊपर।

अपने हाथों से आँखों को रगड़ते हुए जहाज के मालिक ने झपटकर उस युवा बेवकूफ के बाजू पकड़ लिये। अब नेल्सन समुद्र का नालायक बेटा था और उसे स्थानीय भाषा पर मधुर नियंत्रण था, जो उनपर दबाव देने का काम करता था जो उसी को चलाता था। उसने उसे ऊपर-नीचे हिलाया और उसे अंग्रेजी तथा स्कैंडिनेबियाई मिश्रित भाषा में गालियाँ दीं, जिसे सुनना हमेशा से ही मेरा भाग्य रहा है।

लड़के का स्वयं पर से नियंत्रण खत्म हो गया और वह रोने लगा। बरतन उठाकर वह कैबिन की तरफ जाने लगा, लेकिन मेरे ठीक सामने उसे चक्कर आया और वह गिर गया। उसके गिरने के पहले ही मैंने उसे पकड़ लिया और ठीक

है—और मेरा बाजू कई बार ऐसी स्थिति में घूम गया है कि अभी भी इस बारे में कोई गलती नहीं हुई।

"क्यों, तुम एक लड़की हो?" मैं चिल्लाया।

स्टेयरिंग पर बैठा व्यक्ति हँसने लगा, इसलिए मैंने उसे तेजी से नीचे चलाया, ताकि उसे लोगों के सामने दुविधा से बचाया जा सके। वह रोने, सिसकने लगी और बहुत देर तक रोती रही और मैंने उस पर से अपना ध्यान हटाया, ताकि वह चुप हो सके। अंततः वह शांत हुई।

"हे सर!" उसने कहा, "मैं उम्मीद करती हूँ कि आप मुझसे नाराज नहीं होंगे। मैं···वह···महाशय!"

"यह सब जैक हैलीडे का कारनामा है, है कि ही नहीं?" मैंने बीच में ही उसे रोका।

"हाँ, सर!"

"फिर तो तुम्हें उस पाजी के बारे में सबकुछ मालूम है और तुम्हें इस बात को साबित करना होगा कि मैंने तुम्हारी जान-पहचान ली।"

"हाँ, सर, और वह मुझसे नाराज होंगे, क्योंकि मैं हार गया। बू-हू-ओ—।"

"अरे, तुमने तो बहुत अच्छा किया।" मैंने सोचा कि उसे थोड़ा बहलाना चाहिए। "रसोइए को यह कभी भी पता नहीं चलता—बोलो! कितना शैतान—तुम्हें अपना बदलना होगा।"

वास्तव में यह हम दोनों के लिए शर्मिंदगी भरा था और वह मूर्ख रसोइया यह कभी नहीं समझ पाता! मैंने कैबिन में बुलाया।

उस जर्मन डेक लड़के को अपनी मदद के लिए कहा, "मैंने आदेश दिया। और अपने कमरे में जाओ और अपना सामान समेटो, मिस—एर···"

"ई—ई—ईस्टमैन!" सिसकते हुए उस परेशान लड़के ने कहा।

"और मिस ईस्टमैन के सामान भी समेटो। उन्हें खाली पड़े स्टेट रूम में ले जाओ और हर चीज को आरामदायक बनाओ। मैं देखूँगा कि तुम्हें इस यात्रा के लिए अतिरिक्त पैसे मिलें। जाओ, पूरे दिन यहाँ मत खड़े रहो!" इस गोल आँखवाले अचरज पर मैं खुद को हँसने से नहीं रोक सका।

"मुझे नहीं मालूम कि उपयुक्त कपड़ों के लिए क्या करना चाहिए।" मैंने कहा, वह जैसे ही छोटी पतली समुद्री संदूक के पीछे अपने शयनस्थल पर पहुँची।

उसने सिसकियों में जवाब दिया, "वह ठीक है, सर, मैंने कुछ कपड़े अपने साथ रखे हैं।"

"मुझे मारकर अंधा कर दो।" जैसे ही दरवाजा बंद हुआ, रसोइया चिल्लाया—"हे सर, मैं आपसे माफी माँगता हूँ; लेकिन क्या आपके कहने का आशय यह है, सर, कि वह एक—लड़की है? इसके बारे में सोचिए—और मैं एक विवाहित पुरुष! मेरी पत्नी क्या कहेगी?"

यद्यपि कि मैंने उसे यह समझाने की कोशिश की कि उसे यह बात आप पत्नी को बताने की जरूरत नहीं है, पर वह रसोईघर में चला गया, अधिक उदास, उस बेचारे प्राणी से ज्यादा, जिसने उसे यह दु:ख दिया। फिर भी, मेरी उसके साथ सहानुभूति थी, जैसा कि मैंने महसूस किया, मेरी अपनी झूठी स्थिति और यह जानते हुए भी कि नाविकों को अपने आप में ही 'हा-हा' करना चाहिए।

उसके लिए रात्रि का खाना भेज दिया गया और अगली सुबह तक वह वहाँ आई नहीं। फिर वह सौम्य, छोटी नौकरानी थी, क्योंकि उसके बाल छोटे और भूरे थे। यह देखकर दया आती थी कि बाजी के लिए उन छोटे बालों को क्लिप में कस दिया गया था।

"तुम्हारे आदमी क्या कहेंगे?" मैंने स्पष्टीकरण के क्रम में पूछा।

"क्या वे जानते हैं?"

"मेरा भाई जानता है। मैं उसकी मरजी से ही आई हूँ।"

"तुम्हारा भाई दुष्ट है, उसे घोड़े का चाबुक मारना चाहिए। कम-से-कम यह कहना भी अपमानजनक है।"

"कैसे?"

यह दिखावा करनेवाला था 'कैसे?' मैं उस गड़बड़ को समझने लगा, जिसमें जैक हैलीडे ने मुझे डाला था। 'कैसे?' क्या मासूमियत है!

"तुम्हारा पालन-पोषण धर्म संघ में हुआ होगा।" मैंने रुखाई के साथ स्पष्टतया से कहा।

"हाँ, सर! एक साल पहले तक मैं सैक्रेड हार्ट गया हूँ।"

बदतर और बदतर—मेरी ऊपर डाली गई यह कोई छोटी जिम्मेदारी नहीं थी। अंतत: मैंने उससे ही उसकी कहानी सुनी। उसकी माँ उसके बचपन में ही गुजर गई थी और उसके पिता, जो एक छोटे व्यापारी थे, ने उसे सैक्रेड हार्ट कॉन्वेंट में शिक्षा दिलवाई। उसके साथ चीजें बद से बदतर होती गई और जब उनकी मृत्यु हुई, उसके और उसके भाई के पास एक पैसा नहीं था। संक्षेप में कहानी यह है : वह हैलीडे के आश्रित बन गए। उसमें स्टेज के लिए अभिनय का रुझान था और हैलीडे ने उसे प्रोत्साहित किया, यह भविष्यवाणी करते हुए कि एक दिन बड़े शहरों में तारिकाएँ

बाँहें फैलाकर उसका स्वागत करेंगी, जिसकी क्षमता कोई कम नहीं है।

"और जब इसने यह मेहरबानी करने के लिए कहा, उसने बात खत्म की, 'मैं क्या कर सकती थी?' मना करना, आखिकार उसने मेरे लिए भी तो किया था!"

ठीक है, नौका ने नया जीवन ग्रहण किया कितना अजीब है कि यह सोलह वर्ष की लड़की चीजों को चमकाकर रखती थी। वह सबके हाथों की खिलौना बन गई, यहाँ तक कि नेल्सन ने भी उससे क्षमायाचना की—पहली बार इस जिद्दी आदमी ने ऐसा काम किया। वह ठीक तरह से पियानो बजा सकती थी, यद्यपि उसकी आवाज मजबूत नहीं थी, लेकिन उसका गायन वास्तव में मधुर था।

जब हम होनोलूलू पहुँचे, मैं उसे जहाज के जरिए वापस भेजने की व्यवस्था कर रहा था; लेकिन निष्कपट प्राणी यह नहीं सुनना चाहती थी, जब मैंने इस बात पर जोर दिया तौ वह परेशान दिखने लगी और मैं हार मान गया। इसके अलावा हमें कोई जानता नहीं था। और वह—उसके मन में दुष्टता की कोई धारणा नहीं थी और उसको धोखा न देना मेरी क्षमता से परे था। मैंने उसे धन उपलब्ध कराया, शीघ्र ही उसके पास आकर्षक गाऊन तथा अन्य सामग्री आ गई। फिर हमने हवाई बैंड के संगीत समारोह को देखा, ग्रामीण क्षेत्र की लंबी यात्रा पर गए तथा रुचि और मनोरंजन की अनेक जगहों का दौरा किया। हमारा समय उल्लासपूर्ण बीता; लेकिन अच्छी चीजों के श्रेष्ठतम भाग का भी अंत अवश्य है और एक माह के बाद गोल्डन गेट पहुँच गए। कल हम सैन फ्रांसिस्को जाएँगे।

"कल!" मैंने सिगरेट जलाते हुए आधी आह भरी और उसके स्टेट-रूम के दरवाजे पर एक नजर मारी। मैं अचंभित था कि उसके सपने क्या थे? फिर मैंने अपनी लंबी अकेली समुद्र-यात्रा के बारे में सोचा। यह यात्रा कितनी आकर्षक थी! जीवन में नई संभावनाएँ पैदा हो गईं, मैंने जैसे ही इसे अब तक कुछ अज्ञात आकर्षणों को महसूस कराना शुरू किया—आकर्षण, जिसे मेरी नवविवाहित दोस्त ने कभी सोचना नहीं छोड़ा था। उसने चीजों को कैसे बदल दिया था! कैबिन की सीढ़ियों पर एक स्वच्छ घुटने, डेक पर टिमटिमाती स्लीपर, एक लड़की की हलकी हँसी, गोधूलि वेला में गीत-संक्षेप में, एक महिला की उपस्थिति का कुछ अवर्णनीय वृत्तांत। मैं इन विचारों पर अचंभित था। मुझे देखने दो—सोलह-छब्बीस; उन्नीस-अनतीस; नहीं। यह इतना लंबा है कि इंतजार नहीं किया जा सकता था। अठारह-अट्ठाईस—यह ठीक है। आखिरकार इतना भी अंतर नहीं। दो वर्ष! दो वर्ष क्या नहीं होता? विकास, मस्तिष्क का मजबूत होना—ऐ और वह रूप, पहले से ही आकर्षण से समृद्ध दो वर्ष और फिर—" आठ घंटियाँ!"

घड़ी के बदलने के कोलाहल ने इस स्वप्निल संसार को मंत्रमुग्ध कर दिया; इसलिए मैंने अपनी सिगरेट बुझाई और सोने चला गया। जैक हैलीडे और उसका पूरा समूह हमसे मिलने के लिए क्लब हाउस की गोदी पर मौजूद था। प्रकट रूप से, मर्चेंट एक्सचेंज के पहरेदारों ने पिछली रात को ही हेडस में हमारे पहुँचने के बारे में टेलीग्राम कर दिया था। वे समूह में जहाज पर आ गए और मैं मिस ईस्टमैंन के लिए काँप रहा था, लेकिन, क्लारा, जैसा कि मैं उसे पुकारता था, ने इस कठिन समय का साहस के साथ सामना किया। नियंत्रित अपेक्षा तथा दबी हँसी से मुझे गुस्सा आ रहा था। जैक हैलीडे ने शीघ्र ही नृत्य की शुरुआत की। 'मैं कहता हूँ कि तुम्हें उस रात्रि-भोजन का पता है?'

"इसके बारे में क्या कहना है?" मैंने तीखेपन से पूछा।

"ठीक है, मैंने पूरी योजना बनाई है, लेकिन मैंने यह ठीक समझा कि मैं उन्हें तुम्हें सौंप दूँ। हो सकता है कि तुम्हारी कुछ सलाह हो।"

"तुमने सारी योजना बना ली!" मैं चिल्लाया, "मेरे पास एक विचार है कि रात्रि के इस भोजन का ऑर्डर मुझसे संबोधित है।"

"हा! हा! हा!" हर कोई हँसने लगा।

"मुझे उम्मीद है कि तुम्हारी यात्रा सुखद रही, मिस ईस्टमैन!" उसने उसकी ओर मुड़ते हुए उससे कहा।

"ओ, मुझे मजा आया।" उसने उसे आश्वस्त किया, यद्यपि मैं देख सकता था कि उसके होंठ काँप रहे थे।

"तुम्हें यह कैसे पता चला?" मुझे संबोधित करते हुए उसने पूछा।

"वह मेरे बाजू में क्यों बेहोश हो गई, और···"

"हो-हो-हो, ही-ही-ही!" भीड़ थोड़ी चिल्लाई और मैं विजयी रूप में अपने उलझे हुए विरोधी पर हँसा।

"क्या वह गुस्से में था?" परेशान न होनेवाला हैलीडे चालू था।

"नहीं," क्लारा ने जवाब दिया, "वह सचमुच में अच्छा था। और जब हम होनोलूलू पहुँचे तो वह मुझे जहाज से घर भेजना चाहता था, लेकिन मैंने उसे मना कर दिया। हमारा समय बहुत बढ़िया था—उसने मुझे खरीदकर कैंडी और दस्ताना दिया और मुझे बग्गी की सवारी करवाई, और···"

यह सुनते ही भीड़ पागल हो गई। उन सब ने जैक के कंधे पर थप्पड़ मारा, उसकी पसली को ठोंका और उल्लास के साथ एक-दूसरे को गले लगाया।

"क्यों, तुम मूर्ख!" जैक चिल्लाया, "वह मेरा भाई बॉब है।"

"असंभव," मैंने प्रत्युत्तर दिया। 'क्योंकि मेरे बाजू में जब वह बेहोश हुई, मैं···' यहाँ पर आकर मैं कुछ बोल नहीं पाया, क्योंकि विनम्र मिस ईस्टमैन ने कई उलटफेर किए, मुसकराती हुई आई और अपना हाथ अपनी छाती पर बाँधा—आकर्षक—वायु भरा गद्दा, जैसा फुटबाल के खिलाड़ी प्रयोग करते हैं।

मेरे लिए यह कहना अनावश्यक था कि मैं किस तरह से भीड़ को क्लब हाऊस की तरफ ले गया; टेबल की शीर्ष पर बॉब हैलीडे के साथ कैसे भोजन खत्म हुआ! और कैसे आज के दिन कैबिन के सुंदर लड़के की चर्चा मात्र पर एक विशेष प्रकार का क्रोध उत्पन्न होता था, जिससे मैं कभी भी उबरने की उम्मीद नहीं करता।

□

जीवन के नियम

बूढ़े कोसकूश ने लोभ के साथ सुना। यद्यपि उसकी दृष्टि काफी पहले ही कमजोर हो गई थी, लेकिन उसकी सुनने की क्षमता अभी भी तेज थी हलकी-से-हलकी आवाज भी उसके तीक्ष्ण मस्तिस्क तक पहुँचती थी, जो अभी भी उसके मुरझाए हुए माथे के पीछे सक्रिय था। लेकिन वह इस संसार की वस्तुओं पर अब इतना ध्यान नहीं देता था। आह! वह सीट-कम-टू-हा थी, जो कुत्तों को जंजीर में बंद करते हुए पीट रही थी और उन्हें तीखी आवाज में शाप दे रही थी। सीट-कम-टू-हा उसकी बेटी की बेटी थी, लेकिन वह इतनी व्यस्त थी कि उसके पास अपने निराश नानाजी पर व्यय करने के लिए कोई बात नहीं थी, जो बर्फ में असहाय और परित्यक्त बैठा था। कैंप भी छिन्न-भिन्न हो गया होगा। लंबे रास्ते को उसका इंतजार था, लेकिन छोटे दिन ने और बड़ा होने से मना कर दिया। जिंदगी ने उसे बुलाया और जीवन की जिम्मेदारियों ने, न कि मौत। और अब वह मौत के बहुत ही करीब था।

इस विचार ने कुछ क्षण के लिए उस बूढ़े व्यक्ति को घबरा दिया। उसने अपने कमजोर हाथों को खींचा, जो उसकी बगल में रखी सुखी लकड़ियों के ढेर पर काँपते हुए भटकने लगा। यह पक्का हो जाने के बाद कि वह सचमुच वहाँ पर है, उसने अपने हाथ को वापस रोवे की शरण में कर लिया और वह एक बार फिर सुनने के लिए लेट गया। आधी जमी खाल की मंद चरचराहट ने उसे यह संकेत किया कि प्रमुख का हिरण की खाल का बना आवास प्रभावित हुआ था और फिर भी एक हलके कंपास में ठूँसा जा रहा था। प्रमुख उसका बेटा था, लंबा और मजबूत, जनजातीय लोगों का प्रमुख और एक ताकतवर शिकारी। जब महिलाएँ कैंप के सामान के लिए मेहनत करती थीं तो वह ऊँची आवाज में उन्हें उनकी धीरे से काम करने के लिए डाँटता था। बूढ़े कोसकूश ने अपने कान खींचे। यह आखिरी

बार था, जब वह यह आवाज सुनेगा। वहीं गीहो का आवास था! और टसफन का सात, आठ, नौ; केवल ओझा का आवास अभी भी सही सलामत था। वे अभी इसी पर काम कर रहे थे। उसे ओझा की गुनगुनाहट की आवाज सुनाई पड़ रही थी, जब वह इसे स्लेज पर इकट्ठा कर रहा था। एक बच्चा 'रें-रें' कर रहा था और एक महिला ने उसे नम्र गुनगुनाहट से शांत किया। छोटा कून्टी, बूढ़े आदमी ने सोचा कि एक चिड़चिड़ा बच्चा है, न कि तनावग्रस्त। शायद यह जल्द ही मर जाएगा और जमे टुंड्रा में वे लोग जलाकर एक छेद बनाएँगे और भेड़ों से बचाने के लिए उसके ऊपर पत्थर का ढेर लगाकर रख देंगे। ठीक है, इसका क्या महत्त्व था? बहुत से बहुत कुछ साल कई एक भरे पेट की तरह एक खाली पेट। और अंत में मौत इंतजार कर रही थी, हमेशा से भूखा और उन सबमें सबसे ज्यादा भूखा!

वह क्या था? ओह, लोग स्लेज पर डंडे मार रहे थे और हवाई चप्पलों को कसकर खींच रहे थे। उसने सुना, जो अब नहीं सुन पाएगा। चाबुक के मार की गर्राहट थी और कुत्तों के बीच टुकड़ा। उन्हें गुर्राते हुए सुनो। उन्हें काम से और रास्तों से कितनी नफरत थी। वे उदास थे। एक के बाद एक स्लेज सन्नाटे में जा रहा था। वे सब चले गए। वे उसके जीवन से निकल गए और आखिरी की मुश्किल घड़ी वह अकेले झेल रहा था। नहीं। जूते के नीचे बर्फ कड़कड़ाया; एक आदमी उसके बगल में खड़ा था, उसके सिर पर एक हाथ नम्रता से रखा हुआ था। उसका बेटा इस चीज को करने में माहिर था। उसने अन्य बूढ़े लोगों को याद किया, जिसके बेटों ने जनजातियों के पीछे इंतजार नहीं किया था। लेकिन उसके बेटे ने किया था वे अतीत में भटकने लगा, युवा व्यक्ति की अवाज ने उसे वर्तमान में वापस लाया।

"क्या आप ठीक हैं?" उसने पूछा।

और बूढ़े व्यक्ति ने जवाब दिया, "हाँ, ठीक हैं।"

"आपके बगल में लकड़ी है," युवा व्यक्ति ने आगे कहा, "और आग चमक के साथ जलती है। सुबह धुँधभरा है और ठंड छिन्न-भिन्न हो गई है। अभी बर्फ गिरेगी। अभी भी बर्फ गिर रही है।"

"मेरी आवाज एक बूढ़ी महिला की तरह हो गई है।"

"अरे, क्या अभी भी बर्फ गिर रही है?"

"जनजातीय लोग जल्दी करते हैं। उनकी गठरी भारी होती है और भोजन के अभाव में उनके पेट धँसे होते हैं। रास्ता लंबा है और वे तेजी से चलते हैं। अब जाओ। यह ठीक है!"

"यह ठीक है। मैं पिछले वर्ष के पत्ते की तरह कसकर तने से चिपका हुआ

हूँ। पहली साँस जो चलती है और मैं गिर जाता हूँ। मेरी आवाज किसी बूढ़ी महिला की तरह हो गई है। मेरी आँखें अब मेरे पाँव को रास्ता नहीं दिखाती हैं और मेरे पाँव भारी हो गए है; मैं थक गया हूँ। यह ठीक है।"

उसने तब तक संतुष्टि से अपना सिर झुकाए रखा, जब तक कि असंतुष्ट बर्फ का आखिरी शोर भी खत्म नहीं हो गया और वह जानता था कि उसका बेटा उसकी याद से परे था। तब उसका हाथ तेजी से लकड़ी की तरफ गया। यही तो उसके और अनंत के बीच खड़ा था, जो उसके प्रति नीरस था। अंतत: उसके जीवन की भाप एक मुट्ठी गट्ठा था। एक-एक करके वे आग की प्रज्वलित रखेंगे और उसी तरह से कदम-कदम करके मौत भी उसे अपने आगोश में ले लेगी। जब आखिरी तिनके की आग भी ठंडी हो जाएगी तो ठंड बढ़ जाएगी। सबसे पहले तो उसके पैर ठंडे पड़ेंगे, उसके बाद उसके हाथ; उसके बाद पूरा शरीर अकड़ जाएगा। उसका सिर आगे की ओर उसके घुटनों में गिर जाएगा और वह विश्राम करेगा। यह आसान था। हर व्यक्ति की मौत निश्चित है।

उसने शिकायत नहीं की। जीवन ऐसा ही था और यह ठीक था। वह पृथ्वी के निकट पैदा हुआ, पृथ्वी के निकट ही रहा और इसलिए पृथ्वी के नियम उसके लिए नए नहीं थे। यही सभी मनुष्य के लिए नियम थे। प्रकृति मनुष्य के प्रति मेहरबान नहीं थी। उस हाड़-मांस के लिए उसकी कोई चिंता नहीं थी, जिसे हम मनुष्य कहते हैं। उसकी रुचि तो जातियों, प्रजातियों में थी। बूढ़े कोसकुश के बर्बर मस्तिष्क की यही सबसे गहरी कल्पना थी, लेकिन उसने इसे दृढ़ता से पकड़ा। उसने इसकी झलक हर जीवन में देखी। पौधों का उगना, कलियों की चटकती हरियाली, सूखे पत्तों का गिर जाना—इसी में पूरा इतिहास बताया गया है। लेकिन एक काम, जो प्रकृति ने किया है, वह मनुष्य को स्थापित किया है। उसने यह नहीं किया, वह मर गया। उसने यह किया, तब भी एक ही बात थी, वह मर गया। प्रकृति परवाह नहीं करती; ऐसे काफी लोग हैं, जो आज्ञाकारी हैं और इस मामले में सिर्फ आज्ञाकारिता ही थी, न कि आज्ञाकारी, जो रहे और हमेशा रहे। कोसकुश प्रजाति बहुत पुरानी थी। वे बूढ़े व्यक्ति, जिन्हें वह तब से जानता था, जब वह लड़का था, वह उनसे भी पहले से बूढ़े लोगों को जानता था। इसलिए यह सही था कि प्रजाति वहाँ रहती थी, जो अपने सभी सदस्यों की आज्ञाकारिता के लिए जानी जाती थी, अतीत में काफी समय से, जिनकी कब्रें भी भुला दी गईं। उनके बारे में कोई सोचता भी नहीं, वे कहानियाँ बन गए। वे गरमी में आकाश के बादल की तरह उड़ गए। वह भी एक कहानी था, वह भी चला जाएगा। प्रकृति परवाह नहीं करती। जीवन के लिए कुछ काम निर्धारित

किए, एक नियम दिया। यादगार बनाना जीवन का काम था, इसका नियम मौत था। एक अविवाहित, मजबूत और विकसित वक्षवाली महिला देखने में सुंदर लगती है, उसकी चाल में लचक और आँखों में चमक होती है। लेकिन अभी भी उसका काम उसके सामने था। उसके आँखों की चमक तेज हो गई। उसकी चाल में तेजी आई। अब वह युवा व्यक्तियों के साथ बहुत निडर हो गई थी, अब डरपोक और उसने उन सभी को अपनी बेचैनी दे दी। उसका रंग देखने में और गोरा हो गया, तब तक कोई शिकारी, जो अब अपने आपको सँभालने में असमर्थ था, वह उसे खाना बनाने, अपने लिए काम करने और अपने बच्चों की माँ बनाने के लिए उसे अपने आवास पर ले गया। बच्चों के जन्म के साथ ही उसका सौंदर्य चला गया, वह अपने अंगों को खींचती और बदलती। उसके आँखों की रोशनी धुँधली हो गई और सिर्फ छोटे बच्चों को ही आग के पास उसके मुरझाए चेहरे को देखकर खुशी होती थी। उसका काम हो गया। लेकिन कुछ समय के बाद अकाल के आते ही या पहली लंबी राह पर, उसे भी छोड़ दिया जाएगा, जैसे कि उसे छोड़ दिया गया था बर्फ में थोड़ी सी लकड़ी के ढेर के साथ। ऐसा ही नियम था।

उसने बड़े ध्यान के साथ एक लकड़ी आग पर रखी और फिर से चिंतन में लग गया। हर चीज हर जगह ऐसी ही थी। पाला गिरते ही मच्छर गायब हो जाते। छोटी गिलहरी रेंगकर मर जाती। जब खरगोश की उम्र बढ़ने लगती है तो वह भी धीमा और भारी हो जाता है और अपने शत्रुओं से तेज नहीं दौड़ पाता। यहाँ तक कि गंजे सिरवाला चेहरा भी बेडौल, अंधा और झगड़ालू हो जाता है और अंततः उसे भी एक मुट्ठी के साथ झोंक दिया जाता है। उसे याद है कि एक बार सर्दी में उसने किस प्रकार अपने ही पिता को क्लोनडायक के विस्तार पर छोड़ दिया था, वह सर्दी, जब मिशनरी अपनी टॉक-बुक तथा उसकी दवाइयों के बक्से के साथ वहाँ आई, कोसकुश ने उस बॉक्स को याद करके कई बार अपने होंठों पर जबान फेरी, लेकिन उसके होंठ फिर भी गीले नहीं हुए। 'दर्दनाशक' विशेष रूप से बढ़िया था। मिशनरी अंततः एक भाई था, क्योंकि उसने कैंप में मांस नहीं लाया, उसने बड़े चाव से खाया और शिकारी गुर्राए। लेकिन भायो के पास विभाजक पर वह शांत था और इसके बाद कुत्तों को गुठलियों की महक लगी और वे उसकी हड्डियों के लिए लड़ पड़े।

कोसूकश ने दूसरी लकड़ी आग में रखी और अतीत की गहराइयों में भटकने लगा। महान् अकाल का समय था, जब बूढ़े व्यक्ति खाली पेट आग के पास सिकुड़कर बैठते और प्राचीन समय की परंपराओं की बातें करते, जब यूकोन तीन सर्दियों तक खुले दौड़ता और फिर तीन गरमियाँ जमा पड़ा रहता। उसकी माँ

उसी अकाल में मर गई थी। गरमियों में सलमन की दौड़ विफल हो गई थी तथा जनजातियों को सर्दियों तथा रेनडियर के आगमन का इंतजार रहता। सर्दी तो आ गई, लेकिन इसके साथ रेनडियर नहीं आए। उसकी पसंद का कभी पता ही नहीं था, यहाँ तक कि बूढ़े आदमी के जीवन में भी नहीं, लेकिन रेनडियर नहीं आए और यह सातवाँ साल था, खरगोशों की संख्या में भी वृद्धि नहीं हुई और कुत्ते भी हड्डियों के ढेर ही थे। लंबे अँधेरे में बच्चे चिल्लाते, मर जाते और महिलाएँ तथा बूढ़े आदमी; और बसंत ऋतु में दोबारा सूर्य देखने के लिए दस में से एक भी जनजाति जीवित नहीं बचती, वह अकाल का समय था।

लेकिन उसने प्रचुरता का समय भी देखा था, जब मांस उनके ही हाथों में सड़ जाते थे और बहुत ज्यादा खा-खाकर कुत्ते मोटे और अयोग्य हो गए थे—वे समय जब वे खेल को बिना मारे ही जाने देते थे और महिलाएँ जननक्षम होती थी; और तंबू बिखरे पड़े थे और उनमें पुरुष-बच्चे और महिलाएँ-बच्चे भरे होते थे। और फिर पुरुष सहनशील हो गए तथा पुरानी लड़ाइयों को झेल गए तथा पेलीस को मारने के लिए विभाजन रेखा पार करके दक्षिण चले गए और पश्चिम में वे तनानास की बुझती आग के पास वे शायद बैठ सकते थे। उसे याद है कि जब वह लड़का था, प्रचुरता का समय था, जब उसने भेड़ियों को हिरणों को घसीटते हुए देखा। जिंग-हा उसके साथ बर्फ में पड़ा रहता और देखता—जिंग-हा, जो बाद में सबसे ज्यादा चालक शिकारी बना और जो बाद में योकन के हवाई छिद्र में गिरा। उन लोगों ने उसे एक माह के बाद देखा, जब वह आधा दूर रेंगता हुआ गया और ठंड के कारण अकड़ गया था।

लेकिन हिरण। उस दिन वह और जिंग-हा अपने पिता की तरह शिकार करने के लिए निकला था। पहाड़ी ढलान पर उसे हिरणों के पैरों के अभी-अभी बने निशान देखे और इसके साथ ही भेड़ियों के पैरों के निशान भी। 'पुराना निशान' जिंग-हा, जो संकेतों को तुरंत पढ़ लेने में माहिर था, ने कहा, 'बूढ़ा हिरण, जो झुंड के साथ नहीं जा सका। भेड़ियों ने उसे अपने भाइयों से अलग कर दिया और वे उसे कभी छोड़ेंगे नहीं। और यह ऐसा ही था। यही उनका तरीका था। दिन और रात कभी भी आराम नहीं करना, गुर्राना, ऊँघना, वे अंत तक उसके साथ ही रहते। किस प्रकार उसे और जिंग-हा को खून का लालच तेज होता महसूस हुआ। अंत देखने का एक दृश्य होगा।

उत्सुकतावश उन लोगों ने पदचिह्नों का पीछा किया और यहाँ तक कि कोसकूश, जिसकी दृष्टि कमजोर थी और उसे चिह्नों की ज्यादा पहचान नहीं थी,

लेकिन वह भी इसे आँख बंद कर अनुसरण कर सकता था, वह इतना खुला-खुला था। वे उन पदचिह्नों का अनुसरण करने में काफी उत्साही थे, उस दुखांत को देखकर, जो अभी-अभी लिखी गई थी, हर कदम पर। अब वे वहाँ पहुँच गए जहाँ हिरण इकट्ठे हुए थे। एक वयस्क व्यक्ति के शरीर की तीन गुना लंबाई में, बर्फ पर हर दिशा में निशान पड़े हुए थे। बीच में, चपटे पैरों का गहरा निशान था और हर तरफ भेड़ियों के पैर के हलके निशान थे। जब उनके भाई जल्दी हत्या करने में लगे थे, जबकि कुछ एक ओर आराम कर रहे थे। उनके पूरे शरीर का बर्फ में बना निशान इतना स्पष्ट था कि लग रहा था कि कुछ ही क्षण पहले बना हो। एक भेड़िया शिकार के असंयमित झुंड में फँस गया और वह कुचलकर मारा गया। बची हुई कुछ हड्डियाँ इस बात की गवाही दे रही थीं।

एक बार फिर दूसरे विश्राम-स्थल पर उनके पैरों के निशान वहीं तक थे। यहाँ पर भी इस बड़े जानवर ने बुरी तरह लड़ाई की थी। उसे दो बार बर्फ पर घसीटा गया, जिसकी पुष्टि बर्फ से हो रही थी और दो बार उसने अपने आपको अपने आक्रमणकारी के चंगुल से बचाया और एक बार फिर उसे अपने शत्रु पर विजय मिली। उसने बहुत लंबे समय से ऐसा किया था, लेकिन इसके बावजूद उसे जिंदगी से बड़ा प्यार था। जिंग-हा ने कहा कि यह विचित्र बात थी, एक हिरण ने एक बार फिर स्वयं को अपने शत्रु के चंगुल से मुक्त कर लिया था; लेकिन इसमें निश्चित रूप से यह बात थी। जब वे इसके बारे में ओझा को बताएँगे तो उसे इसमें संकेत और अचरज दिखाई पड़ेंगे।

और एक बार फिर वे उस जगह पहुँच गए, जहाँ हिरण तट पर चढ़े थे और उन्हें लकड़ी मिली थी। लेकिन उसके शत्रु ने पीछे से आक्रमण कर दिया और जब तक वह अपने पिछले पैरों पर खड़ा नहीं हो गया, वे उस पर आक्रमण करते रहे और दो को बर्फ की गहराई में कुचल दिया। यह स्पष्ट था कि शिकार उसके हाथ में था, क्योंकि उसके भाइयों ने उसे अस्पृश्य छोड़ दिया था, दो और घंटा तेजी से गुजर गया, समय के संदर्भ में छोटा और दोनों बहुत पास-पास। अब पदचिह्नों के निशान लाल थे और बड़े जानवर के पैर के स्पष्ट निशान छोटे और अस्पष्ट हो गए थे। तभी उन्हें लड़ाई की पहली आवाज सुनाई पड़ी—लेकिन पूरी ताकत से पीछा करने की एक साथ आवाज नहीं, बल्कि भौंकने की छोटी आवाज, जिससे उनके पास होने तथा मांस खाने का पता चला रहा था। हवा में रेंगते हुए, जिंग-हा ने इसे बर्फ में भरा और उसके साथ ही वह भी रेंग गया, कोसकूश, जो आनेवाले समय में जनजातियों का प्रमुख बननेवाला था। उन सबने मिलकर वृक्ष की छोटी टहनियों को

काटा और सावधानी के साथ झाँका। यही अंत था, जो उन्होंने देखा।

युवाओं के समस्त प्रभावों की तरह उसके मन में छवि आज भी प्रबल थी और उसकी मद्धिम आँखें अंत को उतना ही विविध प्रकार से होते हुए देख रही थी जितना अतीत में कोसकूश को इस पर अचरज हो रहा था, क्योंकि आनेवाले समय में जब वह इन व्यक्तियों का नेता था और सलाहकारों का प्रमुख, उसने बड़े-बड़े काम किए और पेलीस के मुँह में अपने नाम को एक अभिशाप बना दिया। उस विचित्र श्वेत व्यक्ति के बारे में कुछ न कहना बेहतर था, जिसकी उसने हत्या की थी, खुली लड़ाई में चाकू से चाकू चलाकर।

बहुत देर तक वह अपने युवा समय के बारे में गहराई से सोचता रहा, जब तक कि आग बुझ नहीं गई और पाला गहरा नहीं हो गया। इसने इस बार आग में दो और लकड़ी डालीं और जो कुछ बचा था, उसी के आधार पर जीवन पर अपनी पकड़ को परखा। यदि सिट-कम-टू-हा को सिर्फ अपने दादा के बारे में याद होता और वह और ज्यादा गट्ठा इकट्ठा करती तो उसका जीवन और लंबा होता। यह आसान होता। लेकिन वह तो हमेशा से ही एक लापरवाह बच्ची थी और उस समय से ही अपने पूर्वजों को सम्मान नहीं देती थी, जब जिंग-हा के बेटे के बेटे बिवर ने उसपर पहली नजर नहीं डाली। ठीक है, इसका क्या महत्त्व है? क्या उसने अपनी युवावस्था में ऐसा नहीं किया था? कुछ देर तक तो वह खामोशी को ही सुनता रहा। शायद उसके बेटे का दिल उसके लिए पिघल जाएगा और वह अपने बूढ़े पिता को जनजातियों के पास वापस ले जाने के लिए अपने कुत्ते के साथ आएगा, जहाँ रेनडियर दौड़ते हैं और उनपर चरबी लटकती रहते हैं।

उसने अपने कानों पर दबाव दिया, उसका परेशान मन कुछ क्षण के लिए शांत हुआ। कोई हलचल नहीं, कुछ भी नहीं। गहरी खामोशी के बीच उसने ही साँस ली। बहुत अकेला था हार्फ! यह क्या था? उसके शरीर में ठंड की एक लहर दौड़ गई। परिचित लंबी चीख ने इस खामोशी को तोड़ा और यह चिल्लाहट बहुत पास थी। तभी उसकी अँधेरी आँखों में हिरण का दृश्य उभरा—बूढ़े हिरण की—फटे हुए पहलू खून से सराबोर किनारे, छलनी किए हुए बाल, अनेक बड़ी शाखाओंवाले सींग, मुलायम बाल गिरे हुए और अंतिम क्षण में लुढ़कते हुए। उसने बुढ़ापे का चमकता रूप, चमकती आँखें, लटकती जुबान, लार टपकाते जहरीले दाँत देखे। उसे अपने नज़दीक अनवरत घेरा दिखाई पड़ता रहा, जब तक कि वह ठप्पेदार बर्फ में एक गहरा बिंदु नहीं बन गया।

एक ठंडा थूकना उसके गालों से टकराया और इसके स्पर्श के साथ ही वह

झटके से वर्तमान में वापस आ गया। उसका हाथ आग की तरफ उछला और जलते हुए लकड़ी के एक गट्ठे को खींचा। मनुष्य के आनुवांशिकी डर द्वारा अस्थायी रूप से विजय पाते हुए, हिंसक पीछे हटा और अपने भाइयों को बुलाने के लिए लंबी पुकार लगाई; और लालच के साथ उन सबने भी जवाब दिया, जब तक कि झुके, लार-लटकाते बूढ़े का एक घेरा वहाँ नहीं बन गया। वह बूढ़ा व्यक्ति बड़े ध्यान से निकट आते उस घेरे की आवाज सुन रहा था। उसने उग्रता के साथ अपना डंडा घुमाया और सूँघ चींख में बदल गई; लेकिन हाँफते जानवर भागनेवाले नहीं थे। अब एक ने कसम खाकर अपने सीने को आगे बढ़ाया, उसके पीछे अपने कूबड़ों को खींचते हुए, फिर दूसरे ने और तीसरे ने; लेकिन उनमें से एक भी पीछे नहीं हटा। उसे जीवन से क्यों चिपके रहना चाहिए? उसने पूछा और दहकती हुई लकड़ी को बर्फ पर गिरा दिया। यह घुनघुनाई और बुझ गई। यह घेरा असहजता के साथ चिल्ला रहा था, लेकिन अपने आप ही। एक बार फिर उसने बूढ़े हिरणों के अड्डे को देखा और कोसकूश ने थककर अपने सिर को अपने ठेहुने पर गिरा दिया। अंततः इसका क्या महत्त्व था? क्या यह जीवन का नियम नहीं था?

□

दि पेन

दो दिनों तक मैं जेल के प्रांगण में मेहनत करता रहा। यह भारी काम था और इस बात के बावजूद कि मैं हर मौके पर जी चुराता था, मैं ऐसा ही रहा। यह भोजन के कारण था। ऐसे भोजन पर कोई भी आदमी कठिन काम नहीं कर सकता था। रोटी और पानी, हमें बस यही मिलता था। सप्ताह में एक दिन हमें मांस मिलता था, लेकिन यह मांस भी हम पसंद नहीं करते थे, क्योंकि सूप बनाने के लिए पहले इसके सारे पोषक तत्त्व निकाल लिये जाते थे। इस बात का कोई महत्त्व नहीं था कि किसी को सप्ताह में एक बार भी इसमें स्वाद लगता है या नहीं।

इसके लिए रोटी और पानी के भोजन में एक महत्त्वपूर्ण दोष था। हमें जबकि ढेर सारा पानी मिलता था, हमें रोटी अच्छी तरह नहीं मिलती थी। जो रोटी हमें मिलती थी, उसका आकार दो मुट्ठी के बराबर था और हर कैदी को हर दिन तीन खुराक दी जाती थीं। मैं यह अवश्य कहना चाहता हूँ कि एक अच्छी चीज थी पानी के बारे में—वह यह कि पानी गरम मिलता था। सुबह में इसे 'कॉफी' कहते थे, दोपहर में एक दर्जा बढ़कर 'सूप' हो जाता था और रात में यह 'चाय' हो जाती थी। लेकिन हर समय यह वही पुराना पानी था। कैदी इसे 'सम्मोहित पानी' कहते थे। सुबह में यह काला पानी होता था, इसका काला रंग रोटी के जले टुकड़ों को इसमें उबालने के कारण होता था। दोपहर में इस पानी में रंग नहीं होता था, इसमें नमक और एक बूँद तेल डाल दिया जाता था। रात में इसमें बैंगनी-सुनहरी रंग के साथ इसे परोसा जाता था, जो सारी अटकलबाजियों को निरर्थक साबित कर देती थी; यह डरावनी चाय थी, लेकिन यह अच्छा गरम पानी था।

ईटी काउंटी पेन में हम सभी भूखे थे। जो वहाँ काफी समय से थे, वे ही सिर्फ यह जानते थे कि खाने के लिए पर्याप्त भोजन होने का क्या अर्थ था। इसका कारण यह था कि उस भोजन को खाकर वे मर जाते, जो हम थोड़े समयवालों को मिलता

था। मुझे मालूम था कि लंबे समयवालों को काफी भोजन मिलता था, क्योंकि नीचे हमारे हाल में उनकी एक लंबी लाइन होती थी और जब मैं विश्वसनीय था तो उनको परोसते समय मैं उनके भोजन से चुरा लिया करता था। मनुष्य केवल रोटी खाकर जिंदा नहीं रह सकता है, और वह भी जब पर्याप्त न हो!

मेरे साथी ने सामान लाकर दिया। प्रांगण में दो दिन तक काम करने के बाद मुझे मेरे सेल से निकालकर ट्रस्टी हॉलमैन बना दिया गया। सुबह और रात को हम कैदियों को उनके कमरे में ही रोटी परोसते थे; लेकिन दोपहर बारह बजे दूसरा तरीका अपनाया जाता था। आरोपी काम से लंबी लाइन बनाकर आते थे। वे जैसे ही हमारे हॉल के दरवाजे में प्रवेश करते, वे नियंत्रित पद्धति को तोड़ देते और अपनी पंक्ति के साथियों के कंधे पर से अपना हाथ नीचे उतार लेते थे। दरवाजे के ठीक अंदर रोटी से भरी ट्रे का ढेर लगा होता था और यहाँ भी हॉल का पहला व्यक्ति तथा हाल का दो साधारण व्यक्ति खड़ा होता था। मैं उन दो में से एक था। मेरा काम यह था कि जब आरोपियों की लाइन गुजरे तो उनके सामने रोटी की ट्रे पकड़कर खड़े होना था। जैसे ही वह ट्रे खाली होती, जो मैं पकड़े हुए था तो रोटी से भरी अन्य ट्रे लेकर हॉल का दूसरा आदमी वहाँ खड़ा हो जाता। अब जब उसकी ट्रे खाली होती तो रोटी से भरी ट्रे लेकर मैं उसका स्थान ले लेता। इस प्रकार पंक्ति स्थिर रूप से आगे बढ़ती रहती। हर व्यक्ति अपना दायाँ हाथ बढ़ाकर रोटी का अपना हिस्सा आगे बढ़ाई हुई ट्रे से उठा लेता।

हॉल के प्रथम व्यक्ति का काम कुछ अलग था। वह इकट्ठा किया करता था। वह ट्रे के बगल में खड़ा हो जाता और देखता रहता। भूखे कैदी कभी इस मोह से नहीं निकल सके थे कि कभी-कभी वे ट्रे से रोटी का दो हिस्सा ले पाएँगे। लेकिन मेरे अनुभव में वह 'कभी' कभी नहीं आया। पहले हॉलमैन के डंडे को तेज गति से उस हाथ का पकड़ने का एक तरीका था—बाघ के पंजे के झपट्टे के इतना तेजी से—जो महत्त्वाकांक्षी रूप से ऐसा करने का साहस करते थे। हॉल के पहले व्यक्ति को दूरी का बहुत अंदाजा था और उसने उस डंडे से इतने हाथ चूर कर दिए थे कि वह अचूक बन गया था। उससे कभी चूक नहीं होती थी और वह प्राय: अपराध करनेवाले कैदियों को सजा के तौर पर उनसे एक हिस्सा ले लेता था और उसे अपने कमरे में गरम पानी से भोजन बनाने के लिए भेज देता था।

कभी-कभी जब ये सभी व्यक्ति अपने कमरे में भूखे होते थे, मैंने सौ या उससे भी ज्यादा रोटियों का भोजन हॉल के इन लोगों के कमरे में छिपा हुआ देखा है। इन रोटियों को रख लेना मूर्खतापूर्ण प्रतीत होता है। लेकिन यह हमारी रिश्वतों

में से एक था। अपने कमरे में हम आर्थिक विशेषज्ञ थे, चालकियों को उन तरीकों में बदल देते थे, जो सभ्यता के आर्थिक विशेषज्ञों के कारनामों के समान थे। हमने जनसंख्या की भोजन आपूर्ति को नियंत्रित किया और बाहर के अपने डाकू भाइयों के ठीक समान हमने लोगों को बहुत जयादा मूल्य चुकाने को विवश किया। हमने रोटियों को बेचा। सप्ताह में एक बार प्रांगण में काम करनेवाले लोगों को पाँच सेंट की तंबाकू की बट्टी मिलती थी। तंबाकू चबाना उस क्षेत्र का सिक्का था। तंबाकू की एक बट्टी के बदले हम रोटी के दो हिस्से लेते थे और वे हमसे इसे लेते थे। इसलिए नहीं कि उन्हें तंबाकू कम पसंद था, बल्कि उन्हें रोटी ज्यादा अच्छी लगती थी। आह, मुझे मालूम है, यह बच्चे से मिठाई लेने जैसा है, लेकिन आप क्या करेंगे? हमें भी जीना था और निश्चित रूप से प्रयास एवं परिश्रम के लिए कुछ पुरस्कार भी होने चाहिए। इसके अलावा हमने उस चारदीवारी के बाहर योग्य व्यक्तियों की तरह खुद को तैयार किया, जो कि बड़े पैमाने पर तथा व्यापारियों, बैंकरों, उद्योग के प्रमुख के छद्म रूप में बिल्कुल वही करते थे, जो हम कर रहे हैं। यदि यह हमारे लिए नहीं होता तो उन बेचारों के साथ क्या होता, मैं कल्पना भी नहीं कर सकता हूँ। ईश्वर जानता है कि हमने ईटी काउंटी पेन रोटी बँटवाए। ऐ, हमने मितव्ययिता को प्रोत्साहित किया—उन बेचारे दुष्टों में, जिन्होंने अपने तंबाकू का त्याग किया। फिर हमारा उदाहरण था। हर आरोपियों के मन में यह महत्त्वाकांक्षा थी कि वे हमारे जैसे बनें और रिश्वतखोरी का धंधा चलाएँ। समाज के रक्षक मेरा अनुमान है, हाँ।

यहाँ बिना तंबाकू के एक भूखा आदमी था। हो सकता है कि वह चरित्रहीन हो और सब का उपभोग खुद ही किया हो। बहुत अच्छा; उसके पास गेलिस था। मैंने इसके बदले रोटी के आधा दर्जन हिस्से दिए—या एक दर्जन हिस्से, यदि गेलिस बहुत अच्छे होते तो! अब मैं कभी भी गेलिस नहीं पहनता हूँ, लेकिन उस बात का कोई महत्त्व नहीं है। कोन के आसपास एक पुरानी अपराधी रहता था, वह मनुष्य की हत्या के लिए वहाँ दस साल से कैद था। वह गेलिस पहनता था और उसे एक जोड़ी गेलिस और चाहिए था। मैंने उसे यह मांस के कुछ हिस्से के बदले दिया। मांस ही था, जो मुझे चाहिए था। या शायद उसके पास फटा हुआ कागज में लिपटा एक उपन्यास था। वह खजाना था। मैं इसे पढ़ सकता था और फिर इसे केक के बदले बेकर को बेच सकता था या मांस और सब्जी के बदले रसोइए को, या अच्छी कॉफी के बदले फायरमैन को, या अखबार के बदले किसी अन्य व्यक्ति को जो कभी-कभी यहाँ आता था, सिर्फ ईश्वर ही जानता है कैसे? रसोइया, बेकर

तथा फायरमैन भी मेरी तरह ही कैदी थे और वे हमारे ही हॉल में, कमरों की पहली पंक्ति में हमसे आगे रहते थे।

संक्षेप में ईटी काउंटी पेन में अदला-बदली की पूर्ण विकसित व्यवस्था प्रचलित थी। यहाँ तक कि पैसे भी प्रचलन में थे। ये पैसे कभी-कभी नए कैदियों द्वारा गैर-कानूनी रूप से अंदर लाए जाते थे। ये बार-बार नाई की दुकान की रिश्वत से आते थे, जहाँ नए कैदियों को सजा मिलती थी, लेकिन अधिकांश चीजें पुराने कैदियों के कमरे से ही आती थीं—उन्हें यह कैसे मिलता था, मुझे नहीं मालूम।

उसकी श्रेष्ठ स्थिति के बारे में क्या, पहले हॉल मैन के बारे में यह प्रसिद्ध था कि वह बहुत समृद्ध है। उसके अपने अनेक रिश्वतों के अलावा वह हमसे भी रिश्वत लेने लगा। मिले-जुले रिश्वत के अलावा उसने हमसे भी रिश्वत ली। हमने सामान्य दयनीयता को पोषित किया और फर्स्ट हॉल मैन इस मामले में हम सबका प्रमुख निकला। हमने अपनी विशिष्ट रिश्वतों को उसकी अनुमति से रोके रखा और हमें उस अनुमति के लिए भी मूल्य अदा करने पड़े। जैसा कि मैंने कहा, वह समृद्ध के रूप में विख्यात था, लेकिन हमने कभी उसके पैसे नहीं देखे और वह एक कमरे में अकेले ही पूरी भव्यता के साथ रहा।

लेकिन वह पैसे भी उसने पेन में ही कमाए और मेरा मेरे पास इस बात का प्रत्यक्ष प्रमाण था, क्योंकि मैं थर्ड हॉल मैन का काफी समय तक कमरे का साथी था। उसके पास सोलह डॉलर से ज्यादा थे। वह हर रात नौ बजे के बाद अपने पैसों को गिनता था, जब हमें कमरों में बंद कर दिया जाता था। और हर रात वह मुझे यह भी कहता था कि यदि मैं हॉल के दूसरे लोगों को छोड़ दूँ तो वह मेरे लिए क्या करेगा! आप देखिए, उसे लुट जाने का डर था और उसपर तीन अलग-अलग दिशाओं से खतरा था। वहाँ सुरक्षाकर्मी भी थे। हो सकता है कि उनमें से कुछ उस पर कूद पड़ते, कथित अनैतिकता के लिए उसकी पिटाई भी करते और उसे कालकोठरी में डाल देते। और घपलेबाजी में उसके सोलह डॉलर बढ़ जाते। एक बार फिर तीसरा हॉलमैन उसे बरखास्त करने और जेल के प्रांगण में कठिन परिश्रम करने के लिए वापस भेज देने की धमकी देकर वह इससे सबकुछ वापस ले लेता। फिर भी हम हॉल के दस लोग थे, जो सामान्य लोग थे। यदि हमें उसकी संपत्ति का थोड़ा भी संकेत मिल जाता तो वह और भी बड़ी जिम्मेदारी थी। किसी शांत दिन में हम सभी मिलकर उसे कोने में ले जाते और उसे घसीटते। आह! हम भेड़िए थे, मेरा विश्वास कीजिए, वॉल स्ट्रीट में जो लोग व्यापार करते हैं बिल्कुल उनकी तरह।

उसके हमसे डरने के पर्याप्त कारण थे, इसलिए हम भी उससे डरते थे।

वह विशाल निरक्षर और निर्दयी था—भूर्तपूर्व चीजपीक-बे-आइस्टर-डाकू, एक 'भूतपूर्व ठग', जिसने पाँच वर्ष तक सिंग-सिंग में धोखाधड़ी की और एक सामान्य बहुमुखी, मूर्खतापूर्ण रूप से भक्षक जंगली जानवर। खुले घेरे से ही वह उन गौरैयों को पकड़ लिया करता था, जो उड़कर हमारे कमरे में आ जाती थीं। जब वह गौरैयों को पकड़ता वह तेजी से इसे लेकर अपने कमरे में जाता था जहाँ मैंने उसे इन गौरैयों को कच्चा ही चबाते और उसके पंखों को थूकते हुए देखा है। अरे नहीं, मैंने हॉल के दूसरे लोगों की तुलना में उसे कभी नहीं छोड़ा। यह पहली बार था, जब मैंने उसके सोलह डॉलर की चर्चा की थी।

लेकिन मैंने उससे ठीक उसी तरह रिश्वत ली। उसे एक महिला कैदी से प्यार हो गया था, जो महिला विभाग में बंद थी। उसे पढ़ना-लिखना नहीं आता था और मैं उसे उसकी चिट्ठियों को पढ़कर सुनाता था और उसके लिए उनके जवाब लिखता था। और इसके लिए मैं उससे पैसे भी लेता था। लेकिन वे चिट्ठियाँ अच्छी होती थीं। मैं खुद ही उन सबका बंदोबस्त करता, अपना श्रेष्ठ प्रयास करता और इसके अलावा, मैंने उसे उसके लिए जीता; यद्यपि मैंने चालाकी से यह सोचा कि उसे प्यार था, उससे नहीं, बल्कि उस मामूली मुंशी से। मैं फिर कहता हूँ कि वे चिट्ठियाँ बहुत अच्छी थीं।

हमारा दूसरा रिश्वत था 'निकम्मे को भेजना'। हम चिटकनी और छड़ की उस दुनिया में खगोलीयत, आग लानेवाले थे। जब लोग रात को काम से वापस आते और उन्हें उनके कमरों में बंद कर दिया जाता, वे धूम्रपान करना चाहते थे। तभी हम सड़ी हुई लकड़ी की सुलगती चिनगारी जो गैलरी में एक कमरे से दूसरे कमरे में जाती, हम उस दिव्य चिनगारी को फिर से प्राप्त कर लेते। वे लोग, जो समझदार थे या जिनके साथ हमने व्यापार किया था, की सड़ी हुई लकड़ियाँ जलने के लिए तैयार रहती थीं। लेकिन हर किसी के पास दैवीय चिनगारी नहीं होती थी। लड़के को खोदने से रोक दिया गया। वह बिना धूम्रपान किए और चिनगारी जलाए सोने के लिए चला गया। लेकिन हमें किस बात की परवाह थी? लेकिन हमारा उस पर शाश्वत प्रभाव था और यदि वह तरोताजा उठता तो हममें से दो या तीन लोग उसे खड़ा करते और उसे 'किसलिए' कहते।

आप देखिए, हॉल के लोगों के काम करने के यही सिद्धांत थे। हम तेरह लोग थे। हमारे हाल में कुछ नहीं तो कम से कम पाँच सौ कैदी थे। हम से यह अपेक्षा की जाती थी कि हम काम करें और व्यवस्था बनाए रखें। व्यवस्था बनाए रखने का काम सुरक्षाकर्मियों का था, जो वे हम पर डाल देते थे। व्यवस्था बनाए रखना अब

हमारी जिम्मेदारी थी; यदि हम नहीं करते तो हमें वापस कठिन परिश्रम के लिए भेज दिया जाता। लेकिन हम जब तक व्यवस्था बनाए रखते, उतने समय तक हम अपनी विशेष रिश्वत पर काम कर सकते थे।

कुछ क्षण हमारे साथ बरदाश्त कीजिए और इस समस्या पर नजर डालिए। यहाँ पाँच सौ आशिष्ट व्यक्तियों पर हम तेरह आशिष्ट व्यक्ति थे। यह जीता-जागता नरक था, जेल था और वहाँ शासन करना हम तेरह लोगों की इच्छा पर था। उन अशिष्ट व्यक्तियों के स्वभाव को देखते हुए, वहाँ नरमी के साथ शासन करना हमारे लिए असंभव था। हम भय के माध्यम से शासन करते थे। निस्संदेह हमें सुरक्षाकर्मियों का समर्थन हासिल था। अति की स्थिति में हम उन्हें मदद के लिए बुलाते थे; लेकिन यदि हम उन्हें बार-बार बुलाते तो उससे उन्हें परेशानी होती तो ऐसी स्थिति में हम इस बात पर निर्भर करते थे कि वे हमारी जगह पर अधिक कुशल पर्यटकों को लाएँगे। लेकिन हम उन्हें बार-बार नहीं बुलाते, सिवाय कुछेक मौके के, जब हमें अंदर किसी रेफरेक्ट्री कैदी तक पहुँचने के लिए उसके कमरे का दरवाजा खुलवाना होता था, तो ऐसे मामले में सूरक्षाकर्मी जो करते थे, वे कमरे का दरवाजा खोलकर चले जाते थे, ताकि जब हॉल के आधा दर्जन लोग अंदर जाएँ और उन कैदियों के साथ थोड़ा-बहुत मारपीट करें तो वे उसे देख न सकें।

जहाँ तक इस मारपीट के विवरण का संबंध है, मैं कुछ भी नहीं कहूँगा। अंततः ईटी काउंटी पेन में मारपीट उन छोटे अचिह्नित आतंकों में से एकमात्र आतंक था। मैं कहता हूँ 'अचिह्नित'; और न्याय के साथ हमें 'अविचारणीय' भी कहना चाहिए। और जब तक कि मैं उन्हें देखता नहीं, वे हमारे लिए अविचरणीय थे और दुनिया के तरीकों में तथा मानव नीचता के भयावह गर्त में मैं छोटी मुरगी नहीं था। ईटी काउंटी पेन में पहुँचने के लिए मुझे गहरी डुबकी लेनी पड़ेगी और मैं लेता भी हूँ, लेकिन मैं उन पर सरसरी नजर डालता और चीजों की गहराई में नहीं जाता।

कभी-कभी जैसे सुबह में जब कैदी हाथ-मुँह धोने आते और उनके बीच हम तेरह लोग व्यावहारिक रूप से अकेले होते और उनमें से हर आखिरी व्यक्ति के पास हमारे लिए यह होता। पाँच सौ के विरुद्ध तेरह और हम डर के माध्यम से उनपर शासन करते थे। हम उन्हें शासन में तनिक उल्लंघन की भी अनुमति नहीं देते थे, तनिक गुस्ताखी बरदाश्त नहीं करते। यदि ऐसा हम करते, हम गुम हो जाते। हमारे अपने नियम यह थे कि उस आदमी पर उसी क्षण प्रहार करो, जिस क्षण वह अपना मुँह खोलता है। उस पर जोर से प्रहार करो, उस पर किसी भी चीज से प्रहार करो। झाड़ के भट्ठे से मुँह पर प्रहार से गहरा असर पड़ता है। लेकिन यही सबकुछ नहीं

था। ऐसे व्यक्ति को एक उदाहरण बनाना चाहिए; इसलिए अगला नियम यह था कि उसे पैदल पार करना और उसका पीछा करना। निश्चित रूप से व्यक्ति को यह पक्का विश्वास होता था कि नजर आनेवाला हॉल का हर व्यक्ति दौड़ता हुआ वहाँ आएगा और उस सजा में शामिल हो जाएगा; इसके लिए भी नियम थे। जब कभी भी हॉल के किसी व्यक्ति को किसी कैदी से परेशानी होती थी तो उस समय आसपास जो व्यक्ति मौजूद होता था, उसकी यह जिम्मेदारी थी कि प्रहार करे। मामले की गुणवत्ता पर कभी भी ध्यान मत दीजिए—जाइए और प्रहार कीजिए तथा किसी भी चीज से प्रहार कीजिए; संक्षेप में, उस व्यक्ति को मार दीजिए।

मुझे काँसे के रंग का वह आकर्षक बीस वर्षीय युवा याद है, जिसके दिमाग में यह पागलपन भरा। विचार आया कि उसे अपने अधिकारों के लिए लड़ना चाहिए। उसे इसका अधिकार भी है; लेकिन इससे उसे कोई मदद नहीं मिली। वह शीर्ष की बालकनी में रहता था हॉल के आठ लोगों ने मिलकर उसके अहंकार को डेढ़ मिनट में निकाल दिया, क्योंकि उसको बालकनी के अंत तक जाना मानो पाँच सीढ़ियों तक पहुँचने जैसा लगता है। अपने शरीर विज्ञान के हर हिस्से में, सिवाय पैर के वह हर हिस्से में गया और हॉल के आठ लोग भी आलसी नहीं थे। वहाँ काँसे के रंग का युवा उस पटरी पर रुक गया, जहाँ से खड़े होकर मैं यह सबकुछ देख रहा था। उसने अपने कदमों को सँभाला और कुछ क्षणों के लिए सीधा खड़ा हो गया। उसी क्षण उसने बाजू फैला दिए और भय, दर्द और पीड़ा तथा दिल तोड़ने की भयावह चीख को भूल गया। उसी क्षण, किसी परिवर्तन के दृश्य की तरह, जेल के मजबूत कपड़ों के टुकड़े उससे गिर पड़े, वह बिल्कुल नंगा हो गया और उसके शरीर के हर हिस्से से खून की धारा फूट पड़ी। फिर वह बेहोश होकर एक ढेर की तरह गिर पड़ा। उसने अपना पाठ सीख लिया और उस चारदीवारी के भीतर का हर दोषी, जिसने उसकी चीख सुनी, उसे भी सीख मिली। उसी तरह मैंने भी अपना पाठ सीखा, डेढ़ मिनट में किसी भी व्यक्ति के दिल को टूटते हुए देखना अच्छी बात नहीं थी।

निम्न से यह रेखांकित हो जाएगा कि हमने बदमाशों को सुधारने में रिश्वत के व्यवसाय को खींचा। नवागंतुकों की एक लंबी लाइन को आपके कमरे में खड़ा कर दिया जाता है। आप अपने गुंडों के साथ उन छड़ों से होकर गुजरते हैं। 'हे भाई, हमें अंगार दिखाओ!' कोई पुकारकर आपको कहता है। अब यह विज्ञापन है कि किसी विशेष व्यक्ति के पास तंबाकू है। आप उस बदमाश के साथ गुजरते हैं और अपने रास्ते पर चल पड़ते हैं। कुछ ही देर के बाद आप वापस आते हैं और उस छड़ के साथ अनौपचारिक रूप से खड़े हो जाते हैं। 'बोलो भाई, क्या हमें थोड़ा सा तंबाकू

दोगे?' यही आप कहते हैं। अगर उसे इस खेल का ज्ञान नहीं है तो ज्यादा उम्मीद है कि वह दृढ़ता से यह कह सकता है कि अब उसके पास तंबाकू नहीं है। सब बिल्कुल ठीक। आप अफसोस करते और अपने रास्ते पर निकल पड़ते हैं, लेकिन आपको मालूम है कि उसका तंबाकू बस उसी दिन शेष हो जाएगा। अगले दिन आपका सामना फिर उससे होता है और एक बार फिर वह कहता है, 'हे भाई, हमें रोशनी दो।' आप कहते हैं, 'तुम्हारे पास कोई तंबाकू नहीं है, इसलिए तुम्हें अंगार की जरूरत भी नहीं है।' और आप उन्हें कुछ भी नहीं देते हैं। आधा घंटा या एक घंटा या दो घंटा या तीन घंटे के बाद आप उधर से गुजरेंगे और वही व्यक्ति नरम लहजे में आपको पुकारेगा, 'यहाँ आओ भाई!' और आप आते हैं। आप पानगृह के बीच अपना हाथ डालते हैं और बहुमूल्य तंबाकू से इसे भर देते हैं; फिर आप उसे अंगार देते हैं।

लेकिन कभी-कभी नवागंतुक भी आते हैं, जिनपर कोई रिश्वत काम नहीं करती। यह रहस्यमय शब्द फैला दिए जाते हैं कि उसके साथ अच्छा व्यवहार करना है। ये शब्द कहाँ से आते हैं, मुझे यह कभी पता नहीं चला। एक सनद यह है कि उस व्यक्ति में आकर्षण शक्ति है। हो सकता है कि यह हॉल के श्रेष्ठ व्यक्ति में हो; यह भी हो सकता है कि अच्छा व्यवहार सर्वोच्च रिश्वतखोरों से खरीदा गया हो; जैसा भी हो, इसे वैसा ही रहने दो, हमें मालूम है कि यह हमारी जिम्मेदारी है कि हम उसके साथ अच्छा व्यवहार करें, यदि हम परेशानी से बचना चाहते हैं तो!

हम हॉल के व्यक्ति बिचौलिए और सामान्य वाहक थे। हम जेल के विभिन्न भागों में बंद कैदियों के साथ व्यापार की व्यवस्था करते थे और हम आदान-प्रदान के द्वारा इसे पूरा करते थे। हम आने-जाने पर भी कमीशन लेते थे। कभी-कभी जिस वस्तु का व्यापार किया जाता था, उसे आधा दर्जन बिचौलियों के हाथों से गुजरना पड़ता था। उनमें से हर कोई अपना हिस्सा लेता था और अपनी सेवाओं के लिए उसे किसी-न-किसी तरह पैसे मिलते थे।

कभी-कभी किसी को अपनी सेवाओं के बदले में कर्ज हो जाता था और कभी-कभी किसी अन्य का किसी पर कर्ज होता था। इस प्रकार जेल में मेरा प्रवेश उस दोषी के कर्ज के साथ हुआ, जिसने गैर-कानूनी तरीके से मेरी चीजें मुझे लाकर दी थीं। एक सप्ताह या ऐसे ही कुछ दिनों बाद एक फायरमैन ने मेरे हाथ में एक चिट्ठी लाकर दी। उसे यह चिट्ठी किसी नाई ने दी थी। नाई को यह चिट्ठी उस अपराधी से मिली थी, जिसने गैर-कानूनी रूप से मेरी चीजें मुझे लाकर दी थीं। मेरे पर उसके कर्ज के कारण मुझे वह चिट्ठी लेनी ही थी। लेकिन उसने चिट्ठी नहीं

लिखी थी। इसको भेजनेवाला मूल व्यक्ति इस हॉल में लंबे समय तक रहा था। यह चिट्ठी महिला विभाग में एक महिला कैदी के लिए थी। लेकिन यह चिट्ठी उसी महिला के लिए थी या चिट्ठी के आदान-प्रदान के फेर में एक कड़ी थी, यह मुझे मालूम नहीं था। जो कुछ मुझे मालूम था, वह था उसका विवरण और यह अब मेरी जिम्मेदारी थी कि यह उसके हाथ में पहुँचे।

दो दिन बीत गए, जिस दौरान मैंने उस चिट्ठी को अपने पास रखा; फिर मौका आया। उस महिला ने अपराधियों के पहनने के सभी कपड़ों की मरम्मत की थी। हमारे हॉल के बहुत सारे लोगों को कपड़ों की भारी गठरी को वापस लाने के लिए महिला विभाग जाना पड़ता था। मैंने पहले हॉल मैन के साथ यह बात तय की कि मुझे भी साथ जाना है। जब हम जेल में महिलाओं के क्वार्टर की तरफ आगे बढ़ रहे थे तो एक के बाद एक दरवाजे खोले जा रहे थे। हम एक विशाल कमरे में प्रवेश किए, जहाँ महिलाएँ बैठकर कपड़ों की मरम्मत कर रही थीं। उस महिला के लिए मेरी आँखें झुक गईं, जिसके बारे में मुझे बताया गया था। मैंने उसे ढूँढ़ लिया और उसके निकट पहुँच गया। चील की दृष्टिवाली दो बूढ़ी महिलाएँ मुझे देख रही थी। मैंने उस चिट्ठी को अपनी हथेली में दबाया और अपनी मंशा के साथ उस महिला को देखा। वह समझ गई कि मेरे पास उसके लिए कुछ है। वह निश्चित रूप से इसकी अपेक्षा कर रही होगी और जिस क्षण हम उस कमरे में प्रवेश किए, उसने यह अंदाजा लगा लिया था कि कौन संदेशवाहक है। लेकिन एक बूढ़ी महिला उस महिला से दो फीट की दूरी पर खड़ी हो गई। हॉल के व्यक्ति पहले ही उन बंडलों को उठा रहे थे, जो उन्हें लेकर जाना था। समय बीतता जा रहा था। मैंने अपने बंडल के साथ देरी की, उन्हें यह विश्वास दिलाने के लिए कि यह अच्छी तरह बँधा हुआ नहीं है। क्या वह बूढ़ी महिला कभी उस महिला पर से अपनी नजर हटाएगी? या क्या मैं असफल होनेवाला था? और तभी एक अन्य महिला ने हॉल के व्यक्तियों के साथ मजाकिया ढंग से बात की, अपना पैर निकाला और ठोकर से उसे गिरा दिया या उसकी चिकोटी की या कुछ-कुछ किया। उस बूढ़ी महिला ने उस ओर देखा और उस महिला को सख्ती से डाँटा। अब मुझे यह नहीं मालूम था कि यह सबकुछ उस महिला के ध्यान को भंग करने के लिए नियोजित था या नहीं; लेकिन मुझे यह जरूर मालूम था कि मेरे लिए यह एक अवसर था। मेरी विशिष्ट महिला ने अपना हाथ गोदी से हटाकर अपनी बगल में गिरा दिया। मैं अपना बंडल उठाने के लिए झुका। मैंने वह चिट्ठी उसके हाथ में सरका दी और बदले में उससे दूसरा पत्र प्राप्त किया। अगले ही क्षण वह बंडल मेरे कंधे पर था और उस महिला की नजर मुझ पर

वापस टिक चुकी थी, क्योंकि मैं हॉल का अंतिम व्यक्ति था और मैं अपने साथियों से मिलने के लिए जल्दी-जल्दी कर रहा था। मुझे उस महिला से जो चिट्ठी मिली, मैंने उसे फायरमैन को दे दिया, वहाँ से यह हज्जाम के पास गई और फिर उस दोषी के पास, जिसने गैरकानूनी रूप से मुझे सामान लाकर दिया था और यह दूसरे छोर पर बैठे बूढ़े आदमी के हाथ में पहुँच गई।

हम प्राय: चिट्ठियों के माध्यम से संवाद करते, जिसमें संवाद की श्रृंखला इतनी जटिल होती कि हमें न तो भेजनेवाले का पता होता है, न ही जिसे भेजा गया उसका। हम उस श्रृंखला की एक कड़ी मात्र थे। कहीं भी, किसी तरह कोई भी दोषी इस निर्देश के साथ चिट्ठी मेरे हाथ में डाल देता कि इसे दूसरी कड़ी तक पहुँचाना है। ऐसे सभी काम उस तरह की मेहरबानियाँ थीं, जिसे बाद में चुकाया जाना था, जब मैं उन चिट्ठियों को भेजने में प्रत्यक्ष रूप से प्रमुख के साथ काम करता था और जिससे कि हमें अपनी तनख्वाह मिलनी चाहिए। पूरा जैसे संवाद की श्रृंखला के जाल में ढका हुआ था। और हम जो संवाद की व्यवस्था के नियंत्रण में थे, स्वाभाविक रूप से चूँकि यह व्यवस्था पूँजीवादी समाज पर आधारित थी, इसका हमारे ग्राहकों को भारी मूल्य चुकाना पड़ता था। यह बदले की भावना के साथ लाभ के लिए सेवा थी। यद्यपि हम कभी-कभी प्रेम के लिए सेवा देने के परे थे।

पूरे समय जब मैं पेन में था, अपने-अपने साथियों के साथ अपने संबंधों को मजबूत करता था। उसने मेरे लिए काफी कुछ किया था और उसे उम्मीद थी कि बदले में मैं भी उसके लिए उतना ही करूँ। जब हम बाहर निकले तो हम साथ ही यात्रा करनेवाले थे और यह कहने की जरूरत नहीं, काम भी साथ ही मिलकर करते। चूँकि मेरा साथी एक अपराधी था—आह, वह बहुमूल्य भी नहीं था, मात्र एक छोटा सा अपराधी, जो चोरी और लूटमार करता था और यदि मौका मिल जाए तो वह हत्या करने से भी नहीं चूकता था। घंटों हम साथ बैठते और बातें करते। निकट भविष्य में उसके पास दो-तीन नौकरियाँ थीं, जिसके लिए मेरी भूमिका निर्धारित कर दी गई और जिसमें मैं विवरणों की योजना बनाने के लिए जुड़ गया। मैं अपराधियों के साथ रहा भी और उन्हें देखा भी और मेरे साथी को कभी यह सपना भी नहीं आया होगा कि मैं उन्हें बेवकूफ बना रहा था, उन्हें तीस दिन लंबा सिलसिला देकर। उसने सोचा कि मैं ही वास्तविक सामान हूँ, मुझे पसंद किया, क्योंकि मैं मूर्ख नहीं था, मुझे थोड़ा बहुत पसंद भी करता था, मैं अपने आप ही यह सोचता हूँ। निस्संदेह मेरे मन में कभी भी उसके साथ इस कड़वी जिंदगी से जुड़ने का कोई इरादा नहीं था, छोटे-छोटे अपराधों से; लेकिन मैं एक मूर्ख तो था ही, जिसने उन सभी अच्छी

चीजों को निकाल फेंका, जो उसकी मित्रता के कारण संभव हुआ। जब कोई किसी कठिन परिस्थिति में हो तो वह अपने रास्ते का चयन नहीं कर सकता और मेरे साथ भी ईटीकाउंटी पेन में यही स्थिति थी। मुझे 'दबाव' में अंदर ही रहना पड़ता था या रोटी और पानी के लिए कठिन परिश्रम करना पड़ता था; और दबाव के साथ अंदर रहने के लिए मुझे अपने साथी के साथ अच्छा संबंध रखना पड़ता था।

पेन में जिंदगी नीरस नहीं थी। हर दिन कुछ-न-कुछ होता ही रहता; पुरुषों को झटके आते, वह पागल हो जाते, आपस में लड़ते-झगड़ते, या हॉल के लोग नशे में होते। रोवर जैक, हॉल के व्यक्तियों में एक सामान्य आदमी, वह हमारा प्रिय 'ओरिड' था। वह सच्चा 'प्रोफेर' एक बलोड-इन-दि-ग्लास व्यक्ति था और इस तरह हॉल में अधिकार प्राप्त व्यक्तियों से सभी प्रकार की छूट मिलती थी। पीटसबर्ग, जो दूसरा हॉल मैन था, रोवर जैक के साथ उसके जेग्स में मिल जाता था; और यह इन दोनों की कहावत थी कि ईटी काउंटी पेन वह एकमात्र जगह थी, जहाँ कोई व्यक्ति नशे में धुत्त होने पर भी पकड़ा नहीं जाता। मैं यह बात कभी भी नहीं जानता था, लेकिन मुझे बताया गया कि ब्रोमाइड ऑफ पोटैशियम, जिस गलत तरीके से डिस्पेंसरी से प्राप्त किया गया है। वह नशा था, जिसका वे प्रयोग करते थे। लेकिन मैं यह तो जानता हूँ, उनका नशा जो कुछ भी था, उन्हें वह आसानी से मिल जाता था और वे प्राय: नशे में होते भी थे।

हमारा हॉल व्याकुलता की एक सामान्य जगह थी, जो समाज के आम आदमी, गंदगी, बेकार आदमी और तलछट से भरा था—पीढ़ी-दर-पीढ़ी चली आ रही अकुशलता, गिरावट, तबाही, पागलपन, संभ्रमित प्रतिमाएँ, मिरगीग्रस्त दानव, कमजोर, संक्षेप में मानवता का एक दु:स्वप्न! इसलिए दौरा हमारे साथ ही विकसित हुआ। ये दौरे फैलनेवाले लगते थे। जब एक व्यक्ति को दौरा पड़ता तो दूसरों के साथ भी ऐसा ही होता। मैंने देखा कि सात व्यक्तियों को एक साथ दौरे पड़े हैं, उनकी चीख से आसपास का वातावरण भयावह हो जाता, जबकि बहुत सारे पागल चीखते-चिल्लाते। जिन व्यक्तियों को दौरे पड़ते थे, उनके लिए कभी कुछ नहीं किया गया, सिवाय इसके कि उन पर ठंडा पानी डाला जाता। डॉक्टरी के विद्यार्थियों या डॉक्टरों को बुलाना भी बेकार था। उनको ऐसी मामूली एवं बार-बार होनेवाली घटनाओं से उन्हें कोई फर्क नहीं पड़ता।

एक युवा डच लड़का था, जिसकी उम्र लगभग अठारह वर्ष थी, जिसे उन सबमें सबसे ज्यादा दौरे पड़ते थे। उसे प्राय: लगभग हर दिन दौरे पड़ते थे। इसी कारण से हम उसे ग्राउंड फ्लोर पर कमरे की शृंखला में जहाँ हम रहते थे, उसमें

उसे सबसे दूर रखा। जेल के प्रांगण में उसे अनेक दौरे पड़ने के बाद सुरक्षाकर्मियों ने उसकी ओर और ध्यान देने से मना कर दिया, इसलिए उसे पूरे दिन अपने कमरे में कॉकनी साथी के साथ ताले में, उसका संग लेने के लिए पड़ा रहना पड़ा। यह नहीं कि कॉकनी किसी काम का नहीं था। जब भी डच लड़के को दौरा पड़ता तो कॉकनी डर के मारे शिथिल पड़ जाता।

डच लड़का एक शब्द भी अंग्रेजी का नहीं बोल सकता था। वह एक किसान का बेटा था, जो किसी के साथ लड़ाई में उलझने के लिए सजा के तौर पर नब्बे दिन जेल में काट रहा था। दौरा पड़ने से पहले वह चिल्लाता था। वह भेड़िए की तरह चिल्लाता था। उसे दौरा भी खड़े-खड़े पड़ता था, जो उसके लिए बहुत असुविधाजनक था और उसके दौरे का अंत हमेशा ही सिर के बल जमीन पर गिर जाने के रूप में होता था। जब कभी भी मुझे भेड़िए की तरह की लंबी चिल्लाहट सुनाई पड़ती तो मैं हाथ में झाड़ू उठा लिया करता और उसके कमरे की ओर दौड़ पड़ता। अब भरोसेमंद लोगों को उसके कमरे की चाबी नहीं दी जाती थी, इसलिए मैं उसके कमरे में नहीं जा सकता था। वह अपने सँकरे छोटे कमरे के बीच में खड़ा हो जाता था और ऐंठन के साथ काँपता था। उसकी आँखें घूमकर पीछे की ओर चली जातीं और केवल उनके सफेद भाग ही दिखाई पड़ते। वह भटकी आत्मा की तरह चिल्लाता। जो कोशिश मैं करता, मुझे कभी कॉकनी नहीं मिला। जो उसे सहारा देता। जबकि वह खड़ा होता और चिल्लाता तो कॉकनी ऊपरी तले पर सिमट जाता और काँपता। उसकी डर भरी नजर उस भयावह छवि पर टिकी होती, आँखें पीछे की ओर चढ़ी हुई, जो चिल्लाती ही रहतीं। यह उसके लिए भी कठिन था, बेचारा कॉकनी! उसके अपने तर्क भी दृढ़ता से स्थापित नहीं थे और आश्चर्य यह है कि वह पागल नहीं हुआ।

मैं जो श्रेष्ठ कर सकता था, वह झाड़ू से कर सकता था। मैं छड़ के माध्यम से इसे फेंकता, मैं इसे उस डच लड़के के सीने पर फेंकता और प्रतीक्षा करता। जैसे ही संकट आने लगता, वह आगे-पीछे लहराने लगता। मैं झाड़ू के साथ इस लहराव का पीछा करता, क्योंकि यह नहीं मालूम होता कि कब वह भयावह कदम आगे बढ़ाएगा। लेकिन जब वह करता, मैं झाड़ू लेकर वहीं पर होता, उसे पकड़ता और उसे शांत करने की कोशिश करता। जैसा कि मैं तदबीर करता, वह कभी भी आराम से वश में नहीं आया और उसका चेहरा पत्थर की सतह से प्रायः जख्मी हो जाता था। एक बार जब वह जमीन पर आ जाता तो वह जमीन पर ऐंठन के साथ लोटता, मैं उसपर एक बाल्टी पानी डाल देता। मुझे नहीं मालूम कि उसके ऊपर ठंडा पानी

डालना सही था या नहीं, लेकिन ईटी काउंटी पेन में ऐसा करने की प्रथा थी। इससे ज्यादा उसके लिए कभी कुछ नहीं किया गया। वह उसी जगह एक घंटा या ऐसे ही कुछ समय तक गीला पड़ा रहता और इसके बाद रेंगते हुए अपने बैरक में चला जाता। मैं जानता था कि मदद के लिए सुरक्षाकर्मी के पास जाना बेहतर था। जो भी हो, दौरा पड़ता व्यक्ति क्या था?

बगल के कमरे में ही एक विचित्र व्यक्तित्व रहता था—एक व्यक्ति, जो बारनम के स्वील बैरेल से मद्यपान करने के लिए साठ दिन से प्रयास कर रहा था, या कम-से-कम यही तरीका था, जो उसने बताया। वह एकदम निकम्मा व्यक्ति था और पहले तो वह बड़ा विनम्र और सुशील लगता था। उसके मामले के तथ्य वैसे ही थे, जैसा कि उसने बताया था। वह भटकते हुए सर्कस ग्राउंड में चला गया था और भूखा होने के कारण वह उस बैरल तक पहुँच गया था, जिसमें सर्कस देखने आनेवाले लोगों का बचा खाना डाल दिया जाता था। 'और यह अच्छी रोटी थी,' वह मुझे प्राय: आशवासन देता था; 'और मांस तो नजर ही नहीं आया। एक पुलिसवाले ने उसे देख लिया और उसे गिरफ्तार कर लिया, इस तरह वह यहाँ पहुँच गया।

एक बार मैं उसके सामने से अपने हाथ में पतले कठोर तार का टुकड़ा लिये गरज रहा था। उसने इतनी तेजी से मुझसे यह माँगा कि मैंने छड़ के बीच से उसे यह दे दिया। उसने बिना किसी उपकरण के अपनी ही अंगुलियों से इसके शीघ्र ही छोटे-छोटे टुकड़े कर दिए और उसे मोड़कर आधा दर्जन सेफ्टी पिन बना दिए। पत्थर की जमीन पर उसने उनके नोक बनाए। उसके बाद तो मैंने सेफ्टी पिन का धंधा किया। मैं कच्चा माल देता, तैयार माल का व्यापार करता और वह काम करता। मजदूरी के तौर पर मैं उसे रोटी के अतिरिक्त हिस्से देता और कभी-कभी मांस का टुकड़ा या हड्डी के भीतर मैरो के साथ हड्डी का सूप देता।

लेकिन उसकी कैद ने उसे बनाया और वह प्रतिदिन उग्र होता गया। हॉल के लोगों को उसको चिढ़ाने में मजा आता। वे उसके कमजोर दिमाग में बड़ी संपत्ति की कहानियाँ भर देते, जो उसके लिए छोड़ दिए गए थे। उससे उन्हें छीन लेने के लिए ही उसे गिरफ्तार करके जेल भेज दिया गया। निस्संदेह, जैसा कि वह खुद ही जानता था, किसी बैरल से खाना खाने के विरुद्ध कोई कानून नहीं था। इसलिए उसे गलत तरीके से जेल में बंद किया गया था। यह उसे उसकी संपत्ति से वंचित कर देने की एक साजिश थी।

सबसे पहले मुझे इसके बारे में पता चला। मैंने हॉल के लोगों को उस किस्सों

के बारे में हँसते हुए सुना, जो उन लोगों ने उसे दिए थे। उसके बाद उसने मेरे साथ गंभीर बातचीत की, जिसमें उसने अपनी लाखों की संपत्ति के बारे में बातचीत की और उससे उन्हें वंचित किए जाने की साजिश के बारे में भी बातचीत की और उसके लिए मुझे अपना जासूस नियुक्त किया। मैंने उन सबको परास्त करने की अपनी श्रेष्ठ कोशिश की। अस्पष्ट रूप से एक गलती के बारे में बात करते हुए और यह कि उसी नाम का यह दूसरा व्यक्ति था, जो संपत्ति का कानूनी उत्तराधिकारी थी। मैंने उन सबको बिल्कुल शांत छोड़ा; लेकिन मैं हॉल के लोगों को उससे अलग नहीं रख सका और वे उसे परेशान करते रहे, हमेशा से बदतर तरह से। अंत में अत्यधिक उग्र दृश्य के बाद, उसने मुझे हटा दिया, मेरी निजी जासूसी की हैसियत को रद्द कर दिया और हड़ताल पर चला गया। सेफ्टी पिन का मेरा व्यापार रुक गया। उसने और सेफ्टी पिन बनाने से मना कर दिया और उसने अपने कमरे के छड़ के माध्यम से जब मैं उधर से गुजरा तो मुझ पर कच्चे पदार्थों की बौछार कर दी।

मैं इसकी कभी भी उसके साथ भरपाई नहीं कर पाया। हॉल के दूसरे व्यक्तियों ने उसे बताया कि मैं षड्यंत्रकारियों के लिए काम करनेवाला एक जासूस हूँ। इसी बीच हॉल के लोगों ने अपने नत्थी करने से उसे पागल कर दिया। उसकी काल्पनिक गलतियाँ उसके दिमाग पर छाई हुई थीं। अंततः वह एक खतरनाक और हिंसक पागल बन गया। सुरक्षाकर्मियों ने लाखों चोरी किए जाने की उसकी कहानी सुनने से मना कर दिया और उसने उन सब पर उस षड्यंत्र में शामिल होने का आरोप लगाया। एक दिन उसने गरम चाय का मग उनमें से एक पर फेंका और फिर उसके मामले की जाँच की गई। वार्डन ने उसके कमरे के छड़ के माध्यम से उससे कुछ मिनट बात की। फिर उसे जाँच के लिए डॉक्टर के पास ले जाया गया। फिर वह कभी वापस नहीं आया और मैं प्रायः आश्चर्य से सोचता कि क्या वह मर गया या वह अभी भी पागलपन में किसी पागलखाने में अपने लाखों की बातें करता है।

अंततः वह दिन आ ही गया, मेरे मुक्त होने का दिन। यह थर्ड हॉल मैन की मुक्ति का दिन भी था और नई-नई लड़की, जो मैंने उसके लिए तैयार किया था, वह दीवार के बाहर उसकी प्रतीक्षा कर रही थी। वे खुशी-खुशी एक साथ चले गए। मैं और मेरे साथी एक साथ गए और हम दोनों एक साथ ही बफेलो भी गए। क्या हम हमेशा साथ रहनेवाले नहीं थे? 'मेन-ड्रैग' पर हमने साथ मिलकर भीख माँगी और हमें जो पैसे मिले, वे हमने शराब के 'शूपर' पर खर्च किए—मुझे नहीं मालूम कि उसकी वर्तनी क्या है, लेकिन उनका उच्चारण उसी तरह किया जाता है जिस प्रकार हमने उसकी वर्तनी लिखी है और उनकी कीमत तीन सेंट है। मैं हर समय

अपने बच जाने के मौके की तलाश में रहता था। जो सामान मैं खींचकर लाया, मैंने यह जाना कि किस समय कोई निश्चित माल निकलता है। उसी के हिसाब से मैंने अपने समय की गणना की। जब वह क्षण आया, मैं और मेरे साथी एक सैलून में थे। झाग उगलती शूपर्स हमारे सामने थी। मैं अलविदा कहना पसंद करता, वह मेरे साथ हमेशा ही अच्छा था। लेकिन मैं साहस नहीं कर पाया। मैं सैलून के पिछले हिस्से से बाहर निकला और बाड़ को छलाँगकर पार किया। यह मुखबिर था और कुछ ही मिनटों के बाद मैं एक मालवाहक जहाज पर था, जो वेस्टर्न न्यूयॉर्क तथा पेन्सिलवेनिया रेल रोर्ड के दक्षिण की ओर जा रहा था।

□

भेड़िए का बेटा

पुरुष शायद ही महिलाओं को उचित महत्त्व देते हैं, कम-से-कम तब तक तो बिल्कुल भी नहीं जब तक कि वे उनसे वंचित न हो जाएँ। उसके पास उस सूक्ष्म वातावरण की धारणा ही नहीं है, जिनमें महिलाएँ रहती हैं, जब तक कि वे उसमें डूब नहीं जाते। इसे अपने आप में ही सिमटा रहने दीजिए और उसके अस्तित्व में एक निरंतर विकसित होता शून्य प्रदर्शित होना शुरू हो जाता है और वह भूखा हो जाता है, बिल्कुल अस्पष्ट तरीके से एक ऐसी अनिश्चित चीज, जिसकी वह विशेषता भी नहीं बता सकता है। यदि उसके साथियों को उससे ज्यादा अनुभव नहीं है तो वे संदिग्ध रूप से अपने सिर हिलाएँगे और उसे कड़ी दवाई देंगे। लेकिन भूख फिर भी बनी रहेगी और ज्यादा तेज होगी; दिन-प्रति-दिन की चीजों में उसकी दिलचस्पी खत्म होती जाएगी; और एक दिन जब खालीपन असहनीय हो जाएगा, तब उस पर आग ही होगी।

यूकोन देश में जब यह गुजर जाने को होता है तो वह व्यक्ति, यदि गरमी का मौसम हो तो प्राय: एक पोलिंग बोट की व्यवस्था करता है और यदि जाड़ा हो तो अपने कुत्तों को लेता है और साउथ लैंड की तरफ निकल जाता है। कुछ महीनों के बाद, उसके यह मानते हुए कि उसे अपने देश पर भरोसा है तो उस भरोसे की साझेदारी के लिए अपने साथ एक पत्नी लेकर लौटता है और संयोगवश अपनी परेशानी में। यह तो बस पुरुषों का अंतर्निहित स्वार्थ ही दरशाता है। इससे हमारे लिए 'स्क्रफ' मैकेनजी की परेशानियाँ भी आती हैं, जो पुराने जमाने में होता था, जबकि देश चे-चा-क्वास के ज्वारीय तरंग से तबाह हो गया था और जब क्लोनडाइक के दावे पर ध्यान देने की एकमात्र चीज उसकी सैलमन मत्स्यशाला थी।

'स्क्रफ' मैकेनजी की पूर्वजन्म और पूर्व जीवन की निशानी थी। उसके चेहरे पर उसके प्रकृति के क्रूरतम मूड के साथ उसके पच्चीस वर्षों की लगातार

निशानियाँ थी। उनमें अंतिम दो तो सबसे ज्यादा क्रूर और सबसे ज्यादा कठिन थीं, जो उसे सोने को टटोलकर ढूढ़ने में बीत गई, जो आर्कटिक वृत्त की छाया में पड़ी थी। जब ललक की बीमारी उस पर हावी हो गई तो उसे कोई आश्चर्य नहीं हुआ, क्योंकि वह एक व्यावहारिक व्यक्ति था और उसने दूसरे लोगों को भी इस प्रकार पीड़ित होते देखा था। लेकिन उसने इस बीमारी के कोई संकेत प्रकट नहीं किए, सिवाय इसके कि वह और अधिक कठिन परिश्रम करता था। पूरी गरमी उसकी मच्छरों के साथ लड़ाई में बीतती और वह दोहरे मुनाफे के लिए स्टुअर्ट नदी के निश्चित बार को धोता रहता। फिर उसने यूकोन में चालीस मील तक हाउसलॉग का एक रैफ्ट चलाया और एक कैबिन को इतना आरामदायक तरीके से इकट्ठा किया कि किसी भी कैंप को यह देखकर गर्व होता। बल्कि वह देखने में इतना आरामदायक लगता था कि अनेक व्यक्तियों ने उसका साथी बनने और उसके साथ आकर रहने का फैसला किया। लेकिन उसने अपनी रूखी बातों से उनकी आकांशाओं को कुचल दिया, जो उसकी शक्ति और संक्षिप्तता के लिए विचित्र था और व्यापारिक केंद्र से उसने भोजन के दो हिस्से खरीदे।

जैसा कि बताया गया है कि 'स्क्रफ' मैकेनजी एक व्यावहारिक व्यक्ति था, यदि उसे कुछ चाहिए होता था तो वह प्राय: उसे हासिल कर लेता था, लेकिन ऐसा करते हुए वह जरूरत से ज्यादा आगे भी नहीं जाता था। यद्यपि वह परिश्रम और कठिनाइयों का पुत्र था, वह बर्फ या छह सौ मील की यात्रा करना नहीं चाहता था, दूसरा समुद्र में दो हजार मील की यात्रा तथा अपने अड्डे से हजार मील या कुछ ऐसे ही—मात्र एक पत्नी की तलाश में वह यात्रा करना नहीं चाहता था। जीवन बहुत ही छोटा था। इसलिए उसने अपने कुत्तों को इकट्ठा किया, अपने स्लेज पर सारा बोझ डाला और उन सारे विभाजकों का सामना किया, जिनके पश्चिमी ढाल तनाना के शीर्ष विस्तार से धुल गए थे।

वह एक ताकतवर यात्री था और उसके भेड़िए कठोर परिश्रम कर सकते थे और योकोन की किसी अन्य दल की तुलना में कम भोजन पा भी दूर तक की यात्रा कर सकते थे। तीन सप्ताह के बाद वह अपर तनाना स्टीक्स के शिकारी कैंप में गया। वे उसके दुस्साहस पर स्तब्ध थे; क्योंकि वे बदनाम थे और वे तेज कुल्हाड़ी या टूटी राइफल जैसी मामूली बात के लिए श्वेत व्यक्तियों की हत्या करने के लिए जाने जाते थे। लेकिन वह उनके बीच अकेला ही घुस गया, क्योंकि उसका व्यक्तित्व विनम्रता, परिश्रम, धैर्य तथा ढिठाई का रोचक मिश्रण था। इस प्रकार के विविध हथियारों को चलाने के लिए दक्ष हाथ और बर्बर सोच का गहरा ज्ञान होना जरूरी है। लेकिन इस

कला में वह विशेषज्ञ था, उसे मालूम था कि कब सामंजस्य बिठाना है और कब जोब जैसे गुस्से के साथ धमकी देना है।

पहले तो उसने प्रमुख थिलींग-तिनेह को उपहारस्वरूप कुछ पाउंड काली चाय और तंबाकू देकर प्रभावित किया और इस प्रकार उसका हार्दिक सम्मान प्राप्त किया। फिर वह स्त्री-पुरुष के साथ हिल-मिल गया और उस रात पोटलैक दिया। बर्फ को आयताकार रूप में तोड़ा गया, जिसकी लंबाई शायद सौ फीट होगी और अनेक चौकाई अंश आर-पार थे। इसके केंद्र में आग के लिए लकड़ी का कुंदा इकट्ठा किया गया, जबकि दोनों ओर स्प्रूस के पेड़ की डालियों को बिछा दिया गया। आवास का पूर्णतया त्याग कर दिया गया और जनजातियों के पाँच या कुछ ऐसे ही सदस्यों के अपने अतिथि के सम्मान में जनजातीय मंत्र के जाप में शामिल हो गया।

'स्क्रफ' मैकेनजी ने दो वर्षों में उन्होंने उनकी शब्दावली के कई सौ शब्द तो नहीं सीखे थे और उसी प्रकार उसने उनके कंठ से उच्चारण किए जानेवाले गहरे शब्दों, उनके जापानी मुहावरों, शब्द संरचनाओं, आदरसूचक एवं संयोजक अंशों पर विजय प्राप्त कर ली थी। इसलिए उसने उन्हीं की तरह भाषण दिए और अपनी अपरिष्कृत वक्तृत्व कला तथा लाक्षणिक विकार से उनकी अंतर्निहित कविता, प्रेम को संतुष्ट किया। थिलिंग के बाद तिनेह और शमन ने वस्तुओं के माध्यम से अपनी प्रतिक्रिया व्यक्त की। उसने पुरुषों को छोटे-छोटे उपहार दिए। वह उनके गायन से जुड़ गए और उनके बावन छड़ियों के जुए के खेल में महारथी साबित हुए।

और वे लोग उसके दिए हुए तंबाकू का धूम्रपान करते थे और बड़े खुश थे, लेकिन युवाओं में अवज्ञाकारी मनोवृत्ति थी, एक शेखी की भावना थी, जिसे बूढ़ी महिलाओं के रूखे कटाक्ष तथा युवा लड़कियों की ठिठोली से सहज ही समझा जा सकता था। वे कुछ श्वेत पुरुषों को जानते थे, 'संस ऑफ द वुल्फ', लेकिन उन कुछ एक लोगों से ही उन लोगों ने विचित्र पाठ सीखे थे।

ऐसा नहीं है कि 'स्क्रफ' मैकेनजी अपनी समस्त प्रकट लापरवाहियों के साथ उस परिदृश्य को समझने में विफल रहा था। वास्तव में अपने सुप्त रोवे में उसने बार-बार इसके बारे में सोचा, गंभीरता से सोचा और रणनीति बनाने में कई पाइप फूँक डाले। सिर्फ एक लड़की ही उसकी कल्पना में जगह बना पाई थी—वह कोई ओर नहीं, जरीन सका थी, जो प्रमुख की बेटी थी। उसका रूप, आकार, हाव-भाव, सबकुछ श्वेत पुरुषों के सौंदर्य के अनुरूप था। वह अपनी जनजातीय लड़कियों में लगभग एक विकार ही थी। वह उसे अपना लेगा, उसे अपनी पत्नी बना लेगा और उसका नाम—आह! वह उसे 'गरट्रउ' कहकर बुलाएगा, इस प्रकार सबकुछ सोच

लेने के बाद उसने करवट बदला और सो गया—सबकुछ जीत लेनेवाली अपनी प्रजाति का सच्चा पुत्र, फिलिस्तिनियों में सैमसन।

यह धीमा काम और कठोर खेल था; लेकिन 'स्क्रफ' मैकेनजी ने धूर्तता के साथ हेर-फेर किया, पूरी लापरवाही के साथ, जो स्टिक्स को परेशान करता था। पुरुषों को प्रभावित करने के लिए कि वह एक मँजा हुआ शिकारी है, उसने पूरा प्रयास किया और जब उसने छह सौ यार्ड की दूरी पर एक हिरण का मार गिराया तो कैंप उसकी प्रशंसा में तालियों की गड़गड़ाहट से गूँज उठा। एक रात वह थिलिंग-तिनेह के आवास पर गया, जो हिरण के चमड़े से बना हुआ था; उसने बड़ी-बड़ी बातें की और उदारता के साथ तंबाकू दिया। उसी प्रकार वह शमन का सम्मान करने में भी विफल नहीं रहा; क्योंकि उसने उन लोगों पर तंबाकू के प्रभाव को महसूस कर लिया और वह उन्हें अपना साथी बनाने के लिए चिंतित था। लेकिन वह व्यक्ति श्रेष्ठ एवं ताकतवर था, उसने राजी होने से मना कर दिया और इस प्रकार उसने अचूक रूप से संभावित शत्रु के रूप में अपनी पहचान बना ली।

यद्यपि ऐसा कोई भी अवसर नहीं था, जिससे जरिनस्का के साथ उसे बातचीत का मौका मिलता। मैकेनजी ने छुपकर कई बार उसपर नजर डाली, जिसमें उसकी मंशा के स्पष्ट संकेत थे। और वह भी इस बात को अच्छी तरह समझती थी, लेकिन फिर भी जब कभी भी पुरुष चले जाते और मैकेनजी को बात करने का मौका मिलता, लेकिन वह अपने आपको महिलाओं से घेर लेती। लेकिन मैकेनजी को कोई जल्दी नहीं थी; इसके अलावा वह जानता था कि वह उसके बारे में सोचे बगैर नहीं रह सकती है और कुछ दिनों तक ऐसे विचार आना उसके लिए बेहतर ही था।

अंततः एक रात जब उसे लगा कि अब समय आ गया है, उसने अचानक ही प्रमुख के धुआँ भरे आवास को छोड़ा और तेजी से पड़ोस के आवास में चला गया। हमेशा की तरह लड़कियों के साथ बैठी हुई थी और सभी सिलाई और मोतियों के काम में व्यस्त थीं। उसके प्रवेश करती ही वे हँस पड़ीं, जिसका संकेत यह था कि वे जरिनसका को उससे जोड़ती थीं और यह चर्चा जोरों पर थी। लेकिन एक के बाद एक तो वे ठंड के कारण अनौपचारिक रूप से सिमट गईं, जबकि वे इस कहानी को सभी कैंपों में फैलाने की जल्दी में थीं।

उसके मामले पर उसकी ही जुबान में अच्छी बहस हुई, क्योंकि उसे मैकेनजी के बारे में मालूम नहीं था और दो घंटे के बाद वह जाने के लिए खड़ा हो गया।

'इसलिए जरिनसका श्वेत व्यक्ति के आवास पर आएगी! अच्छा है, मैं जा रहा हूँ अपने पिता से बात करने के लिए, क्योंकि हो सकता है कि उन्हें इतना ध्यान

न हो। और मैं उन्हें अनेक संकेत दूँगा; लेकिन उन्हें भी ज्यादा पूछताछ नहीं करनी चाहिए। यदि वह 'नहीं' कहते हैं तो? ठीक है! जरिनसका फिर भी श्वेत व्यक्ति के आवास पर आएगी।

उसने जाने के लिए पहले ही चमड़े के कवर को उठा लिया था, तभी एक धीमी चीख ने उसका ध्यान लड़की की ओर वापस ला दिया। वह भालू की चमड़ी से बने चटाई पर अपने घुटनों के बल बैठ गई, उसका चेहरा रोशनी से चमक रहा था और उसने शरमाते हुए अपने भारी बक्लस को खोला। उसने घबराए हुए शंका भरी नजरों से नीचे देखा। उसके कान हलकी सी आवाज पर भी चौकन्ने हो रहे थे। लेकिन उसके अगले कदम ने उसकी सारी शंका को दूर कर दिया और वह खुशी के साथ मुसकराया। उसने अपनी सिलाई मशीन से हिरण की खाल की बनी म्यान निकाली, जिस पर बहुत ही आकर्षक ढंग से चमकीले मोतियों से काम किया हुआ था। उसने उसकी शिकार करनेवाली बड़ी छुरी निकाली, उसकी तेज धार को बड़े ध्यान से देखा, उसे उस छुरी को अपने अँगूठे पर चलाकर देखने का बड़ा लालच आया और उसने इस छुरी को अपने नए घर में उसकी जगह पर रख दिया, फिर उसने म्यान को उसके सही जगह, कमर से थोड़ा ऊपर बेल्ट की सहायता से लटका लिया।

पूरी दुनिया के लिए यह प्राचीन समय का एक दृश्य था—एक महिला और उसका नाइट। मैकेनजी ने उसे पूरी तरह से अपनी ओर खींचा और उसके लाल होंठों पर अपने मुँछों को फेरा—उसके लिए यह भेड़िए का बाहरी स्पर्श था। यह पाषाण युग और लौह युग के मिलन जैसा था, लेकिन सबकुछ के बावजूद वह एक महिला थी, जैसा कि उसके गुलाबी गालों और उसकी आँखों की चमकीली नम्रता से पता चल रहा था।

चारों तरफ रोमांच था, क्योंकि 'स्क्रफ' मैकेनजी, अपनी बाँहों के नीचे एक विशाल व्यक्तित्व ने थिलिंग-तिनेह के टेंट के आवरण को खोल दिया। बच्चे खुले में दौड़ रहे थे, वह सूखी लकड़ियों को खींचकर पॉटलैक की तरफ ले जा रहे थे। महिलाओं की बड़बड़ाहट की आवाज की तीव्रता बढ़ती जा रही थी, युवा उदास समूहों में सलाह-मशविरा कर रहे थे, जबकि शमन के आवास से मंत्रोच्चार की डरावनी आवाज आ रही थी।

प्रमुख अपनी धुंधली आँखोंवाली पत्नी के साथ अकेला था, लेकिन मैकेनजी के लिए एक ही नजर में यह समझना काफी था कि खबर पहले ही पहुँचा दी गई है। इसलिए वह शीघ्र ही अपने काम में डूब गया। सगाई के प्रचार के तौर पर मोतियोंवाले आवरण को प्रमुख रूप से आगे की ओर बदल दिया।

ऐ तनाना की भूमि तथा स्टिक के शक्तिशाली प्रमुख सलमॉन तथा भालू तथा हिरण तथा रेनडियर के शासक थिलिंग तिनेह! श्वेत व्यक्ति बड़े उद्‌देश्य के साथ आपके सामने है, उसका आवास कई माह से खाली था और वह अकेला है। और उसका दिल भी खामोशी में डूब गया है और शिकार से वापस आने पर आग की गरमाहट तथा अच्छे भोजन के साथ अपने आवास में अपने बगल में एक महिला के साथ बैठने की उसकी आकांक्षा भी तीव्र हो गई है। उसे अजीब चीजें सुनाई पड़ रही हैं—बच्चे की जूती की चरचराहट तथा बच्चे की आवाजें। और एक रात उस पर एक अंतदृष्टि प्रकट हुई और उसने रैवण को देखा, जो तुम्हारा पिता है, महान् रैवन, जो सभी स्टिक का पिता है। और रैवण ने इस अकेले व्यक्ति से बात की और कहा, "अपनी जूतियों को बाँध लो और अपनी बर्फ की जूतियाँ उसमें लपेट लो और कई रातों के भोजन एवं प्रमुख थिलिंग तिनेह के लिए बेहतरीन टोकन से लदी स्लेज को टक्कर मार दो, क्योंकि तुम अपना चेहरा उस ओर फेर लोगे, जहाँ कि मध्य वसंतकालीन सूर्य महान् प्रमुख की खोजस्थली की भूमि में अपनी यात्रा के बाद डूबने का अभ्यस्त है। वहाँ आप बड़े-बड़े उपहार देंगे और थिलिंग-तिनेह, जो मेरा बेटा है, वह तुम्हारे लिए पिता समान बन जाएगा। इस आवास में एक लड़की है, जिसमें मैंने तुम्हारे लिए जान फूँकी है। यह लड़की तुम्हारी पत्नी बन जाएगी।"

"ऐ प्रमुख, इसलिए महान् रैवण ने कहा। इस प्रकार मैं तुम्हारे कदमों में अनेक उपहार डालता हूँ; और इस प्रकार मैं तुम्हारी पुत्री को लेने आया हूँ।"

बूढ़े व्यक्ति ने निष्ठा की अशिष्टता के साथ अपनी शंकाएँ व्यक्त कीं, लेकिन जब तक युवा ने प्रवेश किया तो उसने जवाब देने में देरी की, परिषद् के सामने प्रस्तुत होने का शीघ्र संदेश देकर वह जा चुका था।

"ऐ श्वेत व्यक्ति! जिसे हमने हिरण का मारनेवाला नाम दिया था, जो 'भेड़िए' के नाम से भी जाना जाता था और भेड़िए के बेटे के नाम से भी! हम जानते हैं कि तुम्हारा संबंध एक शक्तिशाली प्रजाति से है, इसलिए हमें तुम्हारे पॉटलैक के अतिथि होने पर गर्व है; लेकिन राजा सैलमन कुत्ता सैलमन के साथ संबंध नहीं रखते हैं, न ही रैवण भेड़िए के साथ।"

"ऐसा नहीं," मैकेनजी चिल्लाया। "भेड़ियों के कैंप में मैं रैवण की बेटियों से मिला हूँ—मार्टिमर की स्त्री, ट्रेगिडगों की स्त्री, बार्नाबे की स्त्री, जो दो आइस-रन पहले आईं और मैंने अन्य स्त्रियों के बारे में भी सुना है, यद्यपि मैंने उन्हें अपनी आँखों से नहीं देखा।"

"बेटे, आपकी बातें सही हैं; लेकिन यह बुरा संबंध होता, जैसे पानी और बालू

का, बर्फ के छोटे-छोटे टुकड़े का सूर्य के साथ, लेकिन क्या एक मैसन और उसकी स्त्री से मिले," नहीं। वह दस आइस-रन पहले आया था—सभी भेड़ियों में सबसे पहले। और उसके साथ एक शक्तिशाली व्यक्ति था, बेंत की तरह सीधा और लंबा; सपाट चेहरेवाले धूसर की तरह देखने में मजबूत और उसका हृदय गरमी के पूर्ण चंद्रमा की तरह बड़ा था; उसका…

"ओह!" मैकेनजी ने ख्याति प्राप्त नॉर्थलैंड व्यक्ति, 'मेलम्यूट किड' को पहचानकर टोका।

"वही, शक्तिशाली व्यक्ति! लेकिन स्त्री का कुछ भी अंश दिखा? वह जरिनस्का की पूरी बहन थी।"

"नहीं, प्रमुख; लेकिन मैंने सुना है। मैसन—सुदूर उत्तर में एक पुराना स्प्रस का वृक्ष था, ने अपना जीवन उसके नीचे बंद कर दिया। लेकिन उसका प्यार महान् था और उसके पास बहुत सोना था। इसके तथा अपने लड़के के साथ ही उसने सर्दी की दोपहर वाले सूर्य की और अनगिनत रातों में यात्रा की और वह अभी भी वहीं रहती है—ठिठुरा देनेवाला ओला नहीं, बर्फ नहीं, गरमी की आधी रात का सूर्य नहीं, न ही सर्दी की दोपहर का रात।"

एक-दूसरे संदेशवाहक ने परिषद् के आवश्यक बुलावे के संदेश के साथ टोका। जैसे ही मैकेनजी ने उसे बर्फ पर फेंका, उसे परिषद् की आग के झूमते रूप की एक झलक मिली। उसे लयबद्ध तरीके से मंत्रोच्चार करते पुरुषों की आवाज सुनाई पड़ी और वह समझ गया कि शमैन अपने ही लोगों के क्रोध को हवा दे रहा था। समय कम था। वह प्रमुख की ओर पलटा।

"आइए, मैं आपके बच्चे को शुभकामना देता हूँ। और अब देखिए यहाँ तंबाकू, चाय, चीनी के कई प्याले, गरम कंबल, रूमाल—अच्छे और बड़े भी, हैं; और यहाँ एक अच्छा राइफल, कई गोलियाँ और बहुत सारा बारूद भी है।"

"नहीं!" अपने सामने बिखरी अथाह संपत्ति के साथ संघर्ष करते बूढ़े आदमी ने जवाब दिया, "अभी भी मेरे आदमी एक साथ रहते हैं। उनमें यह शादी नहीं होगी।"

"लेकिन आप तो प्रमुख हैं!"

"फिर भी मेरे युवा व्यक्ति गुस्सा करते हैं, क्योंकि भेड़िए ने उनकी लड़कियों को ले लिया है, ताकि वे शादी न कर सकें।"

"ऐ थिलिंग-तिनेह, सुनिए! पिछली रात गुजर गई और दिन हो गया, भेड़िए पूर्व के पर्वत पर अपने कुत्तों का सामना करेंगे और वे युकोन देश की ओर चले जाएँगे। और जरिनस्का अपने कुत्तों के पदचिह्नों को मिटाएगी।"

"और पिछली रात मध्य रात्रि में बदल गई है, हो सकता है कि मेरे युवा व्यक्ति कुत्तों को मार दें, जो भेड़िए के लिए मांस है और उनकी हड्डियाँ तब तक यहाँ बिखरी रहें, जब तक कि वसंत उन्हें प्रकट न कर दें।"

यह धमकी और प्रति धमकी थी। मैकेनजी का ताम्र जैसा चेहरा पूरी तरह से सपाट हो गया। उसने अपनी आवाज ऊँची की। बूढ़ी स्त्री, जो अभी तक एक निष्क्रिय तमाशायी की तरह बैठी थी, उसे उसने दरवाजे की ओर चले जाने में मदद की। अचानक ही पुरुषों के गाने की आवाज आने लगी और वह जैसे ही उस बूढ़ी स्त्री को चमड़े के बने उसके बिस्तर की ओर तेजी से ले गया, वहाँ अनेक आवाजों का कोलाहल था।

"एक बार फिर मैं कहता हूँ, सुनिए, ऐ थिलिंग तिनेह ! भेड़िया मरता है तो उसके दाँत आपस में जकड़े होते हैं और उसके साथ आपके दस मजबूत आदमी सोएँगे—वे लोग जिनकी जरूरत होती है, क्योंकि अभी शिकार शुरू नहीं हुआ है और मछली पालन भी बहुत दूर नहीं है। एक बार फिर, किस लाभ के लिए मुझे मरना चाहिए ? मैं आपके रीति-रिवाजों को जानता हूँ; मेरी संपत्ति में आपका हिस्सा बहुत ही थोड़ा होगा। मुझे अपना बच्चा दीजिए और वह सबकुछ आपका होगा। और फिर मेरे भाई आएँगे और वे कई हैं और उनके पेट कभी भरते नहीं हैं; और रैवण की बेटियाँ भेड़िए के आवास में बच्चों को जानेंगी। मेरे आदमी आपके आदमियों से ज्यादा महान् हैं। यह भाग्य है, दीजिए और यह सारी संपत्ति आपकी हो जाएगी।"

जूतियाँ बर्फ के बिना ही चरमरा रही थीं। मैकेनजी ने आपना राइफल मुरगे के ऊपर फेंका और अपनी बेल्ट में जुड़वाँ कोल्ट को ढीला किया।

"ऐ प्रमुख, दीजिए!"

"और फिर भी मेरे आदमी 'नहीं' बोलेंगे।"

"दीजिए और यह संपत्ति आपकी है। इसके बाद मैं आपके आदमियों से निपट लूँगा।"

"इसलिए भेड़िए के पास यह होगा। मैं उसका टोकन ले लूँगा—लेकिन मैं उसे चेतावनी दूँगा।"

मैकेनजी ने राइफल के इजेक्टर को अवरुद्ध करते हुए तथा मोल-भाव को तेजी से बदलते हुए रेशमी रूमाल के साथ रोकते हुए सामान उतारा। शमन और उसके साथ ही आधे दर्जन युवाओं ने प्रवेश किया, लेकिन उसने बड़े साहस के साथ उन सबका सामना किया और निकल गया।

पैक ! जब वह जरिनस्का के आवास से गुजरता तो यह उसका संक्षिप्त अभिनंदन

होता था और वह तेजी से अपने कुत्तों को जोतने के लिए दौड़ा। कुछ ही मिनटों में वह अपने बगल में बैठी महिला के साथ परिषद् में दल के प्रमुख के रूप में घुस गया। उसने प्रमुख के बगल में आयत क्षेत्र के उपरी छोर पर अपना स्थान ले लिया। अपनी बाईं ओर एक कदम पीछे उसने जरिनस्का को उसके सही जगह पर तैनात किया। उसके अलावा शरारत के लिए समय सही था और उसके पीछे की रक्षा करने की जरूरत थी।

दोनों ओर लोग आग के पास सिकुड़कर बैठे थे। भूली-बिसरी यादों में उनकी आवाजें लोक मंत्रोच्चार में ऊँची उठतीं। विचित्र लड़खड़ाते लय तथा बार-बार याद आनेवाली घटनाओं से भरपूर, यह रुचिकर नहीं था। 'डरावना' शब्द इसे अपर्याप्त रूप से व्यक्त कर सकता है। निम्न छोर पर शमन के आँख के नीचे कई महिलाएँ नृत्य कर रही थीं। उसके लिए उसकी फटकार कठोर थी, जिन्होंने इस अनुष्ठान के आनंद में स्वयं को पूरी तरह समर्पित नहीं किया था। अपने भारी काले बालों में आधा छुपे, सभी अस्त-व्यस्त बैठ गए और वे धीरे-धीरे इधर-उधर घूमने लगे। उनके रूप सदैव परिवर्तनशील लय पर बदलने लगे।

यह एक विचित्र दृश्य था; एक कालभ्रम दक्षिण में उन्नीसवीं सदी अपने अंतिम दशक के कुछ वर्षों को उधेड़ रही थी; यहाँ आदि मानव विकास कर रहा था, पूर्व ऐतिहासिक गुफा में रहनेवाले से थोड़ा बेहतर, वृहद् संसार के भूले टुकड़े। पीले भेड़िए-कुत्ते चमड़े के वस्त्र पहने अपने मालिक के बीच बैठे थे या जगह के लिए लड़ रहे थे, उनका अग्नि-प्रकाश उनकी लाल आँखों और टपकते फनों से पीछे की ओर जा रहा था। भयावह आवरण में लिपटा जंगल बेपरवाह सो रहा था। श्वेत खामोशी कुछ क्षण के लिए घिरे जंगल की ओर उन्मुख हुई। ऐसा प्रतीत होता कि वह हमेशा से ही भीतर को कुचल रही थी। तारे पूरे जोश के साथ नृत्य कर रहे थे, जैसा कि महान् शीत के समय में उनका अभ्यास था; जबकि ध्रुव की आत्माएँ अपनी गौरव की पोशाकों को स्वर्ग के पार पीछे छोड़ रही थीं।

'स्क्रफ' मैकेनजी को इस पृष्ठभूमि के रुक्ष भव्यता का तभी एहसास हुआ जब उसकी नजरें खोए चेहरे की तलाश में रोवेंदार किनारों पर पड़ी। कुछ क्षणों के लिए उसकी नजरें नवजात शिशु पर टिकी रहीं, जो अपनी माँ की छाती से चिपका दूध पी रहा था। तापमान चालीस से भी कम था—सात या इससे ज्यादा डिग्री ओला था। उसने अपनी प्रजाति की कोमल महिलाओं के बारे में सोचा और मंद-मंद मुसकराया। इन्हीं कोमल महिला के अस्तित्व से उसे भव्य उत्तराधिकार मिला—ऐसा उत्तराधिकार जिसने इस धरती, समुद्र और समस्त क्षेत्र के लोगों और पशुओं पर उसके प्रभुत्व

को स्थापित किया। पाँच अंकों के विरुद्ध अकेला, आर्कटिक की सर्दी में जकड़ा अपने आप से दूर उसे अपनी धरोहर के प्रोत्साहन का एहसास हुआ। प्रचंड खतरे को अपनाने की इच्छा—प्यार, लड़ाई का रोमांच, विजय प्राप्त करने या मर जाने की शक्ति।

नृत्य-संगीत रुक गया। शमन क्रोध से उबल पड़ा। उनकी व्यापक पौराणिक कथाओं के माध्यम से उसने धूर्तता के साथ अपने लोगों के भोलेपन से खिलवाड़ किया। मामला मजबूत था। कौए और काले कौए में अवतरित रचनात्मक सिद्धांतों के विरुद्ध उसने मैकेनजी को भेड़िए के रूप में कलंकित किया, जो लड़ाई और विनाश के सिद्धांत को अवतरित करता है। न केवल इन शक्तियों की लड़ाइयों आध्यात्मिक थीं, लेकिन लोग आपस में लड़ते थे, उनमें से प्रत्येक अपने कुल देवता से। वे जेक, रैवण; आग लानेवाले प्रोमिथियन की औलादें थीं; मैकेन जी, वुल्फ का बच्चा था और दूसरे शब्दों में असुर की औलाद! उनके लिए इस निरंतर युद्ध में युद्धविराम लाना, कट्टर दुश्मन से अपनी बेटियों का विवाह करना, उच्च दर्जे का राजद्रोह एवं ईशनिंदा थी। मैकेनजी को गुप्त रूप से हस्तक्षेप करनेवाले व्यक्ति तथा शैतान के दूत के रूप चिह्नित करने के लिए कोई भी वाक्यांश इतना कठोर नहीं था और कोई भी आकृति घृणित नहीं थी। वह जैसे ही अपने व्याख्यान के उपसंहार की ओर मुड़ा उसके श्रोताओं के दिल नियंत्रित वहशी उफान भरी भावनाओं से भर गए।

"ऐ मेरे भाइयो, जेल्क सर्वशक्तिशाली है! क्या उसने स्वर्ग में उत्पन्न आग नहीं लाया, ताकि हम गरम रह सकें? क्या उसने सूर्य, चाँद और तारों का अपने-अपने छिद्रों से बाहर नहीं निकाला, ताकि हम उन्हें देख सकें? क्या उन्होंने हमें यह नहीं सिखाया कि हम अकाल और ओले से लड़ सकें? लेकिन अब जेल्क को अपने बच्चों के प्रति गुस्सा है और वे मुट्ठी भर वयस्क हैं और वह मदद नहीं करेंगे। क्योंकि वे उन्हें भूल गए हैं और गलत काम किए हैं और गलत रास्तों पर चले हैं और वे शत्रुओं को अपने आवास पर ले गए हैं और उन्हें आग के पास बैठाया है। रैवण अपने बच्चों की शैतानी से दुःखी है, लेकिन जब वे उठेंगे और दिखाएँगे कि वे आ गए हैं, वह उनकी मदद के लिए समस्त अंधकार से प्रकट होगा। ऐ भाई! आग लानेवाले ने तुम्हारे शमन को संदेश दिया है; वही संदेश आप भी सुनेंगे। युवा पुरुषों को युवा महिलाओं को अपने आवास पर ले जाने दें; उन्हें भेड़िए के गले पर चढ़ने दें; अपनी शत्रुता में उन्हें अमर रहने दें। तभी उनकी महिलाएँ उपयोगी साबित होंगी और वे एक शक्तिशाली प्रजाति बन जाएँगी। और रैवण उनके पिता और पिता के पिता की महान् जनजातियों को उत्तर की ओर से नेतृत्व देगा; और वे भेड़ियों को तब तक मार भगाएँगे, जब तक

कि वे अंतिम वर्ष के अलाव जैसे नहीं रह जाएँ; और एक बार फिर वे इस धरती पर शासन करने आएँगे। जेल्क, द रैवण का यही संदेश है!"

मसीहा के आगमन के इस पूर्वमास से स्टिकों में कोलाहल पैदा हो गया और वे अपने कदमों पर उछल पड़े। मैकेनजी ने अपने अँगूठे को बाहर निकाला और इंतजार करने लगा। 'फॉक्स' के लिए हो-हल्ला था, यह तब तक शांत नहीं हुआ जब तक कि एक युवा बोलने के लिए आगे नहीं आया।

"भाइयो!" शमन ने बहुत ही समझदारी से बात की है। "भेड़िए ने हमारी औरतों को ले लिया है और हमारे पुरुष संतान विहीन हैं। हम मुट्ठी भर ही विकसित हैं। भेड़ियों ने हमारे गरम आवरण ले लिये और उसके बदले में दुष्ट आत्माएँ दी हैं, जो बोतलों में रहती हैं और कपड़े, जो ऊदबिलाव या बनबिलाव के आवरणों से नहीं बने होते, बल्कि घास से बने होते हैं। वे गरम भी नहीं होते हैं और हमारे आदमी विचित्र बीमारी से मर जाते हैं। मैंने तथा फॉक्स ने किसी भी महिला को पत्नी नहीं बनाया है और क्यों? दो बार वे लड़कियाँ, जो मुझे अच्छी लगती थीं, वे भेड़िए के कैंप में चली गईं। अभी भी मैंने ऊदबिलाव, हिरण और रेनडियर की खाल को चढ़ा रखा है, ताकि मैं थिलिंग-तिनेह की नजरों में सम्मान प्राप्त कर सकूँ, ताकि मैं उनकी बेटी जरिनस्का से विवाह कर सकूँ। अभी भी उसके पाँव में पड़े बर्फ के जूते वुल्फ के कुत्तों के लिए चिह्न मिटाने के लिए तत्पर हैं। न ही मैं अपने लिए अकेले बात करता हूँ। जैसा मैंने किया है, वैसा ही भालू ने किया है। वह भी उसके बच्चों का पिता बनने का इच्छुक था और इस प्रकार उसने कई आवरणों को ठीक किया था। मैं उन सभी युवाओं के लिए बोलता हूँ, जो पत्नियों को नहीं जानते हैं। भेड़िए बहुत ही भूखे हैं। मारने के बाद वे हमेशा ही अपनी पसंद का मांस लेते हैं। बचा हुआ रैवण के लिए छोड़ देते हैं।"

वह एक महिला की ओर तेजी से संकेत करते हुए चिल्लाया, "यह गुकला है, जो अपंग थी। उसकी पसलियाँ नौका की तरह मुड़ी हुई थीं। वह लकड़ियाँ इकट्ठा नहीं कर सकती थी और न ही शिकारियों के मांस ढो सकती थी। क्या भेड़ियों ने उसे चुना?"

"ऐ-ऐ!" उसकी जनजाति के लोग गला फाड़कर चिल्लाए।

"यह मौरी है, जिसकी आँखों में दुष्ट आत्माओं द्वारा गुस्सा भर दिया गया था। यहाँ तक कि लड़कियाँ भी जब उसकी ओर देखतीं तो घबरा जातीं और यह कहा जाता है कि सपाट चेहरे से उसे प्रभाव मिलता है। क्या उसे चुना गया था।"

एक बार फिर क्रूर प्रशंसा गूँज उठी।

और पिशेट वहाँ बैठी थी। उसने ध्यान से मेरी बातों को नहीं सुना। उसने कभी-

कभी बातचीत का शोर, अपने पति की आवाज, अपने बच्चे की बक-बक नहीं सुनी थी। वह व्हाइट साइलेंस में रहती है। भेड़िए उसकी कुछ भी परवाह नहीं करते थे। नहीं! उनकी इच्छा थी, मार देना और हमारी इच्छा थी, छोड़ देना।

"भाइयो!" ऐसा नहीं होगा। अब भेड़िए हमारे अलाव में नहीं आएँगे, समय आ गया है।

आग की लड़ियाँ, औरोरा बोरचालिस, बैंगनी, हरा और पीला, शीर्ष पर चमक रहा था और क्षितिज से क्षितिज की दूरियों को पाट रहा था।

"देखो! हमारे पिताओं की आत्माएँ जाग उठी हैं और आज रात महान् काम चालू रहेगा।"

वह पीछे हटा और एक अन्य युवा संकोचपूर्वक आगे आया, जिसे उसके साथियों ने धक्का दिया। वह उनसे ऊपर सिर उठाकर खड़ा हो गया। उसका चौड़ा सीना विद्रोही रूप से ओले में खुला था। अनिश्चय की स्थिति में वह एक पैर से दूसरे पैर पर लहरा था। शब्द उसकी जुबान पर आकर रुक गए और वह बेचैन हो गया। उसका चेहरा देखने में भयावह लग रहा था, क्योंकि एक बार जबरदस्त प्रहार के कारण आधा चेहरा बिगड़ गया था। अंततः उसने अपनी भींची हुई मुट्ठी से अपनी छाती पर प्रहार किया, जिससे ऐसी आवाज निकली, जैसे ढोल से निकलती है और उसकी आवाज ऐसे गड़गड़ाई, जैसे समुद्री कंटर से लहर निकलती है।

"मैं भालू हूँ—दि सिल्वर टीप, सिल्वर टीप का बेटा। जब मेरी आवाज फिर भी लड़की जैसी थी; मैंने झटके से बनबिलाव, हिरण तथा रेनडियर को घुमाया। जब गुप्त जगह से भेड़िए जैसी सीटी की आवाज आई, मैंने दक्षिण के पर्वत को पार किया और झटके से तीन सफेद नदियों से गुजर गया; जब यह चिनूक की गरज की तरह बन गया तो मैं सपाट चेहरेवाले मूढ़ व्यक्ति से मिला, लेकिन कोई संकेत नहीं दिया।"

यहाँ पर वह रुक गया, उसका हाथ प्रमुख रूप से भद्दे दाग पर घूम रहा था।

"मैं लोमड़ी की तरह नहीं हूँ, मेरी जुबान नदी की तरह जमी हुई है। मैं बड़ी बातें नहीं कर सकता। मेरे शब्द थोड़े ही है। लोमड़ी ने कहा कि आज की रात महान् कार्य चालू हैं। अच्छा है! उसकी जुबान से बातें ऐसी निकलती हैं, जैसे वसंत में हवाएँ, लेकिन वह कार्य के प्रति होशियार है। आज की रात मैं भेड़िए के साथ लड़ाई लड़ूँगा। मैं उसकी हत्या कर दूँगा और मेरे आग के पास जेरनिस्का बैठेगी। भालू ने बात की है।"

उसके बारे में कोलाहल गूँज उठा, 'स्कफ' मैकेनजी मजबूती से जमीन पकड़कर खड़ा हो गया। इस बात के प्रति वह सतर्क था कि पास पड़ा राइफल

कितना बेकार था। उसने दोनों ही खोल को सामने रखा, काररवाई के लिए तैयार और अपने दस्ताने को ऊपर की ओर खींचा और वह लगभग खुल गया। वह जानता था कि जनता के आक्रमण की कोई आशा नहीं थी, लेकिन अपने अहंकार के अनुरूप, वह बँधे जबड़ों के साथ मरने के लिए तैयार था। लेकिन भालू ने अपने साथियों को रोका। उसने अपनी भयावह मुट्ठी से प्रहार करते हुए तत्पर लोगों को पीछे भगाया। जब कोलाहल कम होने लगा तो मैकेनजी ने एक नजर जरनिस्का पर डाली। यह अद्‍भुत दृश्य था। वह अपने बर्फ के जूतों पर आगे की ओर झुकी हुई थी। उसके होंठ खुले हुए थे और नथुने फड़फड़ा रहे थे, जैसे कि बाघिन अभी उछल पड़ेगी। उसकी बड़ी-बड़ी काली आँखें उल्लंघन के भय के कारण उसकी ही जनजाति के लोगों पर टिकी हुई थीं। तनाव इतना ज्यादा था कि वह साँस लेना भी भूल गई। उसका एक हाथ अनियमित रूप से उसके सीने पर टिका हुआ था और दूसरा हाथ मजबूती से कुत्ते के चाबुक को पकड़े हुए था। वह पत्थर की तरह शिथिल बैठी हुई थी। जब उसने उसे देखा तो उसे राहत महसूस हुई। उसकी मांसपेशियों का तनाव कम हुआ। गहरी साँस छोड़ते हुए वह तनावमुक्त बैठ गई और उस पर प्यार से भी बड़ी, पूँजी की एक नजर डाली।

थिलिंग—तिनेह बोलने की कोशिश कर रहा था, लेकिन उसके ही लोगों के शोर में उसकी आवाज कहीं डूब गई। तब मैकेनजी आगे बढ़ा। कान फाड़ देनेवाली चींख के साथ ही लोमड़ी ने मुँह खोला, लेकिन मैकेनजी इतनी उग्रता के साथ उस पर कूदा कि वह पीछे लौट गया। उसके मुँह से आवाज को दबाने के कारण घुर-घुर की आवाज निकली। उसकी घबराहट का हँसी की गूँज के साथ स्वागत किया गया, उसके साथी शांत हो गए और वे सुनने के मूड में आ गए।

"भाइयो! वह श्वेत व्यक्ति, जिसे तुमने भेड़िए को बुलाने के लिए चयन किया है, वह तुम्हारे बीच कुछ कहने के लिए आया है। वह एस्किमो की तरह नहीं था, वह झूठ नहीं बोलता। वह एक दोस्त की तरह आया, जैसे कि वह एक भाई हो। लेकिन आपके लोगों की बातों का महत्त्व था और विनम्र शब्दों के लिए अब समय गुजर गया। सबसे पहले तो मैं आपको यह बताऊँगा कि शमन की जुबान गंदी है और वह एक झूठा दूत है, उसने जो संदेश दिए, वह आग लानेवाले के शब्द नहीं है। उसके कानों में रैवण की आवाज नहीं जाती है और अपने मन से वह धूर्ततापूर्ण कहानियाँ गढ़ता है और उसने आप लोगों को बेवकूफ बनाया है। उसमें कोई शक्ति नहीं है। जब कुत्तों को मारकर खाया जा रहा था और आपके पेट कच्चे चमड़े तथा जूतों की पट्टियों से भारी हो रहे थे; जब बूढ़ा आदमी मर गया और बूढ़ी महिलाएँ मर गईं और

बच्चे माँ की सूखी गोद में मर गए; जब पृथ्वी पर अंधकार था और आप इस तरह से मिट गए, जैसे जलप्रपात में सैलमन; ऐ, जब आप पर अकाल पड़ा तो क्या शमन ने आपके शिकारियों के लिए उपहार लाया? क्या शमन ने आपके लिए खाने की कोई व्यवस्था की? मैं एक बार फिर कहता हूँ, कि शमन को कोई शक्ति नहीं है। इसलिए मैं उसके चेहरे पर थूकता हूँ!"

यद्यपि इस अपमान से स्तंभित लोगों में कोई प्रतिक्रिया नहीं थी। कुछ महिलाएँ तो भयभीत हो गई थीं, लेकिन पुरुषों में उत्साह था, मानो उन्हें किसी चमत्कार की अपेक्षा थी या तैयारी थी? सबकी नजरें दो केंद्रीय व्यक्तित्व पर टिकी हुई थीं। पुजारी को महत्त्वपूर्ण क्षण का आभास हो गया, उसे अपनी शक्ति क्षीण होती हुई लगने लगी, तिरस्कार में उसने अपना मुँह खोला, लेकिन मैकेनजी की बढ़ती उग्रता, उठी हुई मुट्ठियों तथा आग उगलती आँखों के सामने वह पीछे हो गया। उसने उपहास उड़ाया और दुबारा शुरू हो गया।

"क्या मैं प्रहार से मर गया था? क्या बिजली की कौंध से मैं जल गया था? क्या आसमान से तारे टूटकर मुझ पर गिरे और मुझे कुचल दिया? छिह! मैंने कुत्ते को निपटा दिया है। अब मैं आप लोगों को अपने आदमियों के बारे में बताऊँगा, जो समस्त लोगों में सबसे ज्यादा शक्तिशाली हैं, जिनका शासन समस्त भूमि पर था। शुरू में हम ऐसे ही शिकार करते हैं, जैसे मैं अकेले करता हूँ। समूह में हमारे शिकार करने के बाद और अंत में, जैसे कि रेनडियर भागते हैं, हम पूरी भूमि पर घूमते हैं। वे लोग, जिन्हें हम अपने आवास में लाते हैं, रहते हैं; वे जो, यहाँ नहीं आएँगे तो वे मर जाएँगे। जेरिनस्का एक आकर्षक लड़की है, जो परिपूर्ण एवं मजबूत है और भेड़ियों की माँ बनने के लिए उपयुक्त है। यद्यपि मैं मर जाता हूँ तो वह ऐसी ही बन जाएगी; क्योंकि मेरे कई भाई हैं और वे मेरे कुत्तों की महक का पीछा करेंगे। भेड़िए के नियमों को सुनो: जो कोई भी मेरे एक भेड़िए की जान लेता है, जिसका हर्जाना उसके दस लोगों को चुकाना पड़ेगा। कई जगह इसकी कीमत अदा कर दी गई है और कई जगह इसकी कीमत अदा किया जाना अभी बाकी है।"

"अब मैं भेड़िए और भालू से निपट लूँगा। ऐसा लगता है कि उन सबने लड़की पर नजर डाली है। इसलिए, देखो, मैंने उसे लाया है! थिलिंग-तिनेह राइफल की ओर झुकता है; खरीदे गए सामान उसकी आग के पास पड़े हैं। फिर भी मैं युवाओं के प्रति सच्चा रहूँगा। लोमड़ी के लिए, जिसकी जुबान में कई शब्द अटक गए, उसे मैं तंबाकू के पाँच बड़े पैक दूँगा। इस प्रकार उसका मुँह गीला हो जाएगा और वह परिषद् में अधिक शोर मचा सकती है। लेकिन भालू के लिए, जिस पर कि मुझे गर्व है, उसे मैं

दो कंबल दूँगा; आटे का बीस कप; और लोमड़ी का दुगुना तंबाकू; और यदि वह मेरे साथ पूर्व के पर्वत की ओर जाता है तो मैं उसे एक राइफल दूँगा, थिलिंग-तिनेह के राइफल के समान; यदि नहीं? अच्छा! भेड़िया बोलने के प्रति सतर्क है। फिर भी वह एक बार कानून बताएगा, जो कोई भी एक भेड़िए को मारता है, उसके दस लोगों को इसका हर्जाना अदा करना पड़ेगा।"

मैकेनजी जब अपनी पूर्व स्थिति में लौटा तो मुसकराने लगा, लेकिन दिल से वह बहुत परेशान था। रात फिर भी अँधेरी थी। लड़की उसके बगल में आई और वह उसे पूरे ध्यान से सुनने लगा, जब वह भालू की चाकू के साथ लड़ाई की चालाकियों के बारे में बताने लगी।

फैसला युद्ध के पक्ष में किया गया। कुछ ही क्षणों में आग की कई जूतियाँ बर्फ को फैला रही थीं। शमन के संभावित हार के बारे में काफी बात हो रही थी। कुछ ने उसकी शक्ति को प्रमाणित किया, लेकिन उसकी शक्ति को स्वीकृत नहीं किया, जबकि कुछ अन्य ने विगत की घटनाओं की अनदेखी की और भेड़िए के साथ सहमत हुए। भालू युद्धभूमि के केंद्र में आया; उसके हाथ में रूस निर्मित शिकार करनेवाला नंगा चाकू था। लोमड़ी ने मैकेनजी के रिवॉल्वर की ओर ध्यान आकर्षित किया; इसलिए उसने उसकी बेल्ट को हटाया और उसने जरिनस्का के साथ उसे लगाया, जिसके हाथ में उसने अपनी राइफल भी सौंप दी। उसने अपना सिर हिलाया कि वह गोली नहीं चला सकती—किसी भी महिला को इस प्रकार के बहुमूल्य चीजों को सँभालने का कम ही मौका होता है।

फिर यदि खतरा मेरी पीठ पर आता है तो जोर से चिल्लाओ, 'मेरे पति!' नहीं; इस प्रकार, 'मेरे पति!'

जब उसने यह दुहराया तो वह हँस पड़ा। उसके गाल में चिकोटी की और उस परिधि में फिर से घुस गया। न सिर्फ पहुँच और कद में उसके फायदे के लिए भालू उसके पास था, बल्कि उसकी धार दो इंच बड़ी थी। 'स्क्रफ' मैकेनजी पहले भी इन आदमियों के आँखों में देख चुका था और वह जानता था कि यही वह आदमी था, जो उसके विरुद्ध खड़ा हो गया था; लेकिन स्टील की चमक से वह उत्तेजित हो गया और अपनी प्रजाति के प्रभावशाली आवेश में चल पड़ा।

बार-बार उसे आग के किनारे या गहरे बर्फ की ओर जाने को विवश किया गया और बार-बार वह अपने पैर की तरकीब से केंद्र की ओर वापस आ जाता। एक भी आवाज प्रोत्साहन में नहीं उठी, जबकि उसके विरोधियों का प्रशंसा, सलाह और चेतावनियों से उत्साह बढ़ाया जा रहा था। लेकिन जब चाकू से चाकू टकराने लगे तो

उसके दाँत आपस में भिंच गए और जागरूक शक्ति से जनमी शांतचित्तता से उसने उसे टाला। पहले तो उसे अपने शत्रुओं के प्रति दया आई, लेकिन जीवन के लिए प्राथमिक भावना के सामने वह गायब हो गई; बदले में इससे हत्या की भावना प्रेरित हुई। दस हजार वर्ष की संस्कृति को वह भूल गया और वह गुफा में रहनेवाला एक व्यक्ति था, जो अपनी स्त्री के लिए लड़ाई कर रहा था।

उसने भालू को दो बार पीड़ा पहुँचाई और सकुशल निकल गया; लेकिन तीसरी बार वह पकड़ा गया और अपने आपको बचाने के लिए मुक्त हाथ लड़नेवाला हाथ बन गया और वे सब एक साथ आ गए। तभी उसे अपने विरोधी की अथाह शक्ति का एहसास हुआ। उसकी मांसपेशियों में पीड़ादायक गाँठें पड़ गई थीं और ऐसा प्रतीत होता था कि तनाव के कारण उसकी नसें फट जाएँगी; फिर रूसी स्टील निकटम आता जा रहा था। उसने उससे अलग होने की कोशिश की, लेकिन उसने स्वयं को और कमजोर ही किया। रोएँ में लिपटा घेरा और पास आया और वे अंतिम प्रहार को देखने के प्रति आश्वस्त एवं चिंतित थे, लेकिन कुश्तीबाज के दाँव के साथ ही, आंशिक रूप से एक ओर उछलते हुए, उसने अपने प्रतिद्वंद्वी पर सिर से प्रहार किया। अनैच्छिक रूप से भालू पीछे झुक गया, जिससे गुरुत्वाकर्षण का उसका केंद्र अव्यवस्थित हो गया। इसके साथ ही मैकेनजी ने सही तरह से टाँग मारा और अपना पूरा भार आगे फेंक दिया और उसे उठाकर उसे घेरे से बाहर गहरे बर्फ में फेंक दिया। भालू लड़खड़ाया और भरपूर पैंतरे के साथ वापस आया।

'ऐ मेरे पति!' खतरे से कँपकँपाती जरिनस्का की आवाज गूँजी।

धनुष के प्रहार पर मैकेनजी तेजी से जमीन पर झुक गया और हड्डियों का कँटीला तीर उसके ऊपर से गुजरता हुआ भालू की छाती में घुस गया, जिसकी गति ने उसके दुबके शत्रु को परास्त किया। अगले ही क्षण मैकेनजी पुनः सक्रिय था। भालू बेहोश होकर गिर पड़ा, लेकिन आग के दूसरी ओर शमन अपना दूसरा तीर लगा रहा था।

मैकेनजी का चाकू हवा में लहराया। उसने चाकू की नोक के सहारे मारी धार को पकड़ा। जब यह आग के पास गुजरा तो तेज रोशनी हुई। फिर शमन, उसके गले के बिना ही भुट्ठा प्रकट हुआ, लहराया और चमकती आग में गिर गया।

क्लिक! क्लिक! लोमड़ी ने थिलिंग-तिनाह की राइफल सँभाल रखी थी और अहंकार के साथ एक गोली उसने उस जगह दागने की कोशिश की। लेकिन मैकेनजी के ठहाके की आवाज पर उसने उसे गिरा दिया।

"इसलिए लोमड़ी ने खिलौने के तरीके को सीखा नहीं था। वह अभी भी एक महिला है। आओ इसे इधर लाओ, ताकि मैं यह तुम्हें दिखा सकूँ।"

लोमड़ी हिचकिचाई।

"मैं कहता हूँ, इधर आओ!"

हारे हुए निकम्मे की तरह वह आगे झुककर चल रही थी।

"इस तरह और इस तरह; इस प्रकार चीजें की जाती हैं।" एक गोली उस जगह गिर गई और जैसे ही मैकेनजी ने इसे कंधों तक उठाया, इसका घोड़ा काक पर था।

"लोमड़ी ने कहा था कि आज की रात बड़े-बड़े भालू हैं और उसने सही कहा था। बड़े-बड़े काम हुए हैं, फिर भी उनके बीच कम-से-कम लोमड़ी के काम तो हुए ही। क्या अभी भी उसकी मंशा जरिनस्का को अपने आवास तक ले जाने की है? क्या उसे उन रास्तों पर चलने में कोई आपत्ति है, जिस पर पहले ही शमन और भालू जा चुके हैं? नहीं, बढ़िया है!"

मैकेनजी घृणा के साथ पलटा और अपने चाकू को पुजारी के गले से खींचा।

"क्या कोई भी युवा इतना मुस्तैद हैं? यदि हाँ, तो भेड़िया उन्हें दो और तीन करके ले जाएगा, जब तक कि कोई भी न बचे। नहीं? बढ़िया है! थिलिंग-तिनेह, मैं आपको यह राइफल दूसरी बार देता हूँ। यदि आनेवाले दिनों में आपको योकोन देश की यात्रा करनी पड़ी तो आपको यह मालूम होना चाहिए कि हमेशा एक जगह होगी और भेड़िए के आग के पास ढेर सारा खाना। अब रात बीत चुकी है और दिन होनेवाला है। मैं जा रहा हूँ, लेकिन मैं फिर आ सकता हूँ। और आखिरी बार भेड़िए के कानून को याद रखना!"

वह जैसे ही जेरिनस्का से मिला, वह उसकी नजरों में महामानव था। उसने दल के अंत में अपना स्थान लिया और कुत्ते सक्रिय हो गए। कुछ ही क्षणों के बाद उन्हें प्रेतरूपी जंगल ने निगल लिया। अभी तक मैकेनजी ने प्रतीक्षा की थी। उनके पीछा करने के लिए उसने अपनी बर्फ की जूती चढ़ा ली।

"क्या भेड़िया पाँच लंबे प्लग भूल गया है?"

मैकेनजी क्रोध के साथ लोमड़ी की ओर पलटा; फिर इसके परिहास से वह प्रभावित हो गया।

"मैं तुम्हें एक छोटा प्लग दूँगा।"

"जैसे ही भेड़िया इसे उपयुक्त पाता है।" अपने हाथ फैलाते हुए नम्रता के साथ लोमड़ी ने प्रतिक्रिया की।

□

एक राजा की पत्नी

काफी समय पहले जब नॉर्थलैंड युवा था, नागरिक और सामाजिक गुण अपने अभाव और अपनी सरलता के कारण महत्त्वपूर्ण रूप से समान थे। जब घर की जिम्मेदारियों का बोझ काफी बढ़ गया, आग के पास का माहौल इसकी क्षीण एकांतता के विरुद्ध निरंतर विरोध में बदल गया, साउथलैंड के साहसिक यात्रियों ने श्रेष्ठ के बदले निश्चित रकम अदा की और अपने लिए देसी पत्नियाँ चुनीं। महिलाओं के लिए यह स्वर्ग का पूर्वानुभव था, क्योंकि यह स्वीकार किया जाना चाहिए कि श्वेत लुटेरों ने अपने भारतीय सहयोगियों की तुलना में उनकी कहीं अधिक देखभाल की और अच्छा व्यवहार किया। निस्संदेह, स्वयं श्वेत व्यक्ति भी इस प्रकार के व्यवहार से संतुष्ट थे और भारतीयों के अनुभव भी ऐसे ही थे। अपनी बेटियों और बहनों को सूती कंबल और पुराने राइफलों के लिए बेचकर और उनके गरम रोवें को घटिया कैलिको और व्हिस्की के लिए व्यापार करके धरती-पुत्र ने शीघ्र ही एवं उत्साह के साथ ही शीघ्र उपभोग तथा तीव्र बीमारियों को समर्पित हो गए, जो श्रेष्ठ सभ्यता के वरदानों से जुड़ा था।

आर्केडियन सरलता के इन्हीं दिनों में कॉल गालब्रेथ ने इस भूमि की यात्रा की और लोअर नदी के पास बीमार पड़ गया। होली क्रॉस की उन अच्छी बहनों के जीवन में यह एक उत्साहवर्धक आगमन था, जिन्होंने उसे आश्रय दिया और दवाइयाँ दीं; यद्यपि उन्हें यह तनिक भी गुमान न होगा कि उनके कोमल हाथों के स्पर्श तथा उसके विनम्र कार्य संपादन से उसकी रगों में गरम अमृत का समावेश हुआ! कॉल गालब्रेथ विचित्र विचारों से परेशान हो गया, जो तब तक ध्यान प्राप्त करने के लिए कोलाहल कर रहा था, जब तक कि उसकी नजर किशन की लड़की मेडलिन पर नहीं पड़ गई। फिर भी उसने कोई संकेत नहीं दिया और धैर्य के साथ समय की बोली लगा रहा था। आनेवाले वसंत के साथ ही वह मजबूत हो गया और

जब सूर्य सुनहरे गोले के रूप में क्षितिज पर निकला और समस्त भूमि पर जीवन का आनंद और हलचल मच गई, उसने अपने अभी भी कमजोर शरीर को इकट्ठा किया और निकल पड़ा।

अब मिशन की लड़की मेडलिन अनाथ हो गई। उनके श्वेत पिता एक दिन सपाट चेहरे वाले मूर्ख को पदचिह्न उपलब्ध कराने में विफल रहे और शीघ्र ही मर गया था। फिर उसकी भारतीय माँ ने अपने गुप्त भंडार को भरने के लिए कोई पुरुष न पाकर तब तक प्रतीक्षा करने का जोखिम भरा प्रयास किया, जब तक कि सैलमन पचास पाउंड आटे और इसके आधे बेकन पर दौड़ने नहीं लगा। उसके बाद, बालक चूकरा अच्छी बहनों के साथ रहने के लिए चली गई और तब से वह किसी अन्य नाम से जानी जाने लगी।

लेकिन मेडलिन के संबंधी अभी भी थे, उनमें से निकटतम भ्रष्टाचरण वाले चाचा थे, जिन्होंने अपने आवश्यक अंगों को श्वेत व्यक्ति की बिहसकी की असीमित मात्रा के साथ भंग किया। वह प्रतिदिन ईश्वर के साथ चलने के लिए संघर्ष करता और संयोगवश उसके पैर कब्र तक जानेवालें छोटे पदचिह्नों को ढूँढ़ते। जब वह शांत था तो उसे विशिष्ट प्रताड़ना झेलनी पड़ी। उसकी कोई अंतरात्मा नहीं थी, इस प्राचीन पर्यटक के सामने कॉल गालब्रेथ ने स्वयं को उचित रूप से प्रस्तुत किया और उसके बाद बातचीत के दौरान इन लोगों ने अनेक शब्द एवं तंबाकू का उपथोग कर लिया। वायदे भी किए गए; और अंत में बूढ़े असभ्य व्यक्ति ने कुछ पाउंड सूखे सैलमन तथा अपनी चर्च की छाल की नौका ली और मिशन ऑफ द होली क्रॉस की ओर चल पड़ा।

विश्व को यह नहीं पता था कि उसने क्या वायदे किए और क्या झूठ कहा—बहनें कभी गप्पबाजी नहीं करतीं; लेकिन जब वह लौटा तो उसके सीने पर पीतल का क्रूसी फिक्स था और उसकी नौका में उसकी भतीजी मैडलिन थी। उस रात भव्य विवाह और पोटलक था; इसलिए आनेवाले दो दिनों में गाँव में कोई मछली मारने का काम नहीं हुआ। लेकिन सुबह मैडलिन ने अपनी जूती से लोअर रिवर की धूल को झाड़ा और पोलिंग नौका में वह अपने पति के साथ अपर रिवर में दि लोअर कंट्री के नाम से जाने जानेवाली एक जगह में रहने के लिए चली गई। आनेवाले समय में वह एक अच्छी पत्नी साबित हुई, जिसने अपने पति की कठिनाइयों को साझा किया और उसके लिए भोजन बनाया। उसने अपने पति को तब तक सीधी ट्रेल्स में रखा, जब तक कि वह अपना काम शक्तिशाली रूप से करना नहीं सीख गया। अंत में उसने इसपर भरपूर प्रहार किया और सर्किल सिटी में एक कैबिन

बनाया; और उसकी खुशी इतनी ज्यादा थी कि जो लोग उसके घर की परिधि में उससे मिलने आते, वह उसे देखकर बेचैन हो जाते और उससे बहुत ज्यादा ईर्ष्या करने लगते।

लेकिन नॉर्थलैंड परिपक्व होने लगा और सामाजिक सुविधाएँ प्रकट होने लगी। अभी तक साउथलैंड ने अपने बेटों को भेजा था और इस बार एक नई विदाई की योजना बनाई—इस समय अपनी बेटियों, बहनों और पत्नियों को; लेकिन वे पुरुषों के मन में नए विचार डालने में विफल नहीं रहीं और चीजों के लहजे को इस तरह ऊपर उठाने में, जो विचित्र रूप से उनका अपना तरीका था। अब महिलाएँ नृत्य समारोह में इकट्ठी नहीं होती, वर्जिनिया रील के केंद्र में शोर मचाने नहीं जाती, या हँसमुख 'डैन टक्कर' के साथ मौज-मस्ती करने नहीं जातीं। वे अपने स्वाभाविक आत्मसंयम में लौट आई और बिना किसी समझौता किए अपनी श्वेत बहनों द्वारा उनके केबिन से किए गए शासन को देखती।

पर्वत पर दूसरा गमन उर्वर साउथलैंड से आया। इस बार यह गमन महिलाओं का था, जो उस भूमि पर शक्तिशाली बन गई थीं। उनके शब्द कानून होते थे; उनके कानून कठोर होते थे। वे भारतीय पत्नियों को देखकर भौंहें सिकोड़ती थीं, जबकि दूसरी महिलाएँ विनम्र हो गई थीं और वह चलती भी थीं नरमी से। डरपोक लोग भी थे जो इस धरती की पुत्रियों के संदर्भ में प्राचीन नियमों को लेकर लज्जित थे; जो अपनी काली त्वचावाली औलादों को एक नई अरुचि के साथ देखते थे। जबकि दूसरे लोग भी थे, जिनमें पुरुष भी थे, जो अपनी जनजातीय प्रतिज्ञाओं के प्रति सच्चे थे और उन्हें उस पर गर्व भी होता था। जब अपनी देसी पत्नियों को तलाक देने का चलन फैशन बन गया, कॉल गालब्रेथ ने अपने पौरुष को बनाए रखा और ऐसा करते हुए उसे उन महिलाओं का इसके पीछे हाथ होने का अनुभव हुआ, जो सबसे अंत में आई थी, जिन्हें सबसे कम जानकारी थी, लेकिन उस भूमि पर उनका शासन था।

एक दिन अपर कंट्री, जो सर्किल सिटी से कहीं ऊपर स्थित था, उसे समृद्ध घोषित किया गया। कुत्तों के दलों ने यह खबर साल्ट वाटर तक पहुँचाई; सुनहरे जलयान चारा लादकर नॉर्थ पैसिफिक के पार ले जाते; तारों एवं केबलों में लहर की गूँज होती; और विश्व को पहली बार क्लोनडाइक नदी तथा योकोन देश के बारे में पता चला।

कॉल गालब्रेथ इतने वर्षों तक खामोशी से जिंदगी को जिया। वह मेडलिन के लिए एक अच्छा पति था और उसने भी उसे खुशी दी थी। लेकिन पता नहीं

कैसे उसके मन में असंतोष भर गया; उसे अपने ही प्रति अस्पष्ट अभिलाषाओं का अनुभव होने लगा, क्योंकि जिस प्रकार की जिंदगी उस पर रोक दी गई थी—एक सामान्य तरह की इच्छा, जो कभी-कभी पुरुषों को महसूस होती है कि प्रतिबंधों को तोड़कर जीवन के चरम का अनुभव करें। इसके अलावा अद्‌भुत एल डोराडो के बारे में भी अफवाहें थी, लाग एवं टेंट के शहर के बारे में भी आकर्षक विवरण था और चे-चा-क्वास के संदर्भ में भी हास्यास्पद विवरण था, जो भागता हुआ देश के भीतर आया और पूरे देश में भगदड़ मचा दी। सर्किल सिटी का अंत हो गया। विश्व नदी के ऊपरी भाग की ओर पलायन कर गया और यह एक नया तथा सबसे ज्यादा भव्य संसार बन गया।

कॉल गालब्रेथ चीजों के अंत में बेचैन हो गया और उसने अपनी ही आँखों से देखने की इच्छा जाहिर की। इसलिए धोने के बाद उसने कंपनी के बड़े तराजू पर कई सौ पाउंड धूल की नाप की और डाउसन पर इसी के बारे में एक ड्राफ्ट तैयार किया। फिर उसने टॉम डिक्सन को अपनी खान का प्रमुख नियुक्त किया, मेडलिन से स्नेहपूर्वक विदा ली और पहले मश-आइस रन से वापस आने का वायदा किया और अपरिवार स्टीमर पर निकल पड़ा।

मेडलिन पूरे तीन माह तक दिन की रोशनी में उसके आने की प्रतीक्षा करती रही। वे कुत्तों को खिलाती, अपना अधिकांश समय युवा कॉल को देती, अल्पकालिक गरमी को जाते हुए देखती और सूर्य की दक्षिण की ओर की लंबी यात्रा को शुरू होते हुए देखा। और वह बहुत ज्यादा होलीक्रॉस की बहनों की तरह प्रार्थना करती। पतझड़ का मौसम आया और इसके साथ ही योकून में मश-आइस भी आया तथा सर्किल सिटी के राजा अपने-अपने खानों में जाड़े के काम के लिए लौट रहे थे, लेकिन कॉल गालबेथ नहीं लौटा। लेकिन तभी टॉम डिक्सन को एक चिट्ठी मिली कि उसके आदमी ड्राई पाइन का अपना जाड़े का भोजन इकट्ठा कर लें। कंपनी को एक चिट्ठी अपनी कुत्तों की टीम के लिए मिली, अपना थैला श्रेष्ठ भोजन से भरें और उसे बताया गया कि उसका उधार असीमित है।

सदियों से पुरुष महिलाओं की पीड़ा का प्रमुख प्रोत्साहक रहा है; लेकिन इस मामले में पुरुषों ने अपने जुबान को रोके रखा और अपने एक सदस्य के प्रति कठोरता से वचन लिया जो दूर था, जबकि महिलाएँ उनकी नकल करने में पूरी तरह से विफल रहीं। इसलिए बिना आवश्यक देरी के मेडलिन को कॉल गालब्रेथ के कार्यों के बारे में विचित्र कहानियाँ सुनने को मिलतीं; और एक विशिष्ट यूनानी नर्तक की भी, जो पुरुषों के साथ ऐसे खेलता जैसे बच्चे बुलबुल से खेलते थे। अब

मेडलिस एक भारतीय महिला थी और इसके अलावा उसकी कोई महिला मित्र भी नहीं थी, जिसके पास वह सलाह के लिए जा सके। वह प्रार्थना करती और बारी से योजना बनाती और उस रात अपने वचन और कार्यों के प्रति तत्पर होकर उसने कुत्तों को जोता और युवा कॉल के साथ सुरक्षित रूप से स्लेज की सवारी की और निकल गई।

यद्यपि योकून अभी भी स्वतंत्र घूम रहा था, आवृत्ति बर्फ बढ़ती जा रहे थे और हर दिन नदी थोड़ा-थोड़ा करके पीछे हट रही थी। उन्हें बचाओ, जिसने ऐसा किया है। किसी भी पुरुष को यह नहीं पता था कि रिम-आइस पर सौ मील की यात्रा करने में उसे क्या सहना पड़ा था; न ही वे यह समझ सकते हैं कि दो सौ मील की जमी हुई बर्फ को तोड़ने में किस मेहनत और कठिनाई का सामना करना पड़ा, जो नदी के हमेशा के लिए जम जाने के बाद पड़ी थी! लेकिन मेडलिन एक भारतीय महिला थीं, इसलिए उसने यह सबकुछ किया और एक रात मेलम्यूट किड के दरवाजे पर खटखटाहट हुई। थिरिऐट ने भूखे कुत्तों के झुंड को खिलाया, स्वस्थ युवा को सुलाया और अपना ध्यान उस थकी महिला पर दिया। उसने उसकी बर्फ में सनी जूती को हटाया, जबकि वह उसकी कहानी सुन रहा था और अपने चाकू की नोक उसके पैरों में चुभो दिया, ताकि वह देख सके कि वे कहाँ तक जमी हुई थी।

अपने अत्यधिक साहस के बावजूद, मेलम्यूट किड में महिला जैसी नरमी थी, जो गुर्राते भेड़िए-कुत्ते का विश्वास जीत सकता था या अत्यधिक ठंडे हृदय से भी स्वीकारोक्ति पा सकता था। उसने यह खोजा नहीं। उसके सामने हृदय इतनी सहजता से खुल जाते, जितनी सहजता से फूल धूप में खिल जाते हैं। यहाँ तक कि पुजारी फादर रौबियो भी उसके सामने स्वीकारोक्ति करने के लिए जाते थे, जबकि नॉर्थलैंड के पुरुष और महिलाएँ हमेशा ही उसके दरवाजे को खटखटाते रहते थे— एक ऐसा दरवाजा, जिसकी चटखनी हमेशा ही बाहर लटकती रहती थी! मेडलिन के लिए वह कुछ भी गलत नहीं कर सकता था, कोई गलती नहीं कर सकता था। वह उसे उस समय से जानती थी, जब उसने उसके पिता की जाति में पहली बार अपनी किस्मत आजमाई; और उसके आधा बर्बर मस्तिष्क के लिए ऐसा लगता था कि उसके भीतर सदियों का ज्ञान केंद्रित था और यह कि उसकी अंतर्दृष्टि और भविष्य के बीच कोई मध्यवर्ती परदा नहीं था।

इस भूमि में झूठे आदर्श भी थे। दावसन के सामाजिक प्रतिबंध पूर्व युग के समान नहीं थे और नॉर्थलैंड की तेज परिपक्वता में कई गलतियाँ थीं। मेलम्यूट किड यह सबकुछ जानता था और उसके पास कॉल गालब्रेथ की सटीक माप भी थी।

वह जानता था कि जल्दी में बोले गए शब्द बहुत सारी बुराइयों को जन्म देते हैं; इसके अलावा वह बड़ा पाठ सीखने तथा उस व्यक्ति को लज्जित करने के लिए प्रेरित था। इसलिए युवा खनिक विशेषज्ञ स्टैनले प्रिंस को अगली रात कॉन्फ्रेंस में आमंत्रित किया गया और लकी जैक हैरिंगटन तथा उसके वॉयलिन को भी। उसी रात बिटलस, जिस पर मालम्यूट किड का बहुत बड़ा कर्ज था, ने कॉल गालब्रेथ के कुत्तों को जुता, कॉल गालब्रेथ जूनियर को स्लेज पर बिठाया और अँधेरे में स्टुअर्ट नदी की ओर निकल पड़ा।

(2)

"इसलिए एक-दो-तीन, एक-दो-तीन। अब पलट दो। नहीं, नहीं! दुबारा शुरू करो, जैक। इस ओर देखो।" प्रिंस ने उसी तरह आंदोलन को कार्यांवित किया जिस तरह उसे करना चाहिए, जिसने नृत्य का नेतृत्व किया था।

"अब एक-दो-तीन, एक-दो-तीन। पलट दो! आह, यह तो बेहतर है। एक बार और प्रयास करो। मैं कहता हूँ, तुम्हें मालूम है, तुम्हें अपने पैर को नहीं देखना चाहिए। एक-दो-तीन, एक-दो-तीन। छोटे कदम! तुम अभी गी-पोल से नहीं लटक रहे हो। फिर कोशिश करो। वहाँ! वही रास्ता है। एक-दो-तीन, एक-दो-तीन।"

प्रिंस और मेडलिन अनंत नृत्य करते रहे। टेबल और स्टूल को दीवार से लगाकर रख दिया गया था, ताकि नृत्य के लिए पर्याप्त जगह बन जाए। मेल्मयूट किड घुटनों से अपनी ठुड्डी लगाकर एक ओर बैठ गया। उसे बड़ा अच्छा लग रहा था। उसके बगल में जैक हैरिंगटन बैठा हुआ था। उसने अपना वॉयलिन एक ओर रख दिया था और वह नर्तकों के साथ नृत्य कर रहा था।

यह एक अद्भुत स्थिति थी। इन तीनों पुरुषों की प्रतिज्ञा उस महिला के साथ थी। इस पुरी कहानी का शायद सबसे दयनीय अंश यह था कि वे इस मामले को व्यवसाय की तरह ले रहे थे। किसी भी एथलीट को आज तक किसी आनेवाले प्रतियोगिता के लिए इतनी सख्ती से प्रशिक्षित नहीं किया गया था, न ही भेड़िए-कुत्ते को जोतने के लिए, जितना कि उसे किया था। लेकिन मैडलिन के लिए उनके पास अच्छी सामग्री थी, जो उनकी जाति की अधिकांश महिलाओं के पास नहीं थी, वह बचपन में ही भारी बोझ उठाने तथा उन चिह्नों की कठिनाई से बचने के लिए भाग गई थी। इसके अलावा वह स्पष्ट अंगोंवाली, लचीली जंतु थी, जिसके पास अत्यधिक शिष्टता थी, जिसे अभी तक दोहन नहीं किया गया था। इसी शिष्टता को

बाहर लाने के लिए पुरुष संघर्षरत रहते थे।

"उसके साथ मुश्किल यह थी कि उसने गलत नृत्य करना सीखा।" प्रिंस ने अपने श्वास के लिए संघर्ष करते शिष्यों को टेबल पर डालते हुए यह टिप्पणी की, "वह जल्दी सीख जाती है; लेकिन मैं इससे बेहतर कर सकता था, यदि वह कभी-कभी एक कदम नृत्य नहीं किया होता। लेकिन बोलो, कीड, मैं यह नहीं समझ सकता हूँ।" प्रिंस ने कंधे और सिर की विचित्र नकल की—एक कमजोरी, जिससे मैडलिन चलने में कठिनाई से पीड़ित थी।

"उसका सौभाग्य था कि उसका पालन-पोषण मिशन में हुआ था, मालम्यूट कीड ने उत्तर दिया 'आप जानते हैं, पैकिंग-सिर पर लगानेवाली पट्टी। अन्य भारतीय महिलाओं के पास यह बुरा होता, लेकिन उसने तब तक कोई पैकिंग नहीं की, जब तक कि उसकी शादी नहीं हो गई और फिर सिर्फ पहली बार उसने अपने पति के साथ कठिन समय देखा। चालीस मील लंबे अकाल में भी वह साथ गए।"

"लेकिन क्या हम इसे तोड़ सकते हैं?"

"मालूम नहीं, शायद अपने प्रशिक्षक के साथ लंबी टहल से खाँचा बन जाएगा। जो भी हो, वे इनमें से कुछ निकाल लेंगे, निकालेंगे कि नहीं, मेडलिन?"

उस लड़की ने सहमति से सिर हिलाया। यदि मेलम्यूट किड, जो हर बात जानता है, ने ऐसा कहा, ऐसा क्यों था? इसके बारे में सबकुछ यही था।

वह उनके पास आ गई थी, फिर से शुरू करने के लिए चिंतित। हैरिंगटन ने अपनी बातों की खोज में ठीक उसी तरह उसका सर्वे किया, जिस प्रकार पुरुष प्रायः घोड़ों का करते है। निस्संदेह, यह निराशाजनक नहीं था, क्योंकि उसने अचानक अभिरुचि से पूछा, "तुम्हारे उसे कंगाल चाचा को अंततः क्या मिला?"

"एक राइफल, एक कंबल, बीस बोतल शराब। राइफल टूट गया।" उसने इस अंतिम बात को अत्यंत घृणा के साथ कहा, मानो इस बात पर इतना घृणित थी कि उसके प्रथम मूल्य का आकलन कैसे किया गया था।

वह अच्छी अंग्रेजी बोलती थी, जिसमें अपने पति की भाषा की अनेक विचित्रताएँ होती थीं, लेकिन फिर भी भारतीय उच्चारण स्पष्ट था, पारंपरिक टटोल के बाद विचित्र कंठस्थ संबंधी। इसे भी उसके प्रशिक्षक ने अपने नियंत्रण में ले लिया, बिना छोटी सफलता के भी। अगले अंतराल में, प्रिंस ने एक नई स्थिति का पता लगाया। उसने कहा, "मैं कहता हूँ, किड, हम गलत हैं, सब गलत हैं। वह जूती पहनकर नहीं सीख सकती है। उसके पैर को स्लिपर में डालो और फिर उस मोम लगे सतह पर—छिह!"

मेडलिन ने एक पैर उठाया और अपने आकृतिविहिन घर की जूती को घृणा से देखा। पिछली सर्दी में सर्किल सिटी और फोर्टीमाइल दोनों जगह उसने उसी जूती में कई रात नृत्य किया था और ऐसा कुछ भी नहीं था जिसका महत्त्व था।

लेकिन अब ठीक है, अगर कुछ भी गलत था तो यह मेलम्यूट किड के लिए जानना जरूरी है, न कि उसके लिए।

लेकिन मेलम्यूट किड तो जानता ही था और नाप के लिए उसकी नजर बहुत तेज थी; इसलिए उसने अपनी टोपी और दस्ताना पहना और श्रीमती इपिंगवेल से मिलने के लिए पहाड़ी के नीचे चला गया। उसका पति क्लेव इपिंगवेल एक बड़े सरकारी अधिकारी के रूप में पूरे समुदाय में प्रमुख था। गर्वनर के नृत्य समारोह में एक रात उसने उसके छोटे पतले पैर को देखा। और जैसा कि वह जानता था कि वह जितनी सुंदर थी, उतनी ही समझदार भी थी। उससे एक छोटी सी मेहरबानी के लिए पूछना कोई काम नहीं था।

लौटने पर मेडलिन कुछ क्षण के लिए अंदर के कमरे में चली गई। जब वह दुबारा सामने आई तो उसे देखकर प्रिंस अचंभित रह गया।

"जोव के द्वारा उसने दम लिया। किसने ऐसा सोचा था? छोटी जादूगरनी! मेरी बहन, क्यों?"

"एक अंग्रेज लड़की है," मेलम्यूट किड ने टोका, "जिसके अंग्रेज जैसे पैर हैं। इस लड़की का संबंध छोटे पैरवाली जाति से है। जूती से उसका पैर स्वस्थ रूप से चौड़ा हो गया है, जबकि उसने अपने पैरों के आकार को कुत्तों के साथ बचपन में दौड़कर नहीं बिगाड़ा।"

लेकिन यह व्याख्या प्रिंस की प्रशंसा को कम करने में पूरी तरह से विफल रही। हैरिंगटन की व्यावसायिक प्रकृति आहत हुई थी और जैसे ही वह विशिष्ट रूप से मुड़े हुए पैर और घुटने की ओर देखता है, उसके मन में यह कड़वी सूची दौड़ पड़ती है—'एक राइफल, एक कंबल, शराब की बीस बोतल।'

मेडलिन किसी राजा की पत्नी थी, एक ऐसा राजा, जिसका पीला खजाना फैशन की अनेक कठपुतलियों को सहज ही खरीद सकता था; फिर भी उसकी पूरी जिंदगी में उसके पैर को कोई उपकरण नहीं मिला, सिवाय लाल चमड़ी के हिरण की खाल के। पहले तो उसने विस्मय के साथ छोटी सफेद साटिन के स्लिपर को देखा था; लेकिन वह उस प्रशंसा को सहज ही समझ गई थी, जो चमक रही थी, पुरुष के समान पुरुषों की आँखों में। उसका चेहरा गर्व से चमक रहा था, क्योंकि उस क्षण वह महिला की कमनीयता से सराबोर थी; फिर वह फुसफुसाई, बढ़ती

घृणा के साथ, 'और एक राइफल टूट गई!'

इस प्रकार प्रशिक्षण जारी रहा। हर दिन मालम्यूट लड़कियों को लेकर लंबी सैर पर जाती, जो उसकी सवारी को सही करने तथा उसकी छलाँग को छोटा करने के लिए समर्पित होता था। उसकी पहचान का पता चलने की संभावना बहुत ही कम थी, क्योंकि कॉल गॉलब्रेथ और पुराने समय के दूसरे लोग अनेक अजनबियों में खोए हुए बच्चे की तरह थे, जो भागते हुए इस भूमि पर आ गए थे। इसके अलावा उत्तर के पाले की कार भी गहरी होती थी और दक्षिण की कोमल महिलाएँ इसकी काटनेवाली ठंड से अपने गालों के बचाव के लिए, मोटे कपड़ों का मास्क प्रयोग करती थीं। छुपे चेहरे तथा गिलहरी की चमड़े से बने जैकेटों में छुपे शरीर के साथ माँ और बेटी, किसी पगडंडी पर मिलते हुए अजनबी की तरह निकल जातीं।

प्रशिक्षण तेजी से आगे बढ़ रहा था। शुरू में तो यह धीमा था, लेकिन बाद में अचानक तेजी ने स्वयं को प्रकट किया। यह उसी क्षण से शुरू हुआ, जब मेडलिन ने सफेद साटिन की चप्पल के साथ कोशिश की और ऐसा करते हुए उसने खुद को ढूँढ़ा। अपने स्वाभाविक आत्मसम्मान, जो शायद उसके पास हो, से परे वह अपने विश्वासघाती पिता का गर्व थी, उसी क्षण उसे उसका जन्म प्राप्त हुआ। तब से वह स्वयं को अजनबी नस्ल की महिला समझती थी, जिसका कुल निम्न था और जिसे उसके मालिक की मेहरबानियों से खरीदा गया था। उसे अपना पतिदेवता लगता था, जिसने उसमें बिना आवश्यक गुण उसे अपने देवता समान स्तर तक उठाया था। लेकिन वह कभी नहीं भूली थी, यहाँ तक कि जब युवा कॉल का जन्म हुआ, तब भी कि वह उसके लोगों में नहीं थी। चूँकि वह देवता था, उसी तरह उसकी महिला जाति देवी थी। हो सकता है कि वह उनसे भिन्न रही हो, लेकिन उसने कभी तुलना नहीं किया था। हो सकता है कि परिचय से घृणा पैदा होती है; लेकिन, यह जैसा है, वैसा ही रहे, अंतत: वह इन घुमक्कड़ लोगों को समझने लगी थी और उनका आकलन भी करने लगी थी। यह सच है कि उसका मस्तिष्क विचारपूर्वक विश्लेषण करने में असमर्थ था, लेकिन फिर भी ऐसे मामलों में उसमें अंतर्दृष्टि की महिला स्पष्टता थी। चप्पल वाली रात में, उसने अपने तीन पुरुष साथियों की साहसिक, खुली प्रशंसा का आकलन किया था; और पहली बार तुलना ने स्वयं सलाह दी थी। यह तो सिर्फ पैर और घुटना ही था, लेकिन—लेकिन वस्तुओं की प्रकृति के संदर्भ में उस बिंदु पर तुलना रुक नहीं सकती थी। उसने उस समय तक स्वयं का आकलन उनके स्तर से किया, जब तक कि उसकी श्वेत बहनों की दैवीयता चूर-चूर नहीं हो गई। अंतत: वे महिलाएँ ही थीं और उसे उनके बीच खुश क्यों नहीं रहना चाहिए?

यह सब करते हुए उसने यह सीखा कि उसमें कहाँ कमी थी और अपनी कमियों की जानकारी के साथ ही उसमें शक्ति आ गई। उसने इतना शक्तिशाली तरह से संघर्ष किया कि उसके तीन प्रशिक्षक प्रायः देर रात में महिला के सतत रहस्य पर अचंभित होते थे।

इस प्रकार 'थैंक्स गिविंग नाइट' निकट आती जा रही थी। अनियमित अंतराल पर विटलस स्टुअर्ट नदी से युवा कॉल के बारे में संदेश भेजता रहता था। उनके वापस आने का समय निकट आता जा रहा था। नृत्य-संगीत की आवाज तथा लयबद्ध पैरों की ताल सुनकर एक बार से ज्यादा आकस्मिक आगंतुक ने प्रवेश किया और देखा कि विवादस्पद कदम को लेकर हैरिंगटन लड़ रहा था और अन्य दो जोर-जोर से वहन कर रहे थे। मेडलिन कभी भी ऐसी घटनाओं की गवाह नहीं रही और वह चुपचाप भीतरी कमरे में भाग जाती।

इन्हीं रातों में से एक रात कॉल गालब्रेथ आ गया। स्टुअर्ट नदी से उत्साहवर्धक खबरें अभी-अभी आई ही थीं और मेडलिन ने न सिर्फ एकेले टहलने और गाड़ी और सम्मान के मामले में बल्कि महिला शरारत के मामले में भी खुद को मात दे दी थी। वे तीखी व्यंग्य उक्ति में व्यस्त थे और मेडलिन ने अत्यंत चालाकी से खुद की रक्षा की थी; और फिर उस क्षण के उन्माद को समर्पित करते हुए और अपनी ही शक्ति के कारण उसने उन सबकी आश्चर्यजनक सफलता के साथ उन्हें डराया-धमकाया भी और उनका संरक्षण भी किया और स्वतः ही अनैच्छिक रूप से वे उसके सौंदर्य ज्ञान, बुद्धि पर नतमस्तक नहीं हुए, बल्कि महिलाओं में मौजूद उस अपरिभाषणीय गुण के प्रति हार गए, जिसे पुरुष समर्पित करता है, लेकिन वह उसे कोई नाम नहीं दे सकता है। अति उल्लास के कारण कमरा चकाचौंध था, क्योंकि उस शाम के अंतिम नृत्य में उसने और प्रिंस ने खुद नृत्य किया था। हैरिंगटन उस नृत्य समारोह में अकल्पनीय तड़क-भड़क डाल रहा था, जबकि मैल्म्यूट किड, जो पूरी तरह से परित्यक्त था, ने झाड़ू उठा लिया था और खुद ही पागलपन भरा घूर्णन कर रहा था।

इसी क्षण भारी कदमों के साथ दरवाजा हिला और उनकी शीघ्र नजर ने लैच को ऊपर उठने को नोटिस किया। लेकिन वे पहले भी ऐसी स्थितियों में बच गए थे। हैरिंगटन ने कभी भी प्रतिज्ञा नहीं तोड़ी थी। मेडलिन प्रतीक्षारत दरवाजे से भीतरी कमरे की ओर दौड़ी। झाड़ू तेजी से चारपाई के नीचे चली गई और जब तक कॉल गालब्रेथ तथा लुई भीतर प्रवेश किए, मैल्म्यूट किड तथा प्रिंस एक-दूसरे की बाजू में जकड़े हुए थे।

नियम के तौर पर भारतीय महिलाएँ उकसाए जाने पर बेहोश होने का अभ्यास नहीं करती हैं, लेकिन मेडलिन इसके इतना ही निकट आ गई, जितना कि वह हमेशा अपने जीवन में रही है। आधे घंटे तक तो वह जमीन पर दुबकी पुरुषों की गड़गड़ाहट, जो जोरदार नकल के रूप में आ रही थी, वह सुनती रही। बचपन की मधुर यादों की परिचित धुन की तरह उसके पति की आवाज का हर सुर उसे सुनाई पड़ रहा था, उसका दिल तेजी से धड़क रहा था और उसके घुटने कमजोर महसूस हो रहे थे और अंततः वह दरवाजे के साथ ही आधा बेहोश होकर गिर पड़ी। यह ठीक था, जब उसने विदा ली तो वह न तो उसे देख सकी और न सुन सकी। मैल्म्यूट किड ने सहज रूप से पूछा, "तुम्हें कब तक सर्किल सिटी वापस जाने की अपेक्षा है ?"

"इस बारे में ज्यादा सोचा नहीं था," उसने जवाब दिया, "जब तक कि बर्फ पिघल नहीं जाती, उसके बाद तक तो सोचो भी नहीं।"

"और मेडलिन ?"

वह इस प्रश्न पर लज्जित हो गया और उसकी आँख तेजी से झुक गईं। यदि वह पुरुषों के बारे में कम जानता तो मैल्म्यूट किड इसके लिए उससे घृणा करता। जैसा यह था, उसकी आवाज उन पत्नियों और बेटियों के विरुद्ध ऊँची हो गई, जो इस भूमि पर आई थीं और वहाँ की महिलाओं की जगह को हड़पकर वे खुश नहीं थीं, उन्होंने पुरुषों के मन में गंदे विचार डाल दिए थे और उन्हें लज्जित कर दिया था।

"मैं मानता हूँ कि वह सही है," सिटी सर्किल के राजा ने तेजी से और माफी भरे लहजे में जवाब दिया, "टॉम डिक्सन को मेरी रुचियों के बारे में पता चल गया, आप जानते हैं और वह इसे इस तरह देखता है कि उसके पास वह सबकुछ है, जो वह चाहती है।"

मैल्म्यूट किड ने उसके बाजू पर हाथ रखा और उसे अचानक चुप करा दिया। वह बाहर निकल आया। ऊपर आभामंडल, भव्य महिला, रंगों के लहराते चमत्कार; और नीचे सोता हुआ शहर! बहुत दूर एक अकेला कुत्ता जुबान निकाले हुए था। राजा ने फिर बोलना शुरू किया, लेकिन किड़ ने चुप रहने के लिए उसका हाथ दबाया। आवाज गहरी हो गई। कुत्तों के झुंड ने रात के सन्नाटे को चीरता हुआ शोर मचाया। उनके लिए, जो इस अजीब गाने को पहली बार सुन रहे थे, को नॉर्थलैंड का पहला और सबसे बड़ा रहस्य बताया गया; वह व्यक्ति, जो यह आवाज प्रायः सुनते रहते हैं, उनके लिए यह खोए प्रयास की पवित्र समाप्ति थी। यह आहत

आत्माओं का अभियोग था, क्योंकि इसमें उत्तर की धरोहर निवेशित थी, अनगिनत पीढ़ियों की पीड़ाएँ—विश्व के पथभ्रष्टों के लिए चेतावनी और शांति यज्ञ!

कॉल गालब्रेथ थोड़ा काँप गया, जैसे ही यह आधी सिसकी में डूबी। किड ने खुले तौर पर उसके विचारों को पढ़ा और उसके साथ बीते बीमारी और अकाल के थकाऊ दिनों को याद किया। उसके साथ ही मरीज मेडलिन भी थी, जो अपनी पीड़ा और दु:खों को साझा कर रही थी, जो कभी संदेह नहीं करती, कभी शिकायत नहीं करती। उसके मस्तिष्क के पटल पर अनेक चित्र प्रकट हुए—कठोर, स्पष्ट और बीते समय के हाथ ने भारी उँगलियों से उसके हृदय पर अपनी छाप छोड़ी। यह मनोवैज्ञानिक क्षण था। मेलम्यूट किड को अपना आरक्षित कार्ड खेलने और खेल को जीत लेने का थोड़ा लालच आया; लेकिन पाठ अभी भी बहुत हलका था और उसने इसे गुजर जाने दिया। अगले ही क्षण उन लोगों ने हाथ पकड़ लिया और वह जैसे ही पहाड़ियों से उतरा, राजा की मोतियाँ जड़ी जूतियाँ प्रचंड बर्फ से विरोध कर रही थीं।

मूर्च्छित अवस्था में पड़ी मेडलिन एक घंटे पहले वाली शरारती जीव से भिन्न एक अलग महिला थी, जिसकी हँसी इतनी संचारी थी और जिसका उभरता हुआ रंग और चमकीली आँखों ने उसे कुछ क्षण के लिए शिक्षक बना दिया था। कमजोर एवं शिथिल, वह उसी तरह से कुरसी पर बैठी थी, जैसे प्रिंस और हैरिंगटन ने उसे वहाँ छोड़ा था। मैलम्यूट किड की त्योरियाँ चढ़ गईं। यह कभी कारगार नहीं होगा। जब उसका अपने पति से मिलने का समय निकट आया तो उसे चीजों को पूरी कठोर धृष्टता के साथ सफलतापूर्वक पूरा करना चाहिए। यह बहुत जरूरी था और उसे यह श्वेत महिलाओं की तरह करना चाहिए, वरना विजय कोई विजय ही नहीं रहेगी।" इसलिए उसने मेडलिन से बात की, कठोरता के साथ, बिना एक भी शब्द को चबाए और उसे अपनी ही लिंग की कमजोरियों से परिचित कराया, जब तक वह समझ नहीं गई कि साधारण पुरुषों को क्या चीजें आकर्षित करती हैं और क्यों उनकी महिलाओं के शब्द उनके लिए कानून होते हैं!

'थैंक्स गिविंग नाइट' से कुछ दिनों पहले मेलम्यूट किड मिसेज ईपिंगवेल से दूसरी बार मिलने गया। उसने शीघ्र ही अपने स्त्रीत्व तड़क-भड़क की जाँच की तथा पी.सी. कंपनी के सूखे वस्तुओं के स्टोर की स्थगित की हुई यात्रा की और मेडलिन का परिचय कराने के लिए किड के साथ वापस लौटी। उसके बाद एक ऐसा समय, जो उसके जीवन में उससे पहले कभी नहीं आया था और कटिंग, फिटिंग, चुपड़ना तथा सिलाई तथा अनेक अद्‌भुत और अज्ञात चीजों के साथ ही

पुरुष षड्यंत्रकारी परिसर से प्राय: गायब रहते थे। ऐसे समय में ओपरा हाऊस के दोहरे दरवाजे उनके लिए खुल जाते थे। वे प्राय: साथ मिलकर सोचते और इतनी गहराई से वे उत्सुकता के टोस्ट पीते थे कि आलसी व्यक्ति को अद्भुत समृद्धि की सुगंध आती और यह जाना जाता है कि कई ची-चा-क्वास और कम-से-कम एक पुराने समय के लोग अपने हुड़दंग मचानेवाले झुंड को बार के पीछे सुरक्षित रखते थे, ताकि वे एक क्षण में ही प्रहार करने और पीछा करने के लिए तैयार रहें।

मिसेज ईपिंगवेल क्षमतावाली महिला थी; इसलिए 'थैंक्स गिविंग नाइट' को जब उसने मेडलिन का परिचय अपने प्रशिक्षक से करवाया तो वह इतनी बदल गई कि वे मेडलिन से लगभग भयभीत हो गए। प्रिंस ने ढोंग रचाते हुए उसपर हडसन वे का कंबल लपेट दिया, जबकि मैलम्यूट किड, जिसकी बाजुओं का उसने सहारा ले रखा था, उसके लिए अपनी इच्छित संरक्षक की भूमिका को ग्रहण करना बहुत बड़ी चुनौती बन गई थी। हैरिंगटन, जिसके दिमाग में अभी भी खरीदी जानेवाली चीजों की सूची घूम रही थी, वह पीछे-पीछे खुद को घसीट रहा था, उसने शहर जाने तक पूरे रास्ते तक अपना मुँह भी नहीं खोला। जब वे ओपेरा हाउस के पिछले दरवाजे पर पहुँचे तो उन लोगों ने मेडलिन के कंधे पर से कंबल हटाकर उसे बर्फ पर फैला दिया। प्रिंस की जूती से बाहर निकलते हुए उसने साटिन की नई चप्पल में इस पर कदम रखा। स्वाँग अपने चरम पर था। वह हिचकिचाई, लेकिन उन लोगों ने दरवाजे को झटके से खोला और उसे अंदर कर लिया। फिर वे सामनेवाले प्रवेश द्वार से अंदर आने के लिए भागे।

(3)

'फ्रेडा कहाँ है ?' पुराने व्यक्ति ने प्रश्न किया, जबकि ची-चा-क्वास भी फ्रेडा कौन थी, यह पूछने के मामले में समान रूप से उत्साही थे। नृत्य के कमरे में उसके नाम की गूँज थी। हर किसी की जुबान पर उसका नाम था। मूढ़ पुराने लड़के, दिन में खान में काम करनेवाले मजदूर, जिन्हें अपनी डिग्री पर गर्व था, वे या तो कोमल पैरवाली सुंदर महिला का संरक्षण करते थे या स्पष्ट रूप से झूठ बोलते थे—पुराने लड़के, जिन्हें विशेष रूप से सच्चाई के साथ तोड़-मरोड़ करने के लिए तैयार किया गया था—या उनकी अज्ञानता के कारण क्रोध भरी वहशी नजर डालने के लिए। सतह पर ऊपरी और निम्न देशों के शायद चालीस राजा मौजूद थे, उनमें से प्रत्येक स्वयं को आकर्षक समझ रहे थे और अपने-अपने फैसलों को सख्ती से समर्थन कर रहे थे। तराजू के पास खड़े व्यक्ति के पास एक सहायक को भेजा गया, जिसके

ऊपर थैलों की नापने की जिम्मेदारी आ पड़ी थी, जबकि अनेक जुआरी, अपनी अंगुली पर मौकों के नियमों के साथ खेल और पसंदीदा विषय पर आकर्षक पुस्तकें तैयार की थीं।

फ्रेडा कौन थी? बार-बार 'यूनानी नर्तक' के बारे में यह सोचा गया कि उसे ढूँढ़ लिया गया है, लेकिन हर खोज से वेटिंग रिंग में भय का वातावरण ही पैदा हुआ और उनके द्वारा बाजी का नया उन्मादी पंजीयन ही शुरू हुआ, जो बाड़ लगाना चाहते थे। मैलम्यूट किड ने खोज में दिलचस्पी ली, उसके आगमन का मौज-मस्ती करनेवाले उन लोगों द्वारा जोरदार स्वागत किया गया, जो उसे एक व्यक्ति के रूप में जानते थे। किड को किसी भी कदम की चाल की तथा आवाज की लचक की अच्छी समझ थी और उसकी निजी पसंद एक उत्कृष्ट प्राणी थी, जो 'एरोरा बोर चालिस' की तरह जगमगाती थी। लेकिन यूनानी नृत्य इतना सूक्ष्म था कि वह भी उसे नहीं समझ सकता था। ऐसा लगता है कि सोने की तलाश में लगे बहुसंख्यक लोगों ने अपना फैसला रूसी राजकुमारी पर केंद्रित किया हुआ था, जो उसे कमरे में सबसे ज्यादा आकर्षक थी और वह फ्रेडा मोलूफ के सिवाय और कोई नहीं हो सकती थी।

नृत्य के दौरान संतुष्टि का शोर उभरा। उसे ढूँढ़ लिया गया था। पहले के नृत्य में आकृति में 'सभी आसपास के हाथ,' फ्रेडा ने अनुपम ताल का प्रदर्शन किया था और यह विविधता विचित्र रूप से उसकी अपनी थी। ज्योंही उस आकृति को पुकारा गया 'रूसी राजकुमारी' ने अपने अंग और शरीर को एक अद्भुत लय दी। 'मैंने तुम्हें ऐसा कहा था' के सहगान से वह कमरा गूँज उठा, अब देखो! यह देखा गया कि 'एरोरा बोरयालिस' और दूसरे छद्म मुख, 'धुव्र की आत्मा' एक ही चाल को समान रूप से अच्छे ढंग से प्रदर्शित कर रहे थे। और जब दो जुड़वाँ 'सूर्य के कुत्ते' और एक 'ओला राजकुमारी' ने अपना प्रदर्शन दिया तो तराजू के पास बैठे मनुष्य की सहायता के लिए एक और सहायक को भेजा गया।

उसी उत्तेजना के बीच भौंरा ओले के तूफान से उतरता हुआ उनके बीच आ निकला। जैसे ही वह इधर-उधर उड़ने लगा, उसकी भौंहें तन गईं; उसकी मूँछें अभी भी स्थिर मानो हीरों से सजी प्रतीत हो रही थीं और रोशनी को अनेक रंगों की किरणों में बदल दिया; जबकि उसके उड़ते पैर बर्फ के टुकड़े पर फिसल गए जो उसके जर्मन मोजे और जूती के कारण लड़खड़ा गए। नॉर्थलैंड का नृत्य काफी अनौपचारिक होता है, जिसमें पुरुष अपने तमाम नकचढ़ेपन तथा विचित्रताओं को भूल जाते हैं, चाहे जो भी उनमें रहा हो। और केवल उच्च आधिकारिक मंडली

में ही परंपराओं का निर्वाह किया जाता है। यहाँ जात-पात का कोई महत्त्व नहीं होता। लखपति तथा कंगाल, कुत्तों के संचालक तथा तैनात पुलिसकर्मी 'केंद्र में महिलाओं' का हाथ पकड़ते थे और घेरा बनाकर अद्भुत शरारत करते हैं। अपने उल्लास में प्राचीन रूखे तथा कलहकारी, ये लोग किसी भी प्रकार की निष्ठुरता का प्रदर्शन नहीं करते थे, बल्कि अपरिष्कृत शिष्टता का परिचय देते थे, जो अति परिष्कृत शिष्टता से कहीं अधिक सच्ची थी।

'यूनानी नृत्य' की तलाश में कॉल गालब्रेथ 'रूसी राजकुमारी' के साथ उसी सेट में प्रवेश कर गया और उसकी ओर लोकप्रिय संदेह भरी नजरें उठ पड़ी। लेकिन जिस समय तक उसने उसका एक नृत्य में दिशा-निर्देशन किया, वह न सिर्फ अपना लाखों दाँव पर लगाने के लिए तैयार था कि वह फ्रेडा नहीं थी! जब और जहाँ भी वह बोल नहीं सकता था, लेकिन परिचय की परेशान करनेवाली भावना उसे इतना जकड़ लेती कि वह उसकी पहचान की खोज की ओर अपना ध्यान केंद्रित कर देता। मैलम्यूड किड कभी-कभी राजकुमारी को कुछ एक पारी के लिए ले जाने और उससे निम्न लहजे में गंभीरता से बात करने के बजाय वह शायद उसकी मदद कर सकता था। लेकिन जैक हैरिंगटन ही था, जिसने 'रूसी राजकुमारी' को सबसे उद्यमशील दरबार उपलब्ध कराया। एक बार वह जब कॉल गालब्रेथ को एक ओर ले गया और उसे यह अटकल भरा अनुमान लगाने को प्रेरित किया कि वह कौन थी और उसे समझाया कि वह जीतनेवाला है। इससे सर्किल सिटी का राजा भड़क उठा, क्योंकि स्वभाव से पुरुष एक ही स्त्री से विवाह करनेवाला नहीं होता है और नई खोज में वह मेडलिन और फ्रेडा दोनों को भूल गया।

शीघ्र ही यह शोर उठा कि 'रूसी राजकुमारी' फ्रेडा मुलूफ नहीं थी। लोगों की दिलचस्पी और गहरी हो गई। अब यह एक नई पहेली थी। वे फ्रेडा को जानते थे, यद्यपि वे उसे ढूँढ़ नहीं पा रहे थे और यहाँ तो कोई और ही था, जिसे उन्होंने ढूँढ़ लिया था, लेकिन उसे जानते नहीं थे। यहाँ तक कि महिलाएँ भी भरोसा नहीं कर पा रही थीं और वे कैंप की हर अच्छी नर्तक को जानती थीं। कई लोगों ने उसे आधिकारिक ग्रुप का एक सदस्य समझा और उसके साथ मूर्खता भरी हरकतों में लिप्त हो गए। कुछ लोगों ने भी यह नहीं कहा कि मास्क हटाने से पहले वह गायब हो जाएगी। अन्य लोग समान रूप से आश्वस्त थे कि वह कांनसास सिटी स्टार की महिला संवाददाता थी, जो नब्बे डॉलर प्रति कॉलम की दर से उनके लिए लिखने के लिए आई थी। और तराजू के पास बैठे व्यक्ति व्यस्तता के साथ काम कर रहे थे।

एक बजे सभी जोड़े फ्लोर पर आ गए। हँसी और उल्लास के बीच मास्क

हटाने की प्रक्रिया शुरू हुई, ठीक बेपरवाह बच्चे की तरह। एक-एक करके जब मास्क हटाए जा रहे थे तो अचरज और उल्लास का कोई अंत नहीं था। चमकती हुई 'एरोरा बोर चालिस' पुष्ट नीग्रो महिला बन गई, जिसकी समुदाय के कपड़े धोने से प्राप्त आय प्रतिमाह लगभग पाँच सौ थी। जुड़वाँ 'सूर्य के कुत्तों' ने उनके ऊपरी होंठों पर मूँछों को ढूँढ़ लिया और उनकी पहचान एल डोराडो के फ्रेक्शन राजा के भाई के रूप में की गई। एक महत्त्वपूर्ण सेट पर, जो खुलने में सबसे धीमा था, उस पर कॉल गालब्रेथ 'ध्रुव की आत्मा' के साथ मौजूद था। उसके सामने जैक हैरिंगटन तथा रूसी राजकुमारी बैठी हुई थी। बाकी लोगों ने अपने आप ही ढूँढ़ लिया था, लेकिन यूनानी नर्तक अभी भी लापता था। सबकी नजरें उस समूह पर टिकी हुई थीं। कॉल गालब्रेथ ने उनकी चीख की प्रतिक्रिया में अपने साथी के मास्क को उठा दिया फ्रेडा का आकर्षक चेहरा और चमकती आँखें उनको देखकर चमक उठीं। एक गूँज उठी, जो शीघ्र ही रूसी राजकुमारी के नए तथा तल्लीन कर देनेवाले रहस्य के बीच अचानक दब गई। उसका चेहरा अभी भी छुपा हुआ था और जैक हैरिंगटन उसके साथ संघर्ष कर रहा था। नर्तक अपेक्षा की झलक में मुँह दबाए हँस रहे थे। उसने शिष्ट पोशाक को रुखाई से कुचल दिया और फिर—उल्लास मनानेवाले उबल पड़े। मजाक उन्हीं पर था। उन लोगों ने एक बहिष्कृत देशी महिला के साथ पूरी रात नृत्य किया था।

लेकिन वे जो जानते थे और ऐसे बहुत से लोग थे, वे अचानक ही रुक गए और कमरे में खामोशी छा गई। कॉल गालब्रेथ बड़े-बड़े कदम उठाता हुआ गुस्से में वहाँ आया और मेडलिन से बहुभाषी चिनूक में बात की। लेकिन उसने अपने आप की मन:स्थिति को सँभाले रखा। वह इस बात से बेखबर लगती थी कि सबकी नजरें उसपर ही टिकी हुई थीं और उसने उन्हें अंग्रेजी में जवाब दिया। उसने न तो डर और न ही गुस्सा दिखाया और मैलम्यूट किड उसके धैर्य को देखकर खुश हो गया। राजा घबराया हुआ, परास्त महसूस कर रहा था; उसकी सामान्य सिवाश पत्नी उससे परे निकल गई थी।

"आओ!" अंतत: उसने कहा, "घर आओ।"

"मैं माफी माँगती हूँ," उसने जवाब दिया, "मैं हैरिंगटन के साथ रात्रि भोजन के लिए जाने के लिए सहमत हो गई हूँ। इसके अलावा वायदा किए हुए नृत्य का कोई अंत नहीं है।"

हैरिंगटन ने उसे साथ ले जाने के लिए हाथ बढ़ाया। उसने अपनी पीठ दिखाने पर तनिक भी अरुचि नहीं दिखाई, लेकिन इस समय तक मैलम्यूट किड

उसके निकट आ गया था। सर्किल सिटी का राजा स्तब्ध था। उसका हाथ दो बार उसकी बेल्ट पर गिरा और दो बार किड ने खुद को समेटकर खड़ा किया; लेकिन वापस जानेवाले जोड़े रात्रि भोजनवाले कमरे के दरवाजे से होकर जा रहे थे, जहाँ डिब्बाबंद शंख पाँच डॉलर प्लेट के दर से फैला हुआ था। भीड़ ने ऐसे आह भरी, जो सुनी जा सकती थी। वे जोड़ों के रूप में अलग होते गए और उनके पीछे चल पड़े। फ्रेडा ने क्रोध से मुँह फुलाया और कॉल गालब्रेथ के साथ चल पड़ी; लेकिन उसका दिल अच्छा था और वह जुबान की पक्की थी और उसने गालब्रेथ के लिए मँगवाए गए शंख को बरबाद कर दिया। उसने जो कुछ कहा, उसका कोई महत्त्व नहीं है, लेकिन अंतराल पर उसका चेहरा लाल और सफेद हो जाता और उसने लगातार और अशिष्ट में खुद को गालियाँ दीं।

रात्रि भोजन का कमरा कोलाहल से गूँज रहा था, जो अचानक उस समय रुक गया, जब कॉल गालब्रेथ अपनी, पत्नी के टेबल के पास आकर रुक गया। चूँकि मास्क हटाने के बाद पर्याप्त मात्रा में धूल इसके नतीजे के संबंध में पड़ चुकी थी। हर कोई निःश्वास रुचि के साथ देख रहा था। हैरिंगटन की नीली आँखें स्थिर थीं, लेकिन ऊपर से लटकते टेबल क्लॉथ के नीचे कोई स्मिस एंड वेसन अपने घुटनों पर खुद को सँभाले हुए था। मेडलिन ने अनौपचारिक रूप से थोड़ी रुचि के साथ ऊपर देखा।

"क्या नृत्य का अगला राउंड मैं आपके साथ कर सकता हूँ?" राजा ने हकलाते हुए कहा।

राजा की पत्नी ने उसके कार्ड पर एक नजर डाली और अपना सिर झुकाया।

भारतवर्ष की लोककथाएँ